Oumar l'Africain

Claude Rodhain

Oumar l'Africain

Roman

Éditions Glyphe

Du même auteur

Le destin bousculé, Robert Laffont, 1986
La charité du diable, Presses de la cité, 1993
Le fil, Les deux encres, 2013
La meurtrissure, Le Sémaphore
Fanquenouille, un gueux à la cour de Louis XV, L'Harmattan, 2015
Sourire amer, Masque d'or, 2017
La testamentée, L'Harmattan, 2017
Obsession, L'Harmattan, 2018
La prêtresse de Brocéliande, Spinell, 2020
Le parfum des poisons, City éditions, 2020
Déviances, L'Harmattan, 2021
Le destin d'une enfant violée, Le Sémaphore 2022
Le temps des orphelins, City éditions 2022

85, avenue Ledru-Rollin – 75012 Paris
www.editions-glyphe.com
ISBN 978-2-35285-160-8

Préface

Rachida Dati

L'USAGE EXIGE, dans ce genre de circonstances, de dresser un bilan exhaustif des activités dans lequel l'auteur s'est illustré, et pour lesquelles il est honoré. Permettez-moi néanmoins de prendre un peu de liberté vis-à-vis des usages, même si l'exercice serait passionnant, compte tenu de l'ampleur et de la diversité de vos activités professionnelles. Vos proches et vos amis connaissent votre incroyable carrière. Mais vos qualités personnelles et humaines méritent une véritable attention. Il y a une expression que l'on vous a souvent attribuée, c'est celle d'un « parcours atypique ».

De vos parents, vous n'avez reçu qu'un nom et une paire de galoches, comme vous l'avez écrit. Vous pouvez être fier de ce que vous avez transmis en retour à vos enfants. Vous avez d'ailleurs poussé ce devoir de transmission en dehors de la cellule familiale. Je pense à l'enseignement que vous vous êtes attaché à pratiquer, durant quinze ans au sein notamment de la prestigieuse HEC.

Permettez-moi également d'évoquer votre engagement au sein et à la tête d'une association caritative. Des milliers d'enfants, issus de familles démunies, déchirées et meurtries, ont pu trouver un toit et un équilibre grâce à cette association. Je pense en vous voyant à une phrase très simple et très forte de Paulo Coelho. Dans *La Cinquième Montagne*, il a écrit « L'homme est né pour trahir son destin. » Si ces mots ont un sens alors, assurément, vous êtes un grand homme.

Rachida Dati

Ministre de la Culture

I

Elle a brûlé deux fois, la Veinarde. Elle porte encore les stigmates de ses blessures. Une première fois sous l'Occupation, quand les Boches l'avaient baptisée au lance-flammes, une seconde fois, longtemps après la Libération, par la foudre, un obus venu d'ailleurs qui avait effondré une partie de la grange et un pan de l'écurie.

Blessée, rafistolée, pansée, la Veinarde est toujours debout et mérite bien son nom. Si elle pouvait parler, elle en raconterait des histoires… des vertes et des pas mûres comme on dit: le grand-père Alphonse enfariné de givre pendu à la poutre du cellier après la mort de sa femme; les deux vaches noyées dans la fosse à purin, sans qu'on ait su qui les y avait poussées; le corps calciné de la fillette, découvert près du puits.

Cette effrayante histoire, Fernand s'en souvient comme si c'était hier. Il allait ouvrir aux vaches, quand ses yeux avaient été attirés par une masse noirâtre dans les hautes herbes. Le jour atténuait plus qu'il n'éclairait et, sur le coup, il avait pensé à une souche. Il était passé là un bon millier de fois et ne l'avait jamais remarquée. Il s'était approché, avait plié les genoux et était tombé à la renverse.

La police et les gendarmes avaient tout ratissé, le corps de la ferme, la grange, les caves, le grenier. Ils avaient sondé les murs, les planchers, le sol, pioché la terre à la recherche du moindre indice, mais n'avaient rien trouvé.

Fernand avait été entendu deux bonnes heures au commissariat d'Étampes. L'officier de police voulait tout savoir : les noms, prénoms, lieu et date de naissance du père, de la mère, des arrière-grands-parents, des amis, l'âge du chien… Aux yeux de la police, Fernand, âgé d'une trentaine d'années, était le premier suspect. La ferme étant isolée on pouvait aux dires des gendarmes, violer, trucider et brûler, sans être vu ou entendu à plus de deux kilomètres à la ronde.

Les gendarmes étaient revenus quelques jours plus tard sur le lieu du crime pour signifier à Fernand une interdiction de sortie du territoire jusqu'à clôture de l'enquête. Le papier bleu l'avait bien fait rire, Fernand, lui qui n'était jamais allé plus loin que le bourg de Villevieux situé à quelques encablures.

Elle pourrait en raconter encore bien d'autres des histoires, la Veinarde, notamment le jour où le facteur avait été pris le pantalon sur les chevilles besognant la bonne de l'abbé derrière une botte de foin, ou encore Alfred Brossons, le maire, retrouvé les quatre fers en l'air dans le fossé du clos Rougeot, après un souper trop arrosé.

Ô elle en avait vu la Veinarde au cours des deux siècles passés ! Sans compter tout ce qu'elle savait et ne disait pas. Alors, quand les Vatel ont vu un grand noir un peu dégingandé au milieu de la cour de la ferme, ils n'ont pas été étonnés plus que ça. Ils ne lui ont rien demandé : ni son nom, ni d'où il venait, ni ce qu'il venait faire chez eux. Ils l'ont simplement regardé et ont dit : « Toi, vouloir manger ? »

– Si ! Buena ! avait répondu Oumar sur le même registre.

Puis il avait ajouté, plus sérieusement, surprenant son monde.

– En fait, je cherche du boulot pour gagner ma croûte.

Assis sur un banc près de la cheminée, Fernand, l'œil écarquillé, regarde Oumar comme une bête curieuse. Sa méfiance s'exprime dans son mutisme. Lui qui croyait que tous les Noirs avaient un nez épaté, des yeux ronds de bovin et des lèvres de chameau, est bien étonné. Le gamin, qui doit avoir tout juste une vingtaine d'années, a des traits fins, des yeux clairs, un nez de cousette et une chevelure annelée pareille à de l'astrakan. Alors, forcément, il a desserré les dents, le Fernand.

– Tu viens d'où ?

– Du Sénégal !

– Du Sénégal ? C'est loin !

Fernand serait bien incapable, si on le lui demandait, de situer ce pays sur une carte.

– Très loin !

– Et t'es venu comment ?

– À pied !

Il se tourne vers sa femme qui s'affaire près de la cuisinière à bois.

– T'as entendu Marthe, le « Grisou », il est venu à pied depuis le Sénégal. Il doit avoir plus de corne sous les pieds que mon brave Tudor.

Fernand baisse la tête. Le simple fait d'évoquer le percheron qui n'a plus guère de temps à vivre, l'émeut. Les genoux de l'animal sont cagneux et ploient sous la charge. L'idée que la pauvre bête puisse le lâcher un jour lui tire même une larme. « Une brave bête », murmure-t-il, se parlant à lui-même. Puis il ajoute, le regard lointain :

– Les animaux sont bien souvent meilleurs que les hommes.

– Oh ! Ne sois pas aussi bêta avec les animaux, intervient Marthe, qui l'a entendu renifler. À t'entendre, tous les hommes seraient des vauriens et les animaux des bêtes à bon Dieu.

– Oui ! les hommes sont malfaisants. Qui tu crois qu'a trucidé la gamine qu'on a retrouvée calcinée près du puits ? Pas un animal, pour sûr ! Et les vaches dans la fosse à purin, tu crois qu'elles y sont allées toutes seules ?

– Ça, c'est différent ! C'était sans doute, même si on ne l'a jamais su, en représailles parce que ta famille avait...

– Tais-toi donc, bon Dieu ! Ces histoires n'intéressent pas c'gamin. Un secret, c'est fait pour rester secret.

– Mais je n'ai pas honte de dire, moi, que Célestine et Ernest ont caché des Juifs pendant la guerre. C'est pas un crime d'aider son prochain. D'ailleurs, ça te montre que tous les hommes ne sont pas, comme tu le dis, si mauvais. Ton père était le premier à s'occuper du petit... Marthe fouille sa mémoire à la recherche du prénom du gosse... Isaac, je crois. Souviens-toi, tu m'as dit qu'il lui fabriquait des jouets, des moulins à eau, des sifflets, des figurines dans les pommes de terre... Je ne sais plus quoi d'autre.

– Et tes parents, Grisou ? demande Fernand.

Il l'appelle ainsi en mémoire de son emploi passé dans un dépôt de charbon.

– Morts !

Oumar a menti pour ne pas avoir à épiloguer sur sa pauvre mère, plate comme une arête de mérou et son père cuit comme un pruneau au jus.

– De quoi sont-ils morts ? demande Marthe, qui suit la conversation...

Oumar est pris au dépourvu. Un mensonge entraîne d'autres mensonges.

– Euh... Je ne sais plus ! Une maladie d'Afrique.

– La malaria ? insiste Marthe.

– Non ! quelque chose de moins connu.

Fernand, suspicieux, fixe le jeune Sénégalais d'un regard pénétrant. Son œil luit comme un éclat de céramique.

– Dis-moi, comment t'as fait pour passer les frontières ? T'as-t-y des papiers au moins ? Cette question réveille des images enfouies dans la tête d'Oumar : sa folle traversée du Sénégal et de la Mauritanie pour arriver à Nouakchott ; ses longues marches de jour et de nuit sur des chemins blancs de poussière ; les camions dans lesquels il montait, qui sentaient le fioul, la sueur et le tabac froid ; ses chapardages dans les villages qu'il traversait et qui se terminaient invariablement par des courses éperdues... Ces souvenirs sont intacts, de même que son altercation au bar *La Marine* avec un dealer qui voulait le forcer à *chouffer* et à qui il avait éclaté le nez et l'arcade sourcilière d'un coup de boule. Il ne serait plus de ce monde aujourd'hui, si une jeune Maghrébine ne s'était pas crânement interposée entre lui et les deux malfrats qui le bastonnaient et si elle n'avait pas hurlé : « Arrêtez, bande de débiles ! vous allez le tuer. » Oumar se souvient de la face de pitbull d'un des deux énergumènes et son regard aussi éteint que féroce. Il avait saisi l'oreille de la fille et lui avait craché au visage : « Écoute-moi, graine de melon ! Si tu en pinces pour ce pédé, on te le laisse, mais tu t'arraches, et vite fait ! Un mot de plus et tu repars avec tes dents dans la poche. »

– Eh ! J't'parle, Grisou, s'impatiente Fernand, les sourcils relevés près des tempes. Tu rêves à quoi ? Tu ne m'as toujours pas dit comment tu étais arrivé jusqu'ici et si tu avais des papiers ?

– J'y viens ! À Nouakchott, en Mauritanie, je me suis fait embaucher comme cuistot sur un sardinier en partance pour le Maroc. Le patron, Diouf, un grand gaillard aux biceps gonflés comme des ballons de rugby, m'avait pris sous son aile. Son père était sénégalais, sa mère française et il avait grandi entre Marseille et Dakar. Alors forcément...

Oumar ponctue presque toujours ses phrases de l'adverbe « forcément », comme si tout ce qui lui arrive est fatal.

Il raconte aux Vatel son arrivée sur le bolincheur et les mots de Diouf pour l'imposer à l'équipage qui le regardait comme un poisson inconnu, apparaissant à la remontée de la drège: « Ce mec-là, avait-il dit, est de mon pays. C'est un cuisinier sénégalais. Il a plein de recettes africaines. On va se régaler. Il va être des nôtres jusqu'à Laâyoune, après, on le jettera par-dessus bord. »

Tous avaient ri. Pas Oumar. Il avait menti pour se faire embaucher. Il n'était jamais monté sur un paquebot et ne savait pas cuisiner. Et Diouf n'était pas dupe. Il l'avait pris avec lui pour d'autres raisons qu'il connaîtrait plus tard.

Marthe écoute avec attention le jeune Sénégalais. Il ne se passe jamais rien à la Veinarde, alors forcément, comme dirait Grisou, elle est tout ouïe. Cette histoire de matelots et d'aventures au long cours l'intéresse. Pour une fois qu'elle peut s'évader du quotidien: la traite des vaches, le soin des chèvres, le nettoyage des écuries, la tambouille...

– Et alors, ce Diouf t'a emmené jusqu'où, demande-t-elle?

– Jusqu'à Nouadhibou!

– Et tu savais vraiment cuisiner?

– Non! mais Diouf m'avait à la bonne. Il était du pays, alors forcément...

Oumar se souvient des crevettes pimentées, en partie cramées, qu'il avait servies le premier soir à l'équipage et la réaction de Diouf: « Bravo au cuisinier. Ses crevettes vont nous faire bander toute la nuit. »

– Et à Nouadhibou, t'as fait comment pour rejoindre la France?

– On m'a débarqué un peu avant la frontière avec le Maroc.

– Et alors, tu es passé comment ? poursuit Marthe, qui décidément montre un vif intérêt pour l'aventure menée par le garçon.

– À la débrouille !

Oumar a de nouveau botté en touche. Il ne veut pas s'étendre sur la manière dont il est passé de la Mauritanie au Maroc, au nez et à la barbe de la police des frontières. Son regard suit le périmètre de la cuisine, s'arrête sur les carreaux de faïence bleue au-dessus de la cuisinière, revient à Marthe. La fermière, en bout de table, se tient droite comme une statue de pierre, les cheveux tirés en chignon dont aucune mèche ne bouge.

– Que veux-tu dire par « débrouille » ? Il triture sa réponse. La démerde ! Marthe est perplexe.

– Et ensuite ?

– Ensuite ? Bah, l'Espagne, la France, Bayonne.

– Bayonne ?

Oumar se souvient à cet instant du mec qui sortait d'une boulangerie et qui, à la vue de sa dégaine, jean délavé, pull troué, baskets éculées, lui avait refilé un morceau de sa baguette de pain.

– Oui ! Bayonne. C'est là qu'un passant m'a conseillé d'aller à la cathédrale Sainte-Marie. « Elle vient en aide aux déshérités », qu'il m'a dit.

– Et tu y es allé ? demande Marthe qui ne perd pas une miette des paroles du garçon.

– Oui ! J'y ai été reçu par un curé, le père David Racheimard, c'est lui qui m'a donné votre adresse…

Marthe l'interrompt.

– Par qui, dis-tu ?

– Je viens de vous le dire : le père David Racheimard.

Marthe se lève brusquement de son siège, comme si une aiguille venait de lui piquer les fesses et se tourne d'un bloc vers son mari.

– Tu as entendu, Fernand, il a été reçu par un certain David Racheimard. Dis-moi, la famille que tes parents ont hébergée durant la guerre ne s'appelait pas Racheimard ?

– Si ! Et alors ? Il doit y avoir autant de Racheimard que de fétus de paille dans une balle de foin.

– Peut-être, mais des Racheimard qui connaissent la Veinarde, il y en a sûrement beaucoup moins.

– T'as raison !

– Peut-être que le curé, dit Marthe, est…

Ne cherchez pas, l'interrompt Oumar. Le père David m'a tout expliqué. Durant l'Occupation, les Vatel ont caché mes grands-parents et leur fils Isaac pendant deux ans. Ils les ont non seulement cachés, mais nourris avec le peu d'argent qu'ils avaient. C'était la restriction. Ils ont dû se priver pour que mon père, alors âgé d'une dizaine d'années, ne manque de rien. Oui ! On peut dire que c'était une famille courageuse, généreuse et prête à tout pour aider son prochain. Mon père me parlait souvent de la brave Célestine et de son mari Ernest qu'il appelait « les justes ». « Va dans cette famille ! m'a dit le curé et si, comme je l'espère, il y a encore des descendants, je suis sûr qu'ils te recevront à bras ouverts. Les chiens ne font pas de chats. »

– Il a dit ça ?

– Ce sont ses paroles.

– Quel âge pouvait avoir ce curé ?

– Je ne sais pas, une soixantaine d'années.

Marthe se tourne à nouveau vers son mari.

– Tu vois, tout colle ! David, le curé, est le fils d'Isaac, le gamin que tes parents ont abrité et nourri en 1941-1943.

Les yeux de Marthe sont maintenant rétrécis comme deux petites fentes où tremblote une lueur de nostalgie. Fernand, qui jusqu'ici n'a pas dit grand-chose, sort de sa torpeur. Ses sourcils en broussaille se sont rejoints pour former une ligne continue semblable à une colonne de chenilles processionnaires. Il fait entendre un curieux grognement pour marquer sa surprise : « T'as raison c'est certainement lui ! »

– C'est fou, la mémoire d'un enfant, reprend Marthe d'une voix douce et enveloppante comme si elle craignait de réveiller le fantôme qui vient de paraître.

– Et toi, Grisou, demande cette fois Fernand, un peu soupçonneux : ton enfance, ta vie quand tes parents étaient vivants ?

Oumar est mal à l'aise. Il fait dans sa tête des calculs rapides et furtifs. Le mensonge relatif à la mort de ses parents l'enferme dans une impasse. Une barre lui tord l'estomac. Il tente de se raccrocher au vieux dicton sénégalais que son père citait parfois. « Quand tu ne sais pas où tu vas, arrête-toi et regarde d'où tu viens. » Mais ça ne le mène nulle part. Il vient de la dèche. Alors il brode et maquille la réalité.

– Nous habitions un charmant village au sud de Dakar. Le soir, la fenêtre ouverte, j'écoutais les bruits de la nuit africaine : les perroquets nichés sur le toit de la maison, le râle lointain des fauves, le cri des singes hurleurs…

Marthe tremble. Elle imagine les dangers de la vie en Afrique et demande d'une voix qu'elle cherche à rendre neutre.

– Et votre maman n'avait pas peur ?

– Non ! Le jardin était clos et ma mère n'était pas le genre de femme à se laisser impressionner par le tapage des oiseaux nocturnes ou le grognement des animaux sauvages. Chaque matin, elle se rendait seule au jardin, pourtant proche de la forêt, pour voir la rosée, avant que les premiers rayons du soleil ne la boivent, et respirer la fraîcheur des plantes aromatiques : le basilic, la verveine, le piment rouge…

Oumar se prend à rêver, bien que les souvenirs qui lui reviennent à l'esprit avec impétuosité ne soient pas aussi bucoliques. Il revoit avec amertume et tendresse sa vie à Saussai ; son père flouté par la fumée âcre des joints ; Fatou, maigre et édentée, foulant à longueur de journée le sorgho…

– Ma mère était une belle femme, poursuit-il, continuant à magnifier la réalité : grande, svelte et fière, elle fendait la vie avec grâce, disait mon père.

Il se parle à lui-même comme devant une glace, surpris par des mots qui n'étaient jamais tombés de sa bouche. Le temps faisait la part belle à l'imagination.

« T'es complètement chtarbé, songea-t-il, tu tchatches sans savoir où tu vas. » Marthe le considère à son tour d'un œil méfiant.

– Et ton père ? T'en parles peu.

Oumar se frappe le front comme s'il avait oublié un instant Mbaye, son paternel, qui chiquait du khat et sirotait du rhum blanc à longueur de journée. Il étend les bras dans un geste théâtral, comme pour lui ouvrir une voie royale.

– Papa était le plus merveilleux des pères. Il me prenait souvent sur ses genoux le soir et me contait les légendes du pays : les croyances populaires, la sorcellerie, le marabout auquel tout le monde croyait, les affres de la misère dans les villages retirés. Un jour que nous passions en voiture sur un petit pont enjambant une rivière, je me souviens l'avoir entendu dire : « Ne tourne pas la tête, Oumar, si tu regardes l'eau elle va se changer en sang. » Je pense qu'il croyait vraiment ce qu'il disait.

Au vrai, cette histoire rocambolesque lui avait été racontée par un fada du village, mais elle l'avait tellement marqué qu'il n'osait plus enjamber un cours d'eau, quand bien même il devrait faire un grand détour.

Une petite musique intérieure stoppe Oumar dans son délire. « Gaffe ! Tu vas trop loin, mec. Arrête ton char ! Pourquoi ces affabulations ? pour te faire mousser ! Tu sais bien que t'es de la merde sur pied. Tu te prends pour qui ? Pour Bokassa ? Pouvais pas dire la vérité ! Te tenir tranquille ! »

Oumar se mord la lèvre. Il n'a jamais éprouvé autant de haine que sur l'instant. Et ce qu'il hait le plus, c'est lui ; lui et ses mensonges. Il a honte de ses mystifications, de sa vie d'avant, de ce qu'il est contraint d'inventer pour la rendre belle. Plus il s'en veut, plus il en veut à Fernand de s'en vouloir.

Le fermier se raidit. Il a la nette impression que le Grisou raconte des bobards. Son intuition de bon paysan l'alerte. Le gamin ne peut pas avoir quitté son pays et la vie heureuse qu'il décrit pour errer sur les routes comme un saltimbanque. Il couve Oumar d'un œil malicieux et sa bouche se contorsionne en une grimace presque comique.

– Ici, la vie va te sembler moins facile, mon gars. On se lève tôt pour ouvrir aux bêtes et on se couche tard, après la traite et le nettoyage des étables. Faudra t'y faire si tu veux qu'on te garde quelque temps et gagner ton pain.

Il regarde Oumar sombrement.

– Évidemment, tu ne devras pas sortir de la ferme, surtout si, comme j'ai cru le comprendre, tu n'as pas de papiers d'identité. Certes, il ne vient pas grand monde par ici, à part le facteur qui passe une fois par semaine, le jeudi, mais sait-on jamais. Je n'ai pas envie d'avoir les gendarmes au cul pour avoir caché un immigré clandestin. De toute façon, c'est pour quelques jours, quelques semaines tout au plus, le temps de te remplumer un peu. Après, il faudra que tu te débrouilles.

Pendant ce temps, Marthe a installé à Oumar une couche dans la grange, près de l'étable, avec une balle de foin pour oreiller. Elle l'invite à la suivre.

– Viens avec moi !

Dehors, le soleil grignote la cime des arbres. Oumar met ses pas dans ceux de Marthe, qui mènent à l'étable. Il règne à l'intérieur du bâtiment une atmosphère indéfinissable. Un mélange de graisse, de foin coupé, de fiente. Deux poules perchées sur un tracteur s'envolent à leur arrivée.

– Elles montent souvent sur le capot, fait remarquer Marthe. Surtout quand le tracteur revient des champs. Ça les tient au chaud. Sais-tu au moins traire une vache ou une chèvre ?

Elle s'assoit sur un tabouret et montre à Oumar qui se tient à côté d'une blonde d'Aquitaine, comment saisir sa mamelle sans la martyriser. Une odeur de lait et de chaleur animale monte au nez du garçon.

– Surtout, ne la serre pas trop fort, sinon tu risques un coup de pied et le renversement du seau. Sois doux, régulier, parle-leur. Elles aiment qu'on leur cause. Ça les rassure.

Marthe est fière de son savoir. Elle sourit et paraît soudain plus jeune. Ses yeux ont un éclat singulier et joyeux. Il suffit parfois d'un geste, d'un sourire, pour retrouver dans le visage d'une femme mûre celui d'une jeune fille.

– N'oublie surtout pas de bien refermer le portail après la traite pour que ces demoiselles ne jouent pas les filles de l'air. C'est arrivé une fois et on a dû ratisser la campagne toute une journée avant de les retrouver. T'as bien compris ?

– Yes ! M'dame.

Marthe fait une moue évasive.

– Tiens ! regarde le bon lit que je t'ai préparé. Tu seras bien ici. Tu n'auras pas froid ; les bêtes, ça tient chaud. Et puis je t'apporterai une couverture après la traite.

De retour dans la cuisine, Oumar observe tour à tour les poutres marbrées de suie et le manteau de la cheminée, noir de fumée.

– Eh oui ! Elle a deux cents ans, clame Fernand qui voit la façon qu'Oumar a de scruter l'intérieur du séjour.

Le fermier n'a pas bougé. Il est assis près du feu, irrité et sombre. Il s'évertue à détacher le vrai du faux dans ce qu'a dit le Grisou. Assis dans un fauteuil en partie défoncé, le visage cerné par la fumée bleue de sa pipe, dont le fourneau rougeoyant se reflète dans sa pupille, il donne la sensation de rêvasser. Foin de songe ! Il chasse soudain de la main la fumée, pour que le Grisou le voie bien, et se lève d'un bond.

– Bon ! Ça suffit maintenant tes menteries ! J'te crois pas. Tu m'entends, je ne crois pas un mot ce que tu dis. Tu peux entortiller la Marthe si tu veux, mais pas moi. Ton histoire ne tient pas debout. Pourquoi ne pas dire la vérité ? Y a pas de honte d'être né dans la mouise. Qu'est-ce que tu crois ? Ma femme et moi on ne pète pas dans la soie. Quand j'ai repris la ferme, au décès de mes parents, nous avons trimé dur elle et moi pour gagner notre croûte et aujourd'hui on ne doit rien à personne. Pas une dette ! On vit du lait, du fromage, des chèvres, des légumes et des fruits que l'on vend tous les vendredis au marché, et ça suffit à notre bonheur.

Oumar baisse le nez. Un grand vide s'est creusé en lui. Il tient les poings résolument fermés comme prêt à en user, mais il n'ose pas regarder le vieil homme. Il craint qu'il ne le chasse à grands coups de pieds au cul. « Allez oust ! Va voir là-bas si j'y suis ! » Un silence pesant emplit la pièce. Oumar est ridiculement pâle. Une mine de bête traquée. Il porte la main à ses yeux pour essuyer les larmes qui s'y forment. Il ne vit pas, ne respire pas.

Marthe craint qu'il ne fasse un malaise. Elle vient à son secours.

– Fernand a raison, Grisou. Tu dois dire la vérité mon garçon si tu veux qu'on te fasse confiance. On rêve tous d'une vie meilleure. Mais la vie n'est pas un rêve. Il faut te réveiller.

Oumar lève un cil lourd sur Marthe assise devant lui. Il regarde tour à tour son châle de laine rose, ses petits yeux où perce un peu de bleu délavé, ses doigts noueux qui jouent avec la broche de son corsage, ses poils follets au-dessus de la lèvre, aussi transparents que des ailes de mouche. Une larme a glissé sur sa joue. Il a soudain la grâce fragile d'un enfant. « Sais pas ce qui t'a pris de baratiner comme ça ? profère-t-il mentalement. Faut avoir un pois chiche dans la caboche pour inventer de telles histoires ; t'as les fils qui se touchent, mec. Qu'est-ce que tu croyais ? Qu'ils allaient tout gober ? Folie ! »

La noblesse d'âme aurait voulu qu'Oumar dise sans détour la vérité, mais il en était dépourvu. Pourtant, d'un coup d'un seul il tombe les bretelles, la ceinture avec, et lâche la bonde : sa mère squelettique comme un rostre de seiche, son père cuit au rhum, sa cambuse au toit de chaume ; les repas : maïs, pain, riz, algues séchées, les privations, les absences empilées dans son ventre... Puis pour évacuer le passé et avoir l'air moins con, il fait le geste d'une boulette qu'il expédie de son index. « Mais tout ça, c'était avant ! »

– À la bonne heure ! s'écrie Marthe, qui voit que le gamin a retrouvé un peu d'allant. J'aime mieux ça ! Là, on connaît le vrai Grisou. Pas vrai Fernand ?

Son mari s'est rassis et tire à nouveau sur sa pipe. Il hoche la tête, la bouche arrondie. D'une main paresseuse il joue avec sa tignasse chenue et se tait. Il se tait, mais son œil vif ne quitte pas celui du Grisou. Il semble avoir plus de mâchoire qu'avant son emportement et se tient droit, le menton en avant.

– J'espère cette fois que tu dis la vérité, car si tu continues tes menteries… Tu vois la porte là, elle est grande ouverte. On ne veut pas de fanfaron chez nous. Tiens-le-toi pour dit !

Il y a quelque chose d'implacable et de presque invincible dans le regard de Fernand et les petites rides au coin de ses yeux se sont creusées en de profonds sillons. Le soir commence à tomber et la lampe à pétrole unit les ombres sur le mur. Oumar se tourne à nouveau vers Marthe, rose et mousseuse. La douceur de son regard le rassure.

– J'ai menti, c'est vrai ! Mais la vie n'est pas simple pour nous Africains. Y a le bien et le mal, le blanc et le noir, les bons et les méchants.

Il sombre, sans s'en rendre compte, dans ce qui s'apparente à du postcolonialisme, courant en Afrique.

– Moi, j'ai tiré un billet noir à la naissance, alors, forcément…

Il se tait un instant, les yeux emplis d'un noir d'encre qui les salit. Il songe à Sonia, la jeune Kabyle qui l'a secourue à la sortie du bar La Marine et qui l'a hébergé chez elle ; une piaule minable dans un hôtel minable. Elle avait fait venir de nuit un certain Slimane, médecin spécialisé dans les blessures inavouables et les rafistolages discrets. Il avait désinfecté sa plaie à l'arcade sourcilière et fait des points de suture sur son crâne. La chambre était, il s'en souvient, tapissée de papier métallisé, le lit cerné de glaces. C'est là que Sonia turbinait. Elle avait donné ses vêtements au pressing et avait remarqué qu'il n'avait ni papiers, ni tunes. Il l'entend encore dire : « Tu vois, Oumar, je ne suis pas une pute au grand cœur mais, un jour j'ai rencontré quelqu'un qui m'a tendu la main au moment où j'en avais besoin. De temps en temps, dans cette foule de tordus il y a un type comme toi qui les rachète tous. »

Sonia ne savait pas qui il était, ni d'où il venait. Elle ignorait qu'elle abritait un mec violent, capable de passer en mode folie à la moindre altercation ; qu'il était originaire de Saussai, un bled merdique en Casamance où l'on pilait le mil du matin au soir et où il n'y avait rien, pas même un semblant d'école...

*

Les semaines passent. Progressivement Oumar s'habitue aux travaux de la ferme. Il ouvre aux bêtes le matin, les rentre le soir, les traite, les panse. Il connaît les vaches et les chèvres par leur nom : Blondasse, Noiraude, Biquette, Bouc-blanc... Fernand, au demeurant bougon et revêche, est devenu plus affable depuis qu'il a vu le Grisou bouchonner Tudor. Un homme qui traite les bêtes comme ça, ne peut pas être un mauvais bougre.

– Tu ne devrais pas le frictionner avec un chiffon, Grisou, mais avec un bouchon de paille. Ça nettoie la peau et lustre le poil, sans compter que ça fait circuler le sang. Tiens ! regarde.

Fernand se saisit d'un tortillon de foin et bouchonne énergiquement les flancs de l'animal. Tudor fait entendre un hennissement.

– Tu vois. Il me remercie. À toi maintenant.

Oumar s'exécute, à la grande satisfaction de Fernand.

– Si tu m'écoutes, tu vas en apprendre des choses, mon gars. Surtout que tu n'as pas l'air manchot. Viens avec moi ! Ce matin, je dois greffer des pommiers. C'est le meilleur moment. La greffe doit se faire entre mars et avril. On n'a pas de temps à perdre. Je vais te montrer comment faire. Qui sait, un jour, quand je ne serai plus bon à rien, ce sera peut-être à toi de faire tourner la boutique. La pauvre Marthe, bien que plus jeune que moi, n'aura pas la force de faire ce genre de travail. D'ailleurs, elle ne m'a jamais regardé faire. À chacun son métier, comme on dit. Moi, je serais bien incapable de faire ses gratins aux choux.

Fernand aurait aimé avoir un enfant à qui montrer son savoir-faire, mais malheureusement, les entrailles de Marthe n'en avaient pas voulu.

– Tu vois, dit-il en se saisissant d'un greffon, je fais une entaille dans le gras du porte-greffe et j'y glisse le greffon taillé en biseau. La greffe, c'est la reproduction végétative entre deux arbres d'une même espèce, mais attention, il faut que le greffon soit une pousse de l'année, qu'il ait des « yeux » et prélevé entre décembre et janvier, si tu veux que ça prenne.

Oumar est médusé par les faits et gestes de Fernand. Ils lui rappellent la magie du marabout à Saussai.

– Tiens ! dit encore Fernand, lui faisant un signe de la main. Viens ! J'vais te montrer maintenant comment faire des boutures de rosiers. On vend chaque semaine une bonne centaine de roses sur le marché. C'est un petit plus pas négligeable. Et puis ça pourra te servir si tu as un jour un jardin.

Fernand est fier de son savoir. Le gamin ne sera peut-être pas pépiniériste, mais il aura appris quelque chose d'utile.

*

Marthe s'est prise, elle aussi, d'affection pour Oumar. Son mélange d'innocence et de certitude, son côté un peu sauvage, son analphabétisation, sa façon de compter sur ses doigts, l'émeuvent. Maîtresse d'école dans sa jeunesse, elle n'a rien oublié de son passé scolaire et s'évertue à lui apprendre à lire et à écrire. Elle aurait aimé continuer à enseigner, mais elle avait rencontré l'amour et sa vie avait soudain basculé. Sa rencontre avec Fernand, elle s'en souvient comme de sa première communion. C'était à la foire d'Arpajon. Elle était tombée en pâmoison devant ce grand gaillard aux yeux verts, à la chevelure frottée aux blés, qui souriait de toutes ses dents du haut d'une moissonneuse-batteuse. Il était mannequin-démonstrateur chez Massey Ferguson. Lui aussi l'avait remarquée. Il avait sauté de l'engin, était venu à sa rencontre, s'était posé devant elle et, les bras croisés sur la poitrine, lui avait demandé, toutes dents dehors : « Vous voulez acheter la machine ? » Ils avaient ri ensemble et, plus tard, à la sortie de la foire, ils s'étaient retrouvés au Café du Marché et Fernand lui avait raconté sa vie : ses parents décédés dans un accident de la route ; la ferme près d'Étampes laissée à l'abandon ; le feu ; la foudre ; les vaches noyées dans la fosse à purin... Il ne lui avait rien caché de son existence, sauf le corps calciné de la fillette près du puits, pour ne pas l'alarmer. Deux mois plus tard, ils se mariaient et s'en allaient vivre à la Veinarde.

Au début, Marthe, citadine de naissance, avait rencontré quelques difficultés à s'adapter à la vie monacale et morne de la campagne. L'isolement du lieu, le calme suspendu au grincement de la chaîne du puits et au croassement des corneilles, alimentaient ses peurs. Le désarroi atteignit un paroxysme lorsque Fernand se décida enfin à lui parler de la morte retrouvée près du puits et de l'enquête diligentée par la gendarmerie.

– Tu crois que le meurtrier court toujours ? lui avait-elle demandé, toute tremblante.

– Non, ne t'inquiète pas ! Il n'y a jamais eu d'autre meurtrier que la foudre.

La foudre ?

– Oui ! C'est la justice qui l'a dit ! La gamine a été transformée en torche vivante le jour de l'orage, celui qui a détruit une partie de la grange et un pan de l'écurie.

– Par qui tu sais ça ?

– Par le procureur de la République lui-même. Il a décidé, au vu de l'autopsie, de refermer définitivement le dossier avec la mention « foudroyé ». Tu vois, tu n'as pas à t'en faire. Il n'y a plus d'énigme.

Cette réponse n'apaisa pas totalement Marthe. Elle faisait cauchemar sur cauchemar et Fernand dut se résoudre à la laisser partir quelques jours chez ses parents à Paris pour se requinquer. Durant son absence, il s'enquit auprès du médecin de famille d'une solution pour tranquilliser son épouse. Le praticien lui conseilla un enfant; un enfant au plus vite. La gestation pouvait être un excellent remède pour l'équilibre de la jeune femme.

À son retour, Marthe eut la surprise de trouver dans sa chambre un panier d'osier avec deux petits chiots pelotonnés, bâillant de sommeil, ce qui mit un peu de couleur sur son visage.

– Oh! Ils sont trop trognons, s'était-elle écriée en se penchant pour les prendre dans les mains. D'où viennent-ils?

– Je les ai trouvés sur le pas de la porte, avait répondu Fernand en riant.

Marthe avait ri, elle aussi, mais d'émotion, en sentant battre sous ses doigts le cœur des adorables petites bêtes.

– On va les appeler comment? Et d'ailleurs, qu'est-ce que c'est comme race?

– Des beaucerons! Des chiens de garde et de défense qui veilleront sur toi et sur nos bêtes. Tu vois, tu vas pouvoir dormir tranquille.

– Oui, mais ça ne remplace pas un enfant.

Elle songeait à une grossesse qui ne venait pas. Elle s'en était ouverte à sa mère: «Je ne comprends pas, maman. On n'y arrive pas. On fait tout ce qu'il faut pour: régime antistress; surveillance des jours de fécondité; test périodique; rendez-vous chez le gynéco; on ne fume pas, on ne consomme pas d'alcool... On va même jusqu'à ingurgiter des plantes que l'on prétend capables de booster la fécondation, comme le citron, le romarin et les pissenlits ; rien. Toujours rien ! Le médecin a dit que ça venait de moi, de mon stress. »

*

Oumar, avec l'aide de Marthe, s'investit dans la lecture. Souvent, après la traite, elle lui fait réviser ses leçons de grammaire. Il a bien du mal avec l'imparfait du subjonctif, « étudiasses, étudiassions » … Trop tarabiscoté ! Elle l'oblige cent fois à recommencer.

Sitôt couché, Oumar lit et relit ce qu'il a étudié dans la soirée. Il retient tout comme une éponge sèche trempée dans l'eau : les noms, dates, lieux… Après des mois, assidu, il lit presque couramment. Marthe est étonnée de la vitesse avec laquelle il progresse. Il sait lire, alors qu'il peine à faire des nœuds à ses lacets.

– Tu as versé du côté des hommes et tu n'es plus sur les terres de l'enfance, dit-elle avec aménité. Si tu continues comme ça, tu pourras bientôt lire le journal en entier.

Oumar arpente de long en large la salle de séjour et tente, pour épater Marthe, de lire à haute voix la page d'un roman qu'il a prélevé sur une étagère.

– Pose ce livre, Grisou ! La Confusion des sentiments, c'est bien trop compliqué pour toi.

– Mais j'en ai déjà lu plusieurs pages !

– Et alors ?

– C'est dur ! Y a plein de choses que je ne comprends pas.

– Moi, je comprends que tu ne comprennes pas. Remets ce livre à sa place !

– C'est quoi, la fascination ? insiste-t-il.

– Un sentiment d'idolâtrie, de soumission, d'amour, répond Marthe, dodelinant de la tête.

Elle se souvient de la finesse avec laquelle Stefan Zweig avait restitué le trouble d'un jeune garçon pour son mentor et le malaise qu'elle en avait ressenti.

– Un jour, tu pourras lire *Amok* et *Le Joueur d'échecs*, rebondit-elle. Deux chefs-d'œuvre qui ont connu un succès fulgurant.

À l'époque, *La Confusion des sentiments* avait choqué par son audace. C'était un sujet nouveau que les sentiments d'amour entre deux êtres de même sexe. Marthe se replonge dans ses souvenirs et susurre d'une petite voix où se mêlent affliction et nostalgie :

– Ellen Key, une éminente philosophe et écrivaine suédoise que j'appréciais beaucoup, disait – retient bien ça, Grisou – « Apprendre, c'est aussi et surtout une source pour mettre en pratique une richesse. »

Oumar fait entendre un petit « pfft » d'incompréhension.

– Je ne saisis pas un mot à ce que tu dis, Mam !

C'est Marthe qui lui a suggéré de la nommer ainsi. Elle aurait aimé avoir un fils qui l'appellerait comme ça.

– C'est pourtant simple, Grisou ! Ça signifie que tu dois t'abreuver de la connaissance comme tu t'abreuves de l'eau du puits si tu veux être capable un jour de partager ton savoir avec d'autres. Mais prends ton temps mon garçon ! Ne mets pas la charrue avant les bœufs.

Oumar se mordille la lèvre.

– Eh oui, mon garçon ! Un jour viendra où tu auras une famille, qui sait, des enfants, et alors tu pourras leur apporter tout ce que tu as appris. C'est pas rien, ça !

Marthe plisse les yeux comme un maquignon qui cherche à sonder les intentions d'un chaland.

– Qu'est-ce que tu aimerais faire plus tard ?

Oumar a un regard vide qui se perd quelque part dans la corniche du plafond.

– Je ne sais pas ! Ce que j'ai envie de faire n'existe peut-être pas encore. Il faudra que je l'invente.

Marthe a une tête amusée.

– Ce n'est pas une réponse ça ! Méfie-toi ! Il en est des sommets comme des rêves…

– En tout cas, je ne serai ni facteur, ni fermier. Encore moins fouleur de mil, l'interrompt-il.

Ce soir-là, comme souvent, Oumar ne dort pas. Il repasse dans sa tête sa fuite pour arriver en France. Chaque matin, à Saussai, il disait qu'il allait se casser, quitter Fatou, maigre comme une libellule des marais, Mbaye rongé par l'alcool ; qu'il n'en pouvait plus de tresser des paniers pour les touristes ; qu'il en avait marre de sa vie de chien ; qu'il voulait se refaire le poil ailleurs, en Europe, où avec un peu de chance il pourrait changer le cours de sa vie. Mais il restait accroché à son bled comme une bernique à son rocher, répétant inlassablement, jusqu'à ce que sa langue s'engourdisse, qu'il devait se tirer. Malheureusement, sa résolution s'évanouissait avant d'être formée.

Pourtant, un jour il avait enfourné dans un sac de toile quelques vêtements, le chandail que Fatou avait tricoté avec des bouts de laine, trouvés çà et là, et il était parti. Pour aller où ? Il n'en savait trop rien. Droit devant lui, vers le nord, loin de Saussai, de la Casamance, du Sénégal. Il revoit sa croisière sur le bolincheur La Marée ; l'équipage ; Diouf, taillé dans un bloc de granit ; Fernandez, un petit homme basané dont la chevelure luisait comme une peau de loutre ; Saïd, l'égorgeur de poissons… les soirées aussi, douces comme une caresse sous le glacis des étoiles ; le silence troublé par le seul claquement des haubans sur le mât. Il se prend à rêver. Il aurait aimé ces nuits-là que Fatou soit près de lui ; qu'elle arrête de fouler son maudit sorgho et qu'elle jouisse du fabuleux spectacle que lui offrait le ciel : la Voie lactée, légère comme une écharpe de soie, blême et pâlotte ; le ciel de nuit, émaillé d'une foultitude de points scintillants, l'étoile polaire orgueilleuse, lumineuse et fière… Sa mère, lorsqu'il était enfant, lui racontait le soir au coucher que « le grand marabout allumait le soir les lumières du ciel pour que les anges trouvent leur chemin. »

Une image soudaine chasse les tendres rêveries d'Oumar. Le soir où Diouf était arrivé de façon impromptue dans le carré où il dormait. Surpris, il avait sursauté en songeant aux légendes sombres et mystérieuses des mers que son père lui racontait : les pirates qui sillonnaient les océans pour capturer les âmes des marins et les emprisonner dans des coffres au fond de l'eau ; le vaisseau fantôme, aux voiles déchirées, condamné à errer sur les mers pour l'éternité…

Ce soir-là, la lune brillait d'un éclat vif et le colosse l'avait rassuré d'un doigt sur la bouche : « Chut ! » Puis, il lui avait demandé, après s'être assis sur le bord du lit : « Comment ça va là-bas ? Toujours le bordel ? » Oumar ne savait pas à quoi il faisait allusion, s'il évoquait les bûcherons capturés et exécutés dans la forêt de Diagnon ou le conflit armé entre les troupes régulières et les rebelles indépendantistes du Mouvement des forces démocratiques de Casamance ? Dans le doute, il avait choisi de le faire rêver avec le chant du serin à croupion blanc qu'il écoutait le soir au coucher et le parfum enivrant du thiouraye et du gowé portés par les jeunes femmes du village. À cet instant, Oumar compris pourquoi Diouf l'avait engagé. Il avait le mal du pays.

Diouf fumait cigarette sur cigarette, l'esprit embué dans les volutes de fumée bleue qui s'égaraient sous le plafond du carré comme un doux nuage. Son esprit était ailleurs. Il regardait Oumar à la périphérie de l'œil, songeant avec mélancolie à l'enfant qu'il n'aurait jamais.

Le chalutier, du fait de sa faible autonomie, avançait le plus souvent à la voile, pas trop loin des côtes pour prévenir les avaries. Il avait longé Bir Gandouz, contourné l'île de Tidra, avant d'arriver après plusieurs jours de tempête au port de Nouadhibou, la frontière marocaine. « Te voilà arrivé ! lui avait lancé Diouf depuis le pont du bateau amarré à quai. Prends un ciré dans la cabine, les nuits sont fraîches au Maroc. » Puis il lui avait glissé une poignée de billets dans la main. « Tiens ! T'en auras besoin ! » Il descendait de la passerelle, quand Diouf l'avait rattrapé.

– Attends ! Je me suis laissé dire lors de notre dernière escale, qu'il y avait à quelques kilomètres au nord une tour en ruine. Elle ne devrait pas être bien difficile à dénicher. D'après les ragots des marins, c'est un passage peu gardé par la police des frontières. Là, tu devrais trouver un passeur qui, pour quelques centaines de dirhams, te fera pénétrer au Maghreb.

Diouf l'avait étreint et Oumar avait eu le temps d'apercevoir dans son œil quelque chose qui ressemblait à une larme.

Il avait quitté le port sous le criaillement des mouettes, le grincement des chariots élévateurs et l'aboiement des marins qui s'activaient à étriper les cales pour repartir au plus vite. Après deux heures de marche, il avait découvert la fameuse tour en ruine. Elle semblait veiller sur la frontière avec la vigilance d'un cerbère. Diouf avait raison. Il y avait bien un passeur. Un bâtard qui avait tenté de l'arnaquer.

*

Ce matin, à l'heure d'ouvrir aux bêtes, le Grisou n'est pas debout. Marthe s'en inquiète et se rend à l'écurie. Le garçon dort du sommeil du juste. Elle n'ose pas le réveiller. Elle craint qu'il ne soit malade. Le grincement de la porte a fait sursauter Oumar. Après s'être étiré comme un oiseau qui déploie ses ailes pour se dégourdir de la nuit, il sort.

Marthe sourit en le voyant.

– Pardonnez-moi, Mam, j'ai eu une nuit affreuse.

– Tu as été malade ?

– Non ! mais j'ai repensé à ma cavale depuis Saussai et ça m'a collé le bourdon. J'aurais pas dû abandonner mes parents. Ils sont si pauvres, si démunis, si malheureux. J'suis vraiment un sale fils.

– Mais, non ! Que diable ! Pourquoi te sentir coupable ? Tu leur viendras en aide quand ça ira mieux. Va de l'avant, mon garçon.

Marthe lève un bras vers lui.

– Tiens ! Puisque tu es là et que tu es gaillard, aide-moi à porter quelques bûches près de la cheminée. À mon âge, elles sont bien lourdes.

Dans la journée, après le déjeuner, alors qu'il fauche les herbes folles près de la grange, les souvenirs de sa traversée du Maroc lui reviennent à l'esprit. Il s'en était plutôt bien sorti.

Les blessures, encore un peu visibles, dues aux rochers coupants comme du silex et aux taillis griffus, lui rappellent sa folle course. Il se revoit se faufilant comme une ombre entre les arbres, dont les branches le piquaient, le harponnaient, le reniflaient à chaque passage. Il avait réussi à échapper aux filets des gardes-frontières et n'en était pas peu fier. En revanche ses nuits avaient été cauchemardesques. Le moindre bruit suspect, le déplacement d'un lézard, le passage furtif d'une souris, se répercutaient dans sa tête comme le son d'un tambourin. Sous son ciré, ses membres devenaient alors gourds et raides comme le canon d'un fusil.

Tous les cinquante mètres il s'arrêtait, le cœur battant, et mettait ses haltes à profit pour interroger le silence et détecter d'éventuels traquenards ou pièges. Un matin, après une nuit de veille, il avait débouché sur une clairière où se tenait une escouade de militaires en tenues de camouflage. Près d'une ruine, dont il ne restait que quelques moignons noircis, il avait pu distinguer leurs fusils bruns, posés en pyramide, et percevoir leurs éclats de voix portés par le vent. Il avait contourné la place forte avec l'instinct d'un animal et s'en était allé, là où le vent le portait, droit devant lui, vers le nord. Après avoir beaucoup marché, parfois couru, fait du stop, voyagé en car, toujours sur le qui-vive, avec la crainte constante d'être alpagué et ramené au pays, il avait fini par rejoindre le nord du Maroc.

Sur le port de Tanger, alors qu'il s'interrogeait sur le moyen de rejoindre l'Espagne, il avait découvert, après plusieurs tentatives infructueuses, une BMW garée sur la file des véhicules en partance pour Algésiras dont les portes n'étaient pas fermées. Il s'était engouffré dans le coffre, imaginant le calvaire qu'il allait endurer, coincé entre la roue de secours et le cric. Or, contre toute attente, il avait fini par s'endormir sous l'effet du roulis du mastodonte et était arrivé à bon port.

2

OUMAR n'en croit pas ses yeux. Le facteur est habillé en fille. Il se frotte les yeux pour s'assurer qu'il ne rêve pas. D'ordinaire, lorsqu'il entend le crissement de la chaîne du vélo de Joseph, il plonge dans la grange et se dissimule entre les bottes de foin et le tracteur. Là, il est stupéfié par la robe qui flotte au vent et découvre des jambes blanches comme la porcelaine, lisses comme des cierges.

La jeune fille, en l'apercevant, sourit. Elle descend de sa bicyclette, lui tend un paquet et remonte, prête à repartir.

– Hé! attendez, ne vous sauvez pas comme ça! Oumar a déjà fait le tour du vélo et s'est saisi du guidon.

– Vous ne m'avez même pas dit pourquoi…

La jeune fille remet un pied à terre.

– Pourquoi, quoi?

– Bah! Pourquoi c'est vous et pas Joseph.

– Il était souffrant ce matin.

– Souffrant de quoi?

– Oh, vous êtes bien curieux. Est-ce que je vous demande qui vous êtes, ce que vous faites ici et pourquoi vous êtes noir ?

– Ça vous dérange ?

– Quoi ?

– Que je sois noir.

– Non ! Mais c'est vrai qu'on n'en voit pas beaucoup par ici. Vous venez d'où… ?

– Ah ! vous voyez que vous aussi vous en posez des questions.

La jeune fille sourit de toutes ses dents et leur blancheur rappelle à Oumar les marches de l'orgue de la cathédrale de Bayonne. Il se prend à rêver. La peau dorée de la demoiselle, le bleu de ses yeux, presque mauves, sa longue chevelure blonde, lui rappellent les contes que Fatou lui lisait, lorsqu'il était enfant : « … Des princesses en costume d'or qui sillonnaient les champs de blé et faisaient tournoyer leur chevelure, blonde et ronde comme des soleils… »

– C'est la première fois que je viens à la Veinarde. J'avoue que j'avais un peu peur. En ville, on dit qu'elle est hantée, que derrière chaque porte se cache un mystère.

– Hantée ?

– Oui ! depuis l'histoire de la fille carbonisée, jamais élucidée.

– Comment ça, jamais élucidée ? La fille a été foudroyée, tout le monde le sait et l'affaire a été définitivement classée par la justice.

– Oui ! N'empêche que le bruit court toujours que le Fernand n'était pas blanc-bleu dans cette affaire.

– Fernand ne ferait pas de mal à une mouche.

– À une mouche, peut-être, mais à…

Oumar est sidéré que cette histoire soit encore d'actualité. Il interrompt brutalement la jeune fille.

– Stop ! Là, vous allez trop loin, demoiselle…

– Amandine !

– Oui ! si vous voulez. Et la… il cherche ses mots… l'innocence, vous en faites quoi, Amandine ?

La jeune fille baisse les yeux, étonnée de la réaction d'Oumar.

Le garçon profite du désarroi de la belle postière pour lui saisir la main.

– Vous êtes vraiment jolie.

Amandine retire prestement les doigts. La mort de la jeune fille vient à nouveau de percuter son esprit et elle ne voudrait pas finir comme elle.

– Lâchez-moi ! Qu'est-ce qui vous prend ? Vous êtes devenu complètement fou ? Oumar est éberlué par l'attitude de la jeune postière. Il était à cent lieues d'imaginer qu'un geste aussi anodin pouvait provoquer une telle réaction.

– Pardon ! Je ne voulais pas vous effrayer, mais…

– Lâchez mon vélo ! Laissez-moi partir ou je hurle.

Les cris de la jeune fille ont alerté Marthe qui s'affairait près de la grange. Oumar tente, en vain, de calmer Amandine.

– Fous-moi le camp d'ici, Grisou ! aboie soudain Fernand dans son dos. Bon sang ! J't'avais pourtant dit de ne pas te montrer. Tu veux quoi ? Me faire embarquer par les gendarmes ?

Il toise la jeune fille, l'œil plissé.

– Et vous, qu'est-ce que vous venez faire ici ? Vous êtes qui d'ailleurs ? Une enquêteuse ? Une journaliste ?

– Non, m'sieur ! Je remplace Joseph, le facteur.

– Et alors ? On emploie des facteurs en jupon maintenant ? Je vous ai vue parler à mon gars. Qu'est-ce que vous cherchiez à savoir ?

– Rien ! On parlait de la ferme, quand il m'a sauté dessus.

Fernand se tourne à nouveau vers Oumar, le visage crispé.

– Tu l'as agressée ?

– Non, non ! J'lui ai simplement pris la main.

Fernand fait de nouveau volte-face.

– Alors, qu'est-ce que vous nous chantez là ? Vous voulez jouer les intéressantes ? Allez, fichez le camp ! On vous a assez vue. Et vous n'avez pas intérêt à parler du garçon en ville.

*

Oumar est penaud. Il ne sait pas ce que va décider le maître. Il a désobéi à ses ordres et il risque fort d'être chassé de la ferme. À Saussai, il y avait peu de jeunes filles et il n'était pas usuel que les garçons les « agacent » avant le mariage. Elles restaient vierges jusqu'à ce que le marabout leur désigne un mari. Les garçons adultes n'avaient donc pas d'autres solutions que de rester puceaux. Cette abstinence pouvait expliquer le subit épanchement d'Oumar pour la jeune fille qu'il venait d'effleurer.

La jeune postière partie, Fernand reste planté devant le Grisou.

– Alors, tu es fier de ta conduite ? À cause de toi, je vais avoir encore les gendarmes sur le dos. La gamine que tu as effrayée va raconter au village je ne sais quelle sornette : que tu l'as violentée, que t'as abusé d'elle, que t'as cherché à la violer... À cet âge-là, l'imagination est fertile et on aime se rendre intéressant.

– Je suis vraiment désolé.

– Désolé, désolé, j'm'en fous que tu sois désolé. Celui qui va supporter les emmerdes, c'est moi.

– Que voulez-vous que je fasse ?

– Bah ! Tu n'as guère le choix. Hé, je ne te chasse pas, Grisou, mais tu comprendras que si les gendarmes rappliquent je n'ai pas intérêt à ce qu'ils te trouvent ici. Je risque gros d'avoir hébergé une personne en situation irrégulière. Et puis, l'histoire de la gamine carbonisée a beau remonter à la nuit des temps et être classée, elle est toujours dans les caboches des villageois. Ils se la passent et se la repassent comme le mistigri, de père en fils, de famille en famille. C'est devenu un sujet de veillée.

Oumar est meurtri. Il est tassé sur lui-même. Il ramasse ses guenilles, fait disparaître toute trace de son passage à la Veinarde, et, après avoir embrassé Marthe et étreint Fernand, s'éloigne à travers champ. Il ne se retourne pas. Il emporte avec lui le doux visage de Marthe et le rudoiement affectueux de Fernand.

3

OUMAR LÈVE LE BRAS. Ce geste lui rappelle celui que le dealer de Nouakchott voulait qu'il fasse quand il chouffait pour lui au coin de la ruelle sans nom et du boulevard Blériot. Il sourit en repensant au coup de boule qu'il lui avait asséné et à son pif éclaté. Cette pensée le ramène à Sonia. La jeune et belle Kabyle avait montré un sacré courage face aux deux énergumènes qui le bastonnaient. Il aurait aimé avoir une frangine comme elle : brave, hardie, cash. Il revoit sa chambre d'hôtel ; les glaces où il s'était vu mourir ; les repas qu'elle lui portait ; son teint blafard et ses yeux mouillés dans le restaurant, le jour où il avait décidé de partir : « Putain ! C'est con la vie », qu'elle avait lâché, avant de se lever précipitamment de table et de s'enfuir.

Elle l'avait quitté aussi vite qu'il l'avait connue.

*

Oumar marche droit devant lui, sans bien savoir où il va. Il finit par déboucher, sans s'en rendre compte, sur la RN 20, reliant Étampes à Paris.

Planté près d'un arrêt d'autocar, il lève à nouveau le bras sans trop y croire. Dans sa résignation, il songe à la robe printanière que portait la jeune Amandine le jour de son départ de la Veinard et au vent filou qui avait découvert ses jambes d'albâtre. Elle était belle. Sans doute trop belle pour lui. C'est ce qu'il pensait avec du recul.

Il vient de lever le bras pour la énième fois, quand un camion chargé jusqu'à la gueule de billes de bois s'arrête à sa hauteur dans un nuage de poussières et de crissement de gravier.

– Tu vas où ? demande le conducteur, la tête légèrement penchée à l'extérieur de la cabine.

– À Paris !

– Ça va ! Viens, monte !

Il règne dans la cabine une odeur de graillon, de sueur et de tabac froid.

– Tu fumes ? demande le bonhomme, portant à ses lèvres une Boyards en papier maïs.

– Non !

– Tu as tort ! Celles-là, on n'en trouve plus beaucoup de nos jours. Moi, je les ai en contrebande. Elles viennent du Maghreb.

Oumar a noté l'accent du chauffeur, sans pouvoir dire d'où il est.

– Vous êtes de là-bas, demande-t-il, sans trop savoir quoi dire d'autre.

– Oui ! d'Algérie.

Le chauffeur lui tend la main.

– Je m'appelle Youssef. Tu as de la chance que je me sois arrêté. Les Noirs et les Arabes, avant qu'on les prenne en stop, les poules auront des dents.

Il éclate d'un rire gras qui met le Sénégalais en confiance.

– Moi, c'est Oumar. Je viens du Sénégal.

– Du Sénégal ? Mais alors on est deux Africains, frérot. Moi, l'Africain du Nord, toi l'Africain du Sud. Bienvenue à bord, mec. Et qu'est-ce que tu viens foutre à Paris ?

– J'sais pas encore. Je vais essayer de me trouver un petit boulot.

– Du boulot ? Ça ne court pas les rues. Tu sais faire quoi ?

– Pas grand-chose, à part peindre la girafe.

Il rit de bon cœur.

– T'as intérêt à avoir un escabeau. C'est haut, ces bêtes-là ! Plus sérieusement, y'a pas un petit truc que tu sais faire ?

– Non ! Pas vraiment ! Un peu la cuisine.

Oumar songe aux crevettes cramées qu'il avait servies aux gars de La Marée.

– Eh ben voilà ! Tu vas bosser « au noir » dans un resto.
L'expression tire à Youssef un petit rire taquin.

– J'rigole, mais il y a dans le dix-huitième un boui-boui où je vais parfois casser la croûte. Il s'appelle Les Amis. Tu demanderas « Camembert ». On l'appelle comme ça parce qu'il est normand. C'est un mec sympa et il ne te demandera pas ton livret de famille. En revanche, il te paiera avec des queues de cerises. Hé ! on ne peut pas bouffer et toucher de l'argent, hein ?

Youssef dépose Oumar au niveau de la porte de la Chapelle, à proximité du périphérique. Lui poursuit sa route en direction de la porte d'Orléans pour se rendre à Issy-les-Moulineaux, le lieu de sa livraison.

– Allez, bon vent, frérot ! et n'oublie pas d'aller voir Camembert. Dis-lui que tu viens de la part du « Bougnoule », c'est comme ça qu'on m'appelle là-bas.

Oumar vient de descendre du camion de Youssef, quand une voiture de police apparaît, gyrophares allumés et sirènes hurlantes. Elle passe devant lui à grande vitesse. Il a levé le bras dans un réflexe inconscient.

– Il ne manque pas d'air celui-là de faire signe à une voiture de police, éructe le gendarme assis à l'avant du véhicule près du chauffeur. Il se prend pour qui ? Pour un roi nègre ?

*

À la hauteur de la rue de Crimée, Oumar est accosté par un géant qui fait le pied de grue devant un immeuble en construction.

– Salut ! T'as l'air paumé, mec ? Tu cherches une planque ?

– Non ! Une piaule.

L'inconnu vient de se tourner en direction du chantier et Oumar voit son crâne, lisse comme un genou, ses pommettes hautes et saillantes et la balafre qui lui barre la joue. L'homme a surpris son regard.

– C'est rien ! Un tesson de bouteille, un soir de bagarre. Mais on n'est pas là pour parler de moi, hein ? Je suis Russe et je m'appelle Youly, Yul pour les intimes. Et toi ?

– Oumar !

– Le géant pouffe de rire.

– Homard ? comme la bestiole à pinces ?

Puis il désigne plus sérieusement du doigt les cinq étages de l'immeuble en cours de finition.

– Si sa Seigneurie cherche un lit à baldaquin, cet hôtel particulier contient quarante chambres, dont trois suites avec terrasse sur le Sacré-Cœur. À partir de six heures du soir, ce palace est à toi. Il est aussi silencieux qu'un cimetière, les morts en moins.

Oumar observe d'un regard circulaire la palissade qui entoure le chantier.

– T'inquiète pas ! J'ai la clé.

– La clé ?

– Oui ! enfin, le moyen d'entrer en loucedé. Viens ! suis-moi ! ordonne-t-il avec un fort accent slave.

Le Russe contourne la balustrade et montre à Oumar un panneau publicitaire qui fait l'angle de la rue de Crimée et de l'avenue de Flandre. Il le fait tourner d'un doigt.

– La conciergerie, mon prince ! Ce soir tu n'auras que l'embarras du choix. Je te conseille de faire comme moi. Je pionce au dernier étage pour avoir le temps de me tirer par les échafaudages si j'entends du bordel au rez-de-chaussée. Trouve-toi quelque chose pour dormir. Le béton, c'est duraille ! Sur le chantier, il y a souvent des bâches et des sacs vides, ça isole du froid. Si tu trouves un bout de moquette, c'est encore mieux.

Oumar n'a pas tout compris, car la voix rauque du Russe est en partie masquée par le son qui s'échappe de la Sony XDR-S41 qu'il tient à la main.

– T'aime le rap ? *Anybody* est le meilleur morceau de Young Thug. Des mecs comme lui, il en faudrait un à chaque coin de rue.

Oumar n'a jamais entendu parler du rappeur américain. Le malabar le prend par l'épaule.

– Bon ! écoute, Noiraud ! J't'ai montré comment dormir aux frais de la princesse, alors maintenant j'attends de toi un petit retour d'ascenseur. Tu piges ?

Oumar ouvre grand les yeux.

– Eh ! Oui, mec, rien n'est gratuit de nos jours.

– Mais j'ai pas de tune.

– Où est le problème, frérot ? Y a pas que le fric dans la vie. Viens ! Je vais te montrer comment en gagner.

Oumar, pas très rassuré, marche un bon pas derrière le Russe. Au coin de la rue Marcadet et de la rue Ordonner le colosse s'arrête devant un magasin de cycles et s'adresse à deux énergumènes qui stationnent devant la vitrine ; l'un, jean élimé, blouson clouté, jette un regard torve à Oumar ; l'autre, style biker, grosse moustache et look ténébreux, écrase méticuleusement sa clope sur le talon de sa santiag, sans lever la tête du guidon de la bécane sur laquelle il est assis.

– Salut les mecs, lance Yul aux deux loubards. J'vous présente Homard.

Les deux gus éclatent de rire.

– Non ! j'déconne, Oumar, un Sénégalais, belle gueule, grosse queue. Il va renforcer l'équipe. Pas vrai, frérot, que t'as envie de bosser pour nous ?

Oumar fait un pas en arrière devant l'attitude menaçante des protagonistes.

– Hé! T'bile pas, mec. Ce sont des potes! Celui-là, c'est Belgrade. Un clandestin, sans papiers et sans états d'âme. L'autre, sur la moto, c'est Antôn, un Serbe.

Comme il voit le Sénégalais, un peu étonné, il s'empresse d'ajouter en riant.

Partout où il passe le shit ne repousse pas. C'est le roi du cannabis. Ici, tu es sur la colline du crack, mon prince. Cocaïne et bicarbonate, la drogue du pauvre, mais j'te rassure, pas de Fentanyl.

Yul parle d'un sédatif cent fois plus fort que la morphine.

– J'espère que tu sais au moins faire la différence entre le chanvre, le haschich et la marijuana?

Oumar a une moue d'enfant pris en faute.

– Non!

– Il va falloir t'y mettre, frérot. Le cannabis, c'est la plante, le haschich, la résine, la marijuana, les fleurs et les feuilles séchées. Pigé?

Oumar opine du bonnet, sans bien savoir où il vient de mettre les pieds.

– Bon! Tu vas commencer par chouffer et, un jour, si tu bosses bien, tu pourras devenir dealer, comme Belgrade.

Ces mots-là, Oumar les a déjà entendus. Ce sont ceux que le dealer avait prononcés au bar *La Marine* à Nouakchott. Il se souvient de la manière dont s'était terminée la confrontation. Cette pensée le ramène à la belle et courageuse Sonia. Que lui conseillerait-elle de faire en pareille circonstance? Sûrement de se tirer en courant.

– C’est bon, les gars ! Mais j’suis pas fait pour ce taf, rétorque Oumar.

– Eh ! On ne te demande pas ton avis, mec. T’es *sumasshedshiy* ? tonne Yul en russe. Tu crois, espèce de taré, que tu vas pouvoir te débiner comme un rat après qu’on t’a mis au parfum ?

– J’vous dis que ce job, j’le sens pas. J’vais merder, c’est sûr !

– Réfléchis bien ! Tu peux te faire de la tune, frérot.

– Non ! j’préfère pas.

– T’as vraiment décidé de me mettre en colère, alors ?

– J’vous dit que je le sent pas ce boulot.

– Et celui-là, tu le sens ? demande le Serbe qui vient de lui asséner un direct de pugiliste à la face.

Le Sénégalais va pour se rebiffer, quand un violent coup de genou au niveau de l’entrejambe le plie en deux. Oumar ignore ce qui s’est passé ensuite. La seule chose dont il se souvient, c’est le craquement de ses vertèbres cervicales lorsqu’il s’est affalé sur le trottoir. Ensuite, c’est l’écran noir.

*

Pour l’heure, Oumar ne sait pas où il est, ni comment il a été transporté dans ce lieu humide et noir. Entravé, bâillonné, il se tortille, mais ses efforts pour se libérer sont vains. Ses jambes sont ligotées et attachées à un poteau en béton. Il a beau réfléchir, passer en revue tout ce qu’il a lu ou vu sur les grandes évasions, il ne voit aucune échappatoire. De plus, son estomac fait d'horribles gargouillis. Depuis combien de temps est-il là ? Il n'en a pas la moindre idée. L'obscurité confond le jour et la nuit et dans l'entre-deux, il n'a ni dormi ni même somnolé. Il a sombré dans une sorte d'engourdissement ponctué de sursauts. Il se ressaisit et tente de crier. Peine perdue ! Le chiffon qu'il a dans la bouche et l'adhésif collé sur ses lèvres étouffent les sons. Il songe à son père, lui aussi prisonnier, mais de l'alcool. Il est pris de remords, songe qu'il n'a été qu'un sale égoïste de s'enfuir alors que le village manquait de bras pour fouler le sorgho.

Soudain, un rai de lumière traverse la pièce en diagonal et il peut voir ce qui l'entoure : des cageots, des fûts, un amas de bois, des cercles de ferraille… Il imagine être dans une cave de vigneron.

– Alors, bien dormi ? demande l'homme qui se tient à ses pieds.

Oumar tente dans la pénombre de mettre un nom sur le visage de l'inconnu.

– Ne cherche pas, mec ! Tu ne me connais pas. Moi, c'est Pinard. Tes potes du magasin de vélos m'appellent comme ça parce que je picole. Désolé pour toi, mais avec eux on n'a pas le choix. Ou tu cèdes ou tu meurs. Moi, je leur sers de « remise » pour planquer leur magot et parfois leur victime. Deux mecs sont morts ici.

Oumar tremble. Le gardien pense qu'il en a trop dit.

– Hé ! j't'ai rien balancé, hein ! OK ? Bon ! Je vais te libérer les mains et la bouche pour que tu avales quelque chose. Tu n'as rien bouffé depuis quarante-huit heures.

– Ça fait deux jours que je suis ici ? On est où ?

– Ah ! ça, je ne peux pas te le dire. J'ai pas envie qu'on me fasse avaler mon bulletin de naissance. Ils ne rigolent pas, les zozos. Bon ! y a du poulet et du riz, ça te va ? De toute façon, j'ai rien d'autre !

Pinard lui tend un verre d'eau.

– Tiens, bois ! Tu dois avoir la gorge sèche avec ce putain de bâillon.

Oumar redemande de l'eau. Il a une soif inextinguible. Le verre qu'il tient dans la main lui donne des idées de liberté, de cavale. Pinard lit dans ses pensées.

– Tu ne peux pas foutre le camp d'ici. Et puis, si tu t'tirais, ils te retrouveraient.

Ils ont des yeux partout.

Le repas terminé, Pinard relie les poignets d'Oumar, lui remet le bâillon et lui lance sur le pas de la porte : « Fais pas le con ! Si tu fais ce qu'ils demandent, tu peux te faire de la tune. Dans le cas contraire, tu risques de finir comme les deux macchabées que j'ai emmenés à la décharge. »

Oumar regarde à nouveau le verre qui trône à ses pieds et que le geôlier a omis de récupérer. Il allonge les jambes pour tenter de s'en saisir mais crie de douleur. Sa nuque lui fait mal et l'une de ses jambes est endolorie. Une idée lui traverse soudain l'esprit. Il détache comme il peut son ceinturon, le retire et, à l'aide de ses pieds, projette la boucle en direction du verre. Échec ! Le métal a glissé sur l'objet. Il tente une ultime manœuvre en faisant cette fois tourner le ceinturon sur lui-même. Banco ! Le verre se renverse et roule un peu vers lui. Il s'en saisit à l'aide des pieds. Ouf ! l'exercice lui a donné chaud. Une sueur de sang inonde son visage. Il respire profondément et, d'un coup de talon, brise le verre. Puis, se saisissant d'un des éclats entre les dents, après avoir réussi à se dégager du bâillon, il entreprend de cisailler la corde qui retient ses poignets prisonniers. Il lui faut plus d'un quart d'heure pour venir à bout du lien et se mettre debout. Sa bouche est en sang. Reste à cisailler l'attache qui le lie au poteau de soutien de la voûte. Autre essoufflement, autre suée. Le plus dur est à venir. La porte est épaisse et la serrure à fouillot semble solide. Il colle l'oreille sur le battant, observe l'extérieur par l'interstice des charnières. Personne à l'horizon. Il s'escrime à enfoncer la porte ; peine perdue ! Ses coups d'épaule ont autant d'efficacité que ceux d'un agneau fonçant la tête baissée sur un mur. Ses coups de pied n'ont guère plus de résultat. En désespoir de cause, il se saisit d'une barre de fer trouvée dans un coin de la cave et tente de s'en servir comme levier. La porte résiste. Il ne se résigne pas, poursuit ses efforts. La serrure cède enfin.

Dehors, tout est calme. Il essaie de se repérer. Le lieu lui est étranger. Il ignore où mène la rue Damrémont dans laquelle il vient de déboucher. Il doit s'orienter, trouver le bar *Les Amis*. Dans le dix-huitième, a dit le chauffeur qui l'a pris en stop. C'est vague. L'arrondissement est grand. Et puis il risque gros s'il se fait repérer par la police, ou, pire, par les malfrats qui l'ont séquestré.

Chez *Tati*, il vole une casquette à l'étalage pour masquer sa tête, retourne son pull, le met à l'envers. Les passants auxquels il s'adresse le rabrouent ; d'autres lui refilent des informations bidons. Seul, un Maghrébin qui semble connaître le quartier comme le fond de la *masluq* de sa *djellaba*, l'écoute.

– Le bar Les Amis, mon frère, c'est pas loin. À deux rues d'ici. J'peux t'y conduire si tu as un peu de flouze.

Oumar détourne son regard. Il n'a pas une tune.

– Non ! Merci, ça va aller !

– Comme tu veux, mon frère. *Inch' Allah.*

*

Le bar *Les Amis* est situé au fond d'une impasse. Oumar a longtemps louvoyé avant de le découvrir. C'est la concierge d'un immeuble proche qui l'a renseigné.

Il n'y a pas grand monde à cette heure matinale dans le bar, à part deux joueurs qui palabrent devant le guichet du PMU, pas encore ouvert. Ils parlent sans se préoccuper du nouvel arrivant.

– Vous connaissez Camembert ? demande Oumar. Vous savez où je peux le trouver ?

Les gars se consultent du regard avant de répondre.

– Camembert, Camembert ? Moi, ça ne me dit rien ! Et toi, Saïd ?

– Non ! À moi non plus. C'est qui ? Un client ?

– Non, le patron !

– Ah ! Tu parles d'Hubert. Non ! Il n'est pas encore là. Il arrive rarement avant dix heures. Demande à la serveuse, elle sait où il est à cette heure-ci.

Oumar se tourne vers le comptoir.

– Elle est où, la serveuse ?

– À la cave ! Elle tire… du vin. Hé ! va pas t'imaginer autre chose, hein !

Au même instant, une tête émerge au-dessus du zinc.

– C'est vous la serveuse ? demande Oumar, qui observe la chevelure ébouriffée de la jeune femme.

– Ouais ! Pourquoi ?

– Je cherche Camembert.

– Camembert ? Comment tu connais ce nom ? Il n'y a que les habitués qui l'appellent comme ça ici. Qu'est-ce que tu lui veux, à Camembert ? Et d'ailleurs, t'es qui, toi ? Un flic ? Un journaliste de merde ?

– Non ! je cherche du boulot.

– Du boulot ? Qu'est-ce que tu sais faire ?

– Un peu de cuisine.

– Seulement un peu ?

La serveuse avise les vêtements d'Oumar, son pull délavé, son jean rapiécé, ses godasses dégueulasses. Elle se méfie. Les keufs se déguisent parfois en miséreux pour coincer les dealers.

– T'as des papiers en règle ?

Oumar hésite avant de répondre. Il ne sait pas s'il peut faire confiance à celle qui le mate comme un animal nuisible.

– Oh ! « Cachou. » Tu peux tout me dire. J'suis pas une balance. Alors, t'en as ou pas ?

Oumar a déjà oublié ce que la fille lui a demandé. Il est sous l'emprise de son regard. Des yeux qui lui rappellent la couleur des lézards verts qu'il attrapait à l'épuisette près du torrent à Saussai et qu'il faisait griller pour améliorer l'ordinaire.

– Tu réponds. Les papiers, t'en as ?

– Euh… non ! finit par avouer Oumar devant l'insistance de la serveuse.

– Bon ! Bienvenue au club. Moi, c'est Julia, mais ici tout le monde m'appelle Juju, et toi ?

– Oumar !

– Oumar ? Tu viens d'où ?

– Du Sénégal !

– Du Sénégal ? J'me disais aussi…

Elle s'arrête sur le point de dire une connerie.

– Ah ! Un conseil. Si tu veux te mettre Camembert dans la poche, t'as pas intérêt à la ramener. Reste simple, laisse-le parler. Il n'aime pas ceux qui jacassent. Les palabres, les flatteries, c'est pas trop son truc. Un seul sujet le branche : le cul des filles.

Elle tourne la tête vers la porte d'entrée.

– Tiens ! justement, le voilà.

Le patron se tient dans l'encadrement de la porte. Il a l'air bougon. Il jette un bref regard à la salle, s'approche, penche la tête par-dessus le comptoir.

– Qu'est-ce que tu fous, Juju ? T'as même pas fini d'essuyer les verres. Tu faisais quoi ? Tu blablatais ?

– Non, Boss ! Je répondais à un client qui te cherchait.

Camembert se tourne vers Oumar et le jauge d'un coup d'œil.

– Qu'est-ce que tu me veux ? Et d'ailleurs, t'es qui, toi ?

– Oumar ! Un routier que j'ai rencontré m'a dit d'aller au bar Les Amis dans le dix-huitième et de demander Camembert.

– Un routier, quel routier ? J'en connais plein.

– Celui qui se fait appeler « le Bougnoule ».

Un bref éclair traverse la pupille du boss et un sourire en devenir s'affiche sur ses lèvres.

– Tu le connais d'où, le Bougnoule ? T'as dû le brancher pour qu'il te donne mon nom et mon adresse. Ce n'est pas le genre très causant, Youssef.

– Euh… non ! j'lui ai seulement dit que je cherchais du boulot.

– Ah ! Ah ! Ah ! du boulot, glousse Camembert. Il croit quoi, le Bougnoule ? Que j'suis Pôle emploi ? Et d'ailleurs, qu'est-ce que tu sais faire ?

– Un peu cuisiner…

– Un peu cuisiner ! Et tu crois que c'est un CV, ça ? Pour la cuisine, on a ce qu'il faut. Juju est la reine des spaghettis bolognaise. Hein ma chérie que tu les fais bander, les clients, avec tes pâtes ? Et d'ailleurs, pas seulement avec les pâtes…

Il couve la serveuse des yeux comme un chat qui se pourlécherait devant un poisson rouge dans un bocal.

– Évidemment, t'as pas de papiers, t'es arrivé en loucedé ? Tu viens d'où ?

– Du Sénégal !

– Le Sénégal, j'connais. J'suis allé en vacances avec le Club Med à Cap Skirring.

Il observe Oumar les yeux plissés, s'évertuant à jauger le bonhomme. Il est du genre méfiant. Les flics sont capables de tout. Y compris d'engager des mecs travestis en claque- dents pour enquêter sur les emplois clandestins. Après un instant de réflexion, il se tourne vers Julia.

– Il pourrait p'têt' nous être utile pour débarrasser la cave et ranger le cellier, qu'en penses-tu ?

– Euh, oui, Boss ! C'est une bonne idée. Ça fait longtemps que vous vouliez le faire.

– Tu te sens capable de faire ça, Homard ?

Sa langue a fourché.

– Oui, M'sieur !

– On dit « oui patron », ou « oui boss », à ton choix.

– Oui, patron.

– Bon, mais c'est pas le tout. Va falloir le loger, ce zigoto. Pas chez moi en tout cas. J'ai pas de place. J'dirais bien dans ton lit, Juju, mais tu ne vas pas être d'accord.

Il éclate de rire et tousse comme un asthmatique.

– Le mieux serait qu'il se démerde. Il y a plein d'immeubles en construction dans le quartier. Il pourrait trouver un squat. Qu'en dis-tu, Juju ?

– Euh, oui ! La résidence Les Lilas est proche et les maçons sont déjà au quatrième étage.

– OK ! Va pour Les Lilas !

*

Au lever du jour, le bruit d'une bétonnière réveille Oumar. Il jette un coup d'œil du haut de son promontoire.

Le chantier bruit déjà d'activité. Quelle heure peut-il être ? Il n'a pas de montre et a mal dormi. Il regarde le portable qu'il a piqué à l'étalage : neuf heures. Il est pris de panique et se demande comment il va pouvoir filer en douce ? Il peste contre lui-même. Julia l'avait averti : « Tu dois te tirer avant sept heures si tu ne veux pas être coincé pour la journée. » Oumar ne voit qu'une solution : se laisser glisser le long des tubes de l'échafaudage et prier le ciel de rester en vie.

Il est à la hauteur du second étage, quand une voix résonne dans son dos.

– Eh, toi ! Qu'est-ce que tu fous là-haut ? Tu t'entraînes pour le cirque Pinder ?

Allez, descend de là avant de te casser la gueule !

Le chef de chantier, casque jaune sur la tête, sourcils froncés, l'attend, stoïque, au pied de l'échafaudage. Il se demande qui est ce « pistolet » qui joue les alpinistes de bon matin.

– Qu'est-ce qui te prend d'escalader les échafaudages ? Tu es fêlé ou quoi ? Tu sais que tu aurais pu te briser les reins ?

Le mot « escalade » résonne dans la tête d'Oumar.

– Je m'entraîne. Je veux devenir varappeur professionnel et j'ai un test demain.

Alors…

– Ouais, ben je préférerais que tu ailles t'entraîner ailleurs si tu veux bien. J'ai pas envie d'avoir un mort sur la conscience, moi.

Oumar l'a échappé belle. Son arrivée tardive au bar *Les Amis* est passé inaperçu. Le boss n'était pas encore là et Julia était partie faire les courses. À son retour, la serveuse se montre nerveuse.

– T'es barge d'arriver si tard ! T'as de la veine que Camembert soit encore dans les cuisses de sa pouffiasse, sinon…

Elle lance son pied en avant et botte un cul imaginaire.

– Tu vois ce que je veux dire ?

Elle regarde Oumar d'un œil attendri.

– J'voudrais pas qu'il t'arrive des bricoles. J't'aime bien, tu sais. J'étais craignosse quand je ne t'ai pas vu à sept heures. Je matais sans cesse la porte d'entrée avec la trouille de voir arriver le boss. Ça lui arrive parfois, quand il s'est fait lourder par sa pouffe, de venir passer ses nerfs ici de bon matin.

*

Une semaine s'est écoulée et Oumar au fond de la cave s'interroge. La mission que lui a confiée Camembert arrive à son terme et il ne sait pas très bien ce qui va se passer lorsqu'il aura fini d'évacuer le reliquat de détritus à la décharge.

Julia le rejoint. Elle a vu le Sénégalais stressé ces jours-ci.

– Je sais que tu balises, lui confie-t-elle. Évidemment le boss va te virer si tu n'as plus rien à faire. C'est un négrier, tu sais !

Elle se mord la lèvre, regrettant le mot qu'elle vient d'employer…

– J'veux dire par là qu'il est sans scrupule. Mais t'prends pas la tête, j'ai une bonne copine qui demeure pas loin d'ici et qui pourra certainement t'aider. J'ignore ce qu'elle trafique, mais je sais qu'elle est blindée. Et puis comme ça tu resteras dans le coin et on pourra continuer de se voir.

Elle dépose un baiser chaste sur la joue d'Oumar et lui glisse dans la main un billet sur lequel elle a griffonné l'adresse de son amie.

– Va la voir. Sarah, elle aussi, a connu des galères.

Oumar est interdit. Il passe un doigt sur l'endroit où Julia a posé ses lèvres. Il regrette de ne pas avoir su trouver les mots pour la retenir. Il a toujours eu envie de la draguer mais il se sent gauche, balourd ; un regret névrotique et crucifiant qui l'a empêché de la prendre dans les bras et de l'embrasser. Il songe avec amertume à Amandine et à son départ précipité de chez les Vatel. Il a des regrets, pleins de regrets.

Julia, de son côté, aurait aimé qu'Oumar l'invite à boire un verre, qu'ils fassent la teuf ensemble, qu'il ait envie d'elle. La manière d'Oumar de baisser les yeux quand elle lui parlait, la troublait. Et puis sa peau, lisse et chaude comme un galet, et ses yeux couleur de miel brûlé l'excitaient. Mais, Oumar ne savait que la regarder, le visage assombri par le remords qu'il avait de son comportement avec la postière. Devant son peu d'empressement, Julia avait fini par se résigner et le petit roi Soliveau avait chu dans sa tête.

Resté seul, Oumar déplie le billet que lui a remis Julia et l'approche de la lumière du fenestron de la cave. Il lit l'adresse de Sarah, quand le boss arrive dans son dos, l'œil froid et dur.

– Alors *l'ébène*, c'est pas encore fini, cette cave ? Tu vas tout de même pas y passer le mois, bon Dieu ! Je te donne trois jours pour tout vider. Ensuite, tu dégages !

– J'ai déjà vidé tout le cellier et j'ai fait plus de dix allers et retours à la décharge, sans rien demander, patron.

Camembert bondit. Il est rouge de colère et saisit brutalement Oumar par le col.

– Je crois que t'es complètement chtarbé, le Noiraud. Qu'est-ce que tu croyais ? Que t'allais te faire de la tune sans te fatiguer. C'est ça, hein ? Tu bouffes gratis et, en plus, monsieur voudrait que je le paie. Tu dois avoir un pois chiche dans la caboche. De toute façon je n'ai plus besoin de toi et arrête de mater le cul de la serveuse. On croirait un serpent à sonnette devant une souris.

Oumar regarde le boss, ahuri. Comment connaît-il son faible pour Julia ? Il est vrai qu'il aurait aimé kidnapper la serveuse et la coincer entre deux dictionnaires pour la garder à lui, mais il ne savait pas que son désir était aussi visible.

4

Oumar est à la recherche d'un nouveau boulot. Dans le métro, il baisse la tête sur ses baskets, gêné. L'inconnu qui lui fait face, lui a adressé à deux reprises un petit sourire en coin ; un sourire déguisé et troublant. Il descend à la première station venue.

– Hé, Oumar, ne vous sauvez pas comme ça, déclare quelqu'un dans son dos.

Le Sénégalais se retourne, étonné d'être suivi par l'inconnu.

– Vous vous appelez bien Oumar, je ne me trompe pas ?

– Euh, oui, non !

– Bien ! Le bar *Les Amis*, ça vous dit quelque chose ?

– Ouais ! Mais comment vous connaissez mon nom ? J'vous ai jamais vu.

– Ah, mystère ! Je sais même que vous n'avez pas de travail et que vous êtes sans papiers. Vous voyez, je suis bien renseigné.

Oumar est interdit.

– Je vous la baille belle, hein ?

Oumar fait appel à sa mémoire, mais les joues creuses et l'œil malicieux du bonhomme ne lui disent rien.

– Ne cherchez pas ! Vous ne me connaissez pas. En revanche, moi je connais mes administrés. C'est le rôle d'un député, non ?

Gabriel de Chambérat, suppléant du député Henri Vaucresson, récemment décédé d'une longue maladie, a été nommé à la tête du XVIIIe arrondissement de Paris dans l'attente de nouvelles élections législatives. Oumar regarde l'élu avec étonnement. Il n'a jamais vu de député et ne savait pas à quoi ça pouvait ressembler. Pour lui, c'était un homme en robe noire barrée d'une écharpe tricolore.

– J'ai peut-être un travail pour vous, déclare à brûle-pourpoint le député. Mais pour cela il vous faudra des papiers. Venez me voir demain à la permanence, rue Marcadet, je pourrai peut-être vous arranger ça.

Gabriel de Chambérat s'éloigne, lorsqu'il est pris à partie par des manifestants qui viennent de le reconnaître.

– Éloignez-vous ! souffle-t-il au jeune Sénégalais. Je ne veux pas qu'on vous voie avec moi.

Les contestataires se montrent véhéments et vomissent sur l'élu un poids lourd d'insultes. Un grand blond au visage un peu rougeaud se dégage de la cohue et s'approche du député. Du plat de la main, il fait signe à ses troupes de se calmer.

– Mon cher collègue, vous allez peut-être répondre aujourd'hui à la question que vous n'avez pas voulu entendre hier à l'Assemblée.

Gabriel de Chambérat va répliquer, quand un fumigène éclate à ses pieds. Thébaud Manuelli, député écologiste, membre de l'opposition, se tourne vers les manifestants, l'œil noir.

– S'il vous plaît! Ne jouez pas à ce jeu-là! Ce n'est pas de cette manière que nous réduirons les inégalités dans le pays. L'unification des pratiques socioculturelles doit s'accomplir au nom d'une idéologie libératrice par la conviction des idées, non par la violence. Je veux, comme vous, que ceux que la vie a rejetés comme du bois flotté retrouvent leur dignité, mais si nous n'agissons pas de concert, peu sortiront de la crise de dégrisement sans la gueule de bois.

Le détracteur pivote sur lui-même et s'adresse à nouveau à son collègue de l'Assemblée nationale.

– Si je vous suis bien, Monsieur de Chambérat – c'est ce qui ressort de ce que vous avez laissé entendre hier à l'Assemblée et qui est d'ailleurs repris et commenté dans la presse ce matin – l'homme ne serait rien d'autre à vos yeux qu'un numéro que l'on peut déplacer à loisir dans un univers en permanente mutation. C'est bien le message que vous avez voulu faire passer hier au Palais Bourbon, non?

Oumar, resté à distance, n'a rien perdu des propos du député écologiste et il les partage. Lui aussi est du bois flotté, un numéro, sans place, ni rang.

Monsieur de Chambérat ne se laisse pas démonter.

– Non! Ce n'est pas ce que j'ai dit, ou tenté d'accréditer. Vous croyez sincèrement que c'est en berçant les masses populaires d'illusions que vous allez gagner les prochaines législatives, mon cher collègue? «J'ai une grande confiance dans le peuple, moi, et je sais que si on lui dit la vérité, on peut compter sur lui pour faire face à n'importe quelle crise. L'important, c'est de lui présenter la réalité des faits. »

Il vient de citer Abraham Lincoln.

Le représentant de la droite républicaine se retire sous les huées et vociférations des contestataires qui manifestent leur réprobation à ce qu'ils viennent d'entendre. La France est dans une crise profonde due à un endettement récurrent (elle vient, pour la troisième fois, d'être déclassée par l'agence de notation Fitch), mais pas seulement. Le terrorisme, l'immigration clandestine, dénoncés par une majorité de Français, sonnent comme un brusque et redoutable réveil à la réalité.

*

Le lendemain, dès neuf heures, Oumar se présente, comme convenu, au siège de la permanence du député, rue Marcadet. Il est curieux de savoir ce que va lui proposer l'élu. Une secrétaire l'accueille et l'informe que monsieur de Chambérat n'est pas encore arrivé. Elle l'installe dans un petit salon pour le faire patienter.

Monsieur le député ne devrait pas tarder, lui glisse-t-elle encore, avant de refermer la porte.

– Monsieur de Chambérat arrive effectivement quelques minutes plus tard. Il entre d'un pas décidé dans la permanence, adresse un petit sourire au jeune Sénégalais.

– Je vois que vous êtes comme moi, toujours à l'heure. C'est bien ! Un bon point pour vous. Entrez, je vous prie !

Il vient d'ouvrir la porte de son bureau et fait maintenant face à Oumar dont les jambes flageolent affreusement. Il craint que le député s'aperçoive de sa peur. La panique se lit dans son regard. Oumar est dérouté par ses réactions ; ses tremblements, son œil hagard, sa main qui bougeotte sans qu'il puisse la contrôler. Il est mal avec lui-même depuis l'incident avec Amandine. Il a toujours la sensation d'être en faute.

Il fait l'inventaire du mobilier et son œil s'attarde sur une riche commode marquetée, incrustée de nacre, quand le député le fait sursauter.

– Bien ! Si vous voulez avoir des papiers en règle, il va falloir que vous y mettiez un peu du vôtre, mon jeune ami.

Il parle comme un professeur à son élève.

– Eh oui ! Rien n'est jamais gratuit dans la vie.

Le député couve Oumar d'un œil malsain. Son regard concupiscent suit la courbe délicate de son visage, s'arrête sur sa bouche, sonde ses yeux. Il s'approche au point de le toucher.

– Et en premier lieu tu dois faire plaisir à ton député...

Il vient de saisir la tirette de la braguette du Sénégalais et de sortir subrepticement son sexe. Oumar est horrifié. Il tente d'avaler sa salive mais ne parvient pas à déglutir. Ses lèvres sont comme happées de l'intérieur. Il recule d'un pas. Le député le suit et se fait plus incisif. Il déboutonne son pantalon et le fait glisser sur ses chevilles.

– Je viens de le dire. Ici-bas, rien n'est gratuit ! Alors, tu les veux, oui ou non, ces papiers ?

Les yeux d'Oumar se remplissent d'eau et le député a la sensation d'une bassine qui se remplit. Le jeune Sénégalais est comme suspendu entre le fauteuil et le bureau. Gabriel de Chambérat n'a pas attendu la réponse du garçon. À croupetons à ses pieds, il a pris d'autorité son phallus dans la bouche pour l'engloutir.

Oumar se sent comme aspiré dans un tourbillon pareil à un maelström. Ses lèvres sont devenues blanches et son regard de bête traquée parcourt une lente orbite autour de la pièce sans savoir où se poser. Quand la frayeur est plus forte que la paralysie, il hurle. Un cri si soudain, si perçant, qu'il traverse les murs et fige le député dans une position grotesque. La secrétaire accourt. La scène dont elle est témoin dépasse l'entendement. Le député est assis sur les mollets aux pieds du jeune Sénégalais, qui se tient debout, les fesses à l'air. Elle est médusée et laisse échapper le téléphone qu'elle tenait dans la main. Son regard est rivé sur l'œil exorbité du garçon où se lit l'opprobre. Oumar est embrené de la tête aux pieds.

– Fermez cette porte, bordel ! tonne le député, hors de lui. Puis il s'adresse à Oumar, muet d'incompréhension.

– Bon ! Tu auras des papiers, mais à une double condition : d'une part, que tu oublies ce qui vient de se passer, d'autre part, que tu me tiennes informé de ce tout qui se mijote dans le quartier. Vu ?

Le député se relève et, ayant recouvré son quant-à-soi, ajoute un tantinet moralisateur :

– Eh oui, mon ami ! Le monde dégénéré où nous vivons fourmille de racaille et le bas peuple n'écoute que ses impulsions et ses humeurs, là où il devrait songer à l'intérêt général.

L'élu récite à mi-voix l'une de ses phrases de prédilection, pas persuadé qu'Oumar puisse comprendre le tiers de ce qu'il dénonce haut et fort.

– J'ai besoin de savoir ce que manigancent les voyous, ces violents sans-manières qui font régner la terreur dans mon arrondissement. Tu me diras ce qu'ils fourbissent, leurs projets, leur planque… Tu recevras pour chacun de ces renseignements un cachet ou, si tu préfères, de la tune, comme vous dites dans votre jargon. Fais-toi flou, inexistant, serein comme une eau pure et rapporte-moi tout ce que tu entends. Sache que la ruse prévaut sur la force.

Oumar sort du bureau du député ballotté comme une barque à la dérive. Il se croyait fort, capable de tout encaisser, mais vlan! Le direct au foie que lui a asséné le député l'a mis KO. Il inspire profondément pour tenter de faire retomber la colère en lui. Il se sent sale, désespérément souillé.

Cette nuit-là, Oumar a un sommeil agité. Des songes étranges tordent son cerveau. Des visions chamaniques tourbillonnent dans sa tête. Il voit des femmes, qui ressemblent à Amandine, le larder d'aiguilles, des succubes dénudés qui dansent autour de lui sans qu'il puisse en attraper un. Il halète, respire par degré, suffoque. Un écureuil vient dormir à ses côtés; des rapaces criards aux ailes bleutées se déploient dans un ciel vert au-dessus de lui; son âme s'échappe dans un vol de libellules. Il pousse un cri aigu. Les oiseaux se sont tus. Il se réveille en sursaut.

*

La chambre de Sarah est grande comme un mouchoir de poche.

– Ne regarde pas le bordel, dit-elle à Oumar d'entrée de jeu, après qu'il lui a dit qu'il venait de la part de Julia. J'ne pieute pas souvent ici. Cette chambre, c'est pour donner le change aux flics. Il faut qu'ils pensent que je suis dans la dèche. J'ai un autre appartement dans le quartier chic de la rue de la Pompe, dans le XVIe, où je reçois ma clientèle.

Oumar inspecte la pièce d'un regard circulaire tout en se demandant de quoi vit Sarah. Si, comme elle le dit, elle a un super appart, c'est qu'elle est effectivement blindée. Il est venu tôt à l'adresse indiquée par Julia pour ne pas la rater.

– Excuse-moi ! Je sors du lit.

Elle regarde son visage dans la petite glace grossissante pendue au-dessus de la commode.

– Oh ! j'suis affreuse. J'n'aime pas qu'on me voie comme ça !

– Tu dors sur la gauche, lui lance Oumar à brûle-pourpoint.

Sarah se retourne, intriguée.

– Comment tu sais ça ? Et d'ailleurs pourquoi cette question ? Qu'est-ce que ça peut te foutre que je dorme sur le côté gauche ou sur le côté droit, t'es de la police ?

– Les plis de l'oreiller sur ta joue !

Sarah se replonge dans le miroir.

– Tu ferais un bon flic, lâche-t-elle, massant sa mâchoire. Alors comme ça, tu connais Julia ?

Avant qu'il réponde…

– Elle est belle, hein ?

– Oui ! très belle !

– Oh, toi, elle t'a tapé dans l'œil, évidemment. J'le vois sur ton visage. Il s'est passé quelque chose entre vous ? T'es beau garçon…

– Non ! Rien.

– Vraiment, rien ? Alors pourquoi elle t'a à la bonne ?

– Elle sait que je galère en ce moment. J'ai pas de papiers et le boss qui me faisait trimer m'a viré. J'ai plus de boulot et je sais pas où dormir.

– Aïe ! Tu n'es pas ce qu'on peut appeler une bonne occasion.

Elle s'approche du garçon et Oumar peut lire dans ses yeux un éclair d'empathie.

– Bon, écoute ! J'suis pas le Bon Samaritain de la Bible, ni la Petite Sœur des pauvres, mais je vais essayer de te sortir de la merde. D'abord, ce soir, tu vas dormir ici. Moi, j'irai rue de la Pompe. Demain, il f'ra jour.

Oumar est interdit. C'est rare qu'on le traite avec tant d'égards. Il y a quelque temps qu'il n'a pas dormi dans un vrai lit.

– Ah ! autre chose, tu trouveras dans le miniréfrigérateur de quoi bouffer. Regarde les dates de péremption. J'suis rarement là.

Il va pour la remercier, quand elle lui cloue le bec.

– Tût ! tût ! Ne dis rien ! Entre immigrés, faut bien s'aider, non ? Tu viens d'où ?

– Du Sénégal !

– Moi, d'Algérie.

Le bleu presque translucide des yeux de Sarah éclaire son visage, mais les petits sillons en éventail à la commissure de ses lèvres trahissent un caractère dur et bien trempé. Quel âge peut-elle avoir ? Vingt-cinq, trente ans, il ne saurait dire. Le principal obstacle chez les Orientaux est la détermination de l'âge. Il y a l'âge déclaré et l'âge réel. L'âge n'a pas une fonction sociale comme chez les Occidentaux.

– Bon ! Maintenant, il faut que tu me laisses. Je dois faire un brin de toilette et partir à mon travail. Ne traîne pas trop dans le quartier, il est bourré de fils de pute prêts à tout pour de la tune.

Sarah pousse gentiment Oumar dehors et referme la porte derrière lui. Elle a un client qui veut l'emmener déjeuner au *Normandy* à Deauville et elle doit être au *Royal Monceau* avant dix heures pour un petit-déjeuner. Sarah n'aime pas être bousculée. Pour elle, la toilette, c'est sacré et elle n'est pas un parangon de patience. Elle aime prendre son temps ; enduire son corps du baume de Dior, déposer quelques gouttes de Shalimar dans son cou, sur ses seins, sur sa toison pubienne, se maquiller pour effacer les ridules de la nuit : crème de jour-mascara-crayon-yeux-blush.

Elle se regarde à nouveau dans la glace et sourit, pas mécontente de l'effet produit, bien qu'elle ait plus l'air d'une pouffe ou d'une strip-teaseuse exfiltrée d'Ukraine que d'une moniale, mais ça, elle s'en contrefout. C'est pas son problème. Ça plaît aux hommes et c'est l'essentiel.

Reste le choix des dessous. Elle a rapporté de son appartement de la rue de la Pompe plusieurs ensembles sexy mais elle opte en définitive pour une culotte-short en soie et un soutien-gorge en fine dentelle. Puis elle passe une blouse en jersey imprimé, enfile une jupe en daim et se hisse sur des escarpins Louboutin à talons aiguilles dorés. Du néant *fashion* !

Dehors, le ciel est d'émail. Elle ouvre la fenêtre, tend la main à l'extérieur pour juger de la température. Réflexion faite, elle prendra un manteau de coton. On est en juin mais au bord de la mer le vent rafraîchit souvent l'atmosphère.

Dans la rue, des loubards assis à même le trottoir la sifflent avec admiration. Sarah est connue et appréciée dans tout le XVIIIe et il ne viendrait à l'idée de personne de lui chercher des noises. Tous savent qu'elle a toujours à portée de main une bombe lacrymo, et Mansour, qui l'ignorait, en a fait les frais l'année passée après avoir tenté de l'embrasser de force. La nouvelle a fait le tour du quartier et depuis chacun reste à sa place. On murmure que la Kabyle est capable de tout, même de tuer.

À l'accueil du *Royal Monceau*, on informe Sarah que Monsieur Olivier Ben-Arafat est au Spa Clarins. L'endroit, créé par Philippe Stark, est un paradis blanc éthéré qui a tout pour inviter à la détente et à l'hédonisme. Sarah ose à peine entrer. Son « client », assis devant une assiette de sushis venant du Matsushita, lui fait signe d'approcher.

– Vous êtes plus belle encore que sur les photos, déclare-t-il d'emblée. Sarah, c'est bien ça ?

– Tout à fait, Monsieur Ben-Arafat.

– Oh ! Faites-moi plaisir, Sarah. Appelez-moi Olivier, ce sera plus simple. Il regarde, admiratif, les yeux bleus de la jeune femme.

– Bien, les présentations étant faites, voulez-vous goûter aux sushis ? Ils sont délicieux.

– Non ! je préférerais du thé.

– Du thé et des viennoiseries alors ?

– Non ! du thé. Simplement du thé, Olivier.

Il fait signe au serveur d'approcher, ordonne qu'on dresse une table pour son invitée et commande un petit-déjeuner à base de thé accompagné d'une corbeille de fruits. L'homme, âgé d'une cinquantaine d'années, le teint hâlé, l'œil noir, sue le fric. Sarah ne peut pas se tromper. Elle repère à distance les bourrés aux as et ça lui a permis d'accumuler suffisamment de fric pour acheter son superbe appartement, rue de la Pompe. Un immeuble haussmannien en pierre de taille avec, s'il vous plaît, un salon en rotonde. Elle songe à Oumar. Lui aussi avec sa belle gueule pourrait se faire du fric avec toutes les rombières bourrées de tunes qui courent les palaces.

Olivier Ben-Arafat avale un à un les sushis, l'œil rivé sur le haut des genoux de Sarah. Elle ne fait rien pour l'en dissuader et s'emploie même, avec un malin plaisir, à se tortiller sur son siège pour faire remonter légèrement sa jupe de daim et dévoiler le début de ses cuisses ; des cuisses blanches comme du marbre de Carrare, lisses et douces comme un canon de fusil.

Sarah marche au moins trente minutes par jour, comme le lui a suggéré son kiné, pour en préserver la finesse et le galbe. Le pouvoir qu'elle détient sur les hommes est dû principalement à ses jambes et elle entretient méticuleusement cet outil de séduction à partir de crèmes, onguents et baumes qu'elle étale dès le matin, après sa toilette, depuis les orteils jusqu'en haut des cuisses.

Le serveur arrive, poussant une petite table roulante, portant une jolie vaisselle en porcelaine et une corbeille d'argent regorgeant de fruits exotiques: *taxo, kinawano, jaboticaba* et fruits rouges. C'est bien le minimum que puisse faire un établissement où la plus petite des chambres est affichée au prix de deux mille euros.

Le serveur installe la petite table devant Sarah et s'enquiert du thé qu'elle désire: « thé noir, thé vert ou thé blanc? » Il fait étalage de son savoir.

– Si Madame préfère un English breakfast, je lui suggérerais le thé noir; si elle souhaite un thé plus léger et doux, le thé vert, tiré du *Camellia sinensis,* ou encore le thé blanc qui a subi une faible oxydation mais qui est riche en caféine.

Sarah opte pour le thé blanc. Le serveur la gratifie d'un « excellent choix! ». Il dépose dans une tasse une petite boule roulée à la main, se saisit de la théière, verse un filet d'eau bouillante, attend que l'infusion parvienne à un jaune pâle légèrement ambré et complète la tasse. Sarah est subjuguée par l'érudition et le savoir-faire du serveur. Elle a fréquenté nombre de palaces, mais a rarement été aussi bluffée.

Le serveur incline cérémonieusement la tête, se courbant avec naturel, ni trop, ni trop peu, et se retire.

– Le service est vraiment excellent, déclare-t-elle, se tournant vers son client. Lui regarde tour à tour les fruits étincelants de fraîcheur et les cuisses de Sarah qu'elle croise et décroise à l'envi avec une savante malignité.

– Tu ne prends pas de fruit ? demande-t-il, se saisissant d'une poire à la peau dorée.

Il vient de la tutoyer pour réduire la distance entre eux et se lève soudain de table, comme s'il avait une affaire urgente à régler.

– Bon ! Il faut y aller si nous voulons être au *Normandy* pour déjeuner. Tu vas devoir m'attendre un instant, le temps que je passe un costume.

Il hésite à lui proposer de monter dans sa suite, car le temps joue contre lui. Et puis, le *Normandy* a lui aussi des suites confortables.

La veille, Olivier Ben-Arafat a consulté le luxueux catalogue des Escort-girls remis par l'agence *Premium plus* et la photo de Sarah s'est incrustée dans sa rétine au point qu'il en a rêvé une bonne partie de la nuit.

Il réapparaît quelques minutes plus tard dans un élégant costume gris égayé d'une cravate aux teintes chatoyantes nouée sur une chemise d'un blanc lumineux. Il est distingué et respectable. Un homme avec qui on n'a pas honte de s'afficher. Sarah se demande d'ailleurs pourquoi cet homme, encore relativement jeune, chic et raffiné, a besoin de recourir à des Escort-girls, plutôt que de draguer les filles. Il n'en manque pas dans les palaces. Peut-être le temps, la paresse, la facilité, ou encore la sensation d'être puissant, d'obtenir ce qu'il veut, quand il veut ?

La circulation à cette heure de la journée est relativement fluide. Sarah ferme les yeux, bercée par le *Concerto* pour clarinette de Mozart que diffusent les enceintes de la Boss Smart Soundbar. La Tesla semble rouler sur un tapis de mousse. Elle s'endort.

Elle est soudain réveillée par une main qui farfouille entre ses cuisses. Elle sursaute.

– Eh ben ! je vous croyais gentleman ?

Olivier Ben-Arafat rougit comme un ado pris en faute et retire prestement sa main.

– Pardonne-moi ! Ton parfum m'enivre et m'excite.

Sarah sourit. Elle sait que les hommes résistent rarement à son Shalimar.

– Attendez au moins qu'on soit à l'hôtel. Regardez ! Vous avez froissé ma jupe. Il y a foule à l'accueil du *Normandy*, et Olivier Ben-Arafat, qui stationne derrière une perruche à fanfreluches, s'exaspère. Il n'aime pas qu'on le fasse attendre. L'attention qu'on lui voue est son marqueur social. Il contourne la bonne femme qui le précède pour morigéner le concierge.

– Vous allez me faire attendre encore combien de temps avant que je passe au restaurant ? J'ai réservé une table en terrasse. Appelez-moi Monsieur Beauval.

Olivier Ben-Arafat ne supporte pas qu'on ne le reconnaisse pas. Il veut être traité en nabab, qu'il est. Porteur de parts dans un conglomérat pétrolier et propriétaire de plusieurs raffineries, l'homme n'est pas ce que l'on pourrait appeler un traîne-misère. Il entend qu'on le sache.

Le directeur s'excuse platement et conduit lui-même le prestigieux client à sa table, le couvrant de courbettes et de regrets. Olivier Ben-Arafat vient fréquemment au *Normandy*. Il est toujours accompagné de très jolies femmes qui valorisent l'établissement aux yeux de la clientèle.

Le patron fait signe au sommelier qui se précipite.

– Cher Monsieur Ben-Arafat, puis-je me permettre de vous offrir, pour me faire pardonner ce léger retard, une coupe de Dom Pérignon ?

– Avec plaisir ! Quelle année ?

– 1982, un millésime exceptionnel.

– Je sais !

Olivier se tourne vers Sarah.

– J'espère que vous aimez le champagne, chère amie ?

Il a volontairement tu le nom de Sarah. Il n'aime pas que son entourage sache qui l'accompagne. Il est comme ça ! Il paie en liquide et ne laisse jamais de trace là où il va. Le maître d'hôtel leur apporte la carte de dégustation et dépose sur un coin de la table la *wine menu*.

– Nous avons de magnifiques homards bleus et de grosses langoustines. Et, pour commencer, des civelles.

– Des civelles ? à cette époque ? sursaute Monsieur Ben-Arafat. Je croyais qu'elles étaient pêchées les mois froids.

– Vous avez raison, mais nous en avons reçu quelques caisses du Japon cette semaine.

– Bien ! Je choisirai donc les civelles en entrée et le homard. Et vous, ma chère amie, vous aimez les civelles ? C'est une denrée rare, qui se vend au prix de l'or.

Sarah ignore de quoi il s'agit, mais elle ne veut pas passer pour une godiche.

– J'adore les civelles ! Je prendrai donc le même menu que Monsieur.

– À la bonne heure !

– Et pour le vin ?

– Nous allons déjeuner au champagne.

– Parfait ! Excellent choix. Le Dom Pérignon se marie merveilleusement bien avec le homard Thermidor.

*

Le repas terminé, Olivier exprime le souhait de faire quelques pas sur les planches qui bordent la plage avant d'aller dans sa chambre regarder le Grand Prix de Monaco qui démarre à quinze heures.

– Tu aimes les courses automobiles ? demande-t-il à Sarah qu'il tient par le bras.

– Non ! j'n'y connais rien et j'avoue que ces pétarades me soûlent un peu.

– Que vas-tu faire, pendant que je regarde la course ?

Il passe un doigt sur sa joue et lui glisse dans la main une liasse de billets.

– Tiens ! Fais-toi plaisir, mais reviens avant dix-sept heures.

Sarah le gratifie d'un baiser du bout des lèvres et s'empresse, dès qu'il s'est éloigné, de compter les billets. Waouh ! Deux mille euros. Elle trépigne de joie. C'est rare qu'un client lui donne autant d'argent avant même qu'elle ait rempli son office. Celui-là doit être immensément riche. Elle a intérêt à se le garder au chaud.

5

LE LENDEMAIN, Sarah est inquiète. Oumar n'est apparemment pas rentré dormir dans sa piaule du XVIIIe et elle craint qu'il lui soit arrivé quelque chose de fâcheux. Le quartier regorge de « crackeux » à l'affût de la première tune pour acheter de la blanche.

Elle n'a pas tort. Son intuition d'hétaïre ne l'a pas trompée. Oumar se rendait au bar Les Amis pour tenter de revoir Julia, quand il est tombé nez à nez avec Yul. Le Russe était accompagné d'Antôn qui mastiquait un chewing-gum, façon bœuf qui rumine.

– Tiens, tiens ! tu vois ce que je vois ? avait-il demandé à son compère.

Oumar avait reculé d'un pas. Il se souvient soudain du coup de genou que lui avait asséné Antôn par surprise.

– Alors, blédard, tu t'en es tiré comment la dernière fois ? Qui t'a délivré, Julia ?

Il pense à la serveuse qui est de tous les coups.

– Cette salope, si je la croise, j'la fume !

– Elle n'y est pour rien. C'est avec le verre que j'ai pu…

– Quoi, le verre ? Qu'est-ce qu'il vient foutre ici ? hurle le Russe.

– Je m'en suis servi pour couper mes liens.

– Quel *aypak*, ce Pinard ! Celui-là aussi, si je le croise, je le bute. Tu m'entends, Antôn, j'le bute !

Il tend le bras et fait mine d'appuyer sur la gâchette d'un flingue, tout en réfléchissant à ce qu'il va faire de ce connard de Sénégalais.

– Bon ! Tu viens avec moi. On a peut-être à nouveau du taf pour toi. Mais cette fois, pas de connerie. C'est du lourd. Alors tu restes clean… Sinon t'es mort !

Oumar a du mal à respirer. Le Russe lui en impose et il sait que ce qu'il dit ne sont pas des paroles en l'air. Il lui suffit de se rappeler les deux macchabées que Pinard a emportés à la décharge pour en avoir la certitude.

Les trois hommes longent des rues désertes, entrent dans un café et s'installent dans l'arrière-salle pour être à l'abri des oreilles indiscrètes. Ils savent que le quartier est bourré d'indics qui se font de la fraîche en s'acoquinant avec la flicaille.

– Bon ! On va te mettre au parfum, Oumar, mais si tu l'ouvres, tu finis à la décharge, bouffé par les rats.

Le Russe passe un pouce en travers de sa gorge, en guise de couteau.

Oumar se dandine ostensiblement sur sa chaise. Il préférerait ne rien savoir de leur projet et déguerpir. Le Russe zieute le Sénégalais dont les guiboles jouent de la cymbale sous la table. Il imagine les rongeurs lui grignotant les orteils alors qu'il n'est pas encore mort.

– Belgrade, Antôn et moi, on a décidé de braquer la Caisse d'épargne. Celle qui fait le coin de la rue Ramey et de la rue Eugène-Sue. Tu vois où elle est ?

Oumar opine du chef.

– Bien ! On a besoin d'un chouffeur pour mater les flics. C'est simple. Tu te tiendras sur la terrasse du café situé juste en face de la banque et tu surveilleras les deux voies. Si tu vois les keufs, tu traverses le carrefour à toutes pompes et tu viens nous prévenir. T'inquiète pas, t'auras ta part.

Yul fait glisser son pouce sur son index pour évoquer les billets.

– Pour le moment, tu n'as pas à savoir le jour et l'heure du braquage. On t'avertira. Tu crèches où en ce moment ? Chez Sarah, la reine du quartier ?

– Ouais !

– Oui ! Ben ce soir tu restes avec moi dans le squat. Il n'est pas question que tu ailles bavasser avec ta copine.

Les malfrats se séparent à l'angle de la rue Labat et de la rue de Clignancourt. Yul adresse un coup d'œil complice à Antôn et se dirige vers l'immeuble où le Sénégalais a couché lors de son arrivée dans le quartier. Il tient fermement Oumar par l'épaule.

En septembre, les jours raccourcissent et les nuits sont plus froides. Ils allument un feu dans une brouette. Yul a sorti de son sac quelques bricoles à manger qu'il a piquées dans une supérette.

– J'espère que t'aimes le chocolat et les chips ? Y a que ça !

Ils mangent, se réchauffent les orteils au-dessus de la brouette, s'allongent sur des cartons. Oumar en superpose plusieurs couches pour éviter l'hypothermie. Il a en mémoire le clochard retrouvé mort récemment sur les marches du métro. Il n'arrive pas à dormir. Il est frigorifié. Il pense à Sarah qui a dû se faire un sang d'encre en trouvant sa couche vide. Puis ses pensées se cristallisent sur Julia qu'il n'a pas revue depuis que Camembert l'a éjecté du bar *Les Amis*. Il s'accroche à des bribes éparses de sa mémoire : à Marthe à qui il veut écrire ; à Fatou, sa mère, qui doit se demander où il est passé ; à Amandine, si simple, si sage, et lui, si empressé ; à l'opprobre qui le poursuit depuis l'ignoble scène qu'il a vécue avec le député de Chambérat. Il referme sa boîte aux échecs et s'endort.

Au lever du jour, il a la sensation d'avoir peu dormi. Yul vient de le réveiller d'un coup de pied dans les tibias.

– Allez, lève-toi ! C'est pour ce matin.

– Quoi, ce matin ?

– Le braquage, connard !

Le Russe regarde sa montre.

– Faut faire fissa. Les autres sont déjà en place. La banque ouvre à 8 h 30.

Ils ne prennent pas le temps de palabrer, dégringolent les étages quatre à quatre et, parvenus dehors, se regardent comme s'ils se voyaient pour la première fois. Le moment est crucial. Les yeux de Yul sont teintés de mauve et Oumar croit y lire l'expression de la peur.

– Bon ! C'est pas le moment de se dégonfler. Quand faut y aller, faut y aller ! On s'envoie un café et on y va !

Assis derrière le volant de la voiture qu'il vient de chouraver, Antôn stationne à proximité de la banque, le visage couvert d'une cagoule noire. Un gus de plus petite taille se tient sur le siège passager, le visage lui aussi dissimulé par un masque. Yul les rejoint. Il ouvre la porte arrière de la caisse et fait monter Oumar à ses côtés.

– Bon ! Changement de programme. Tu sais conduire, noiraud ?

– Oui ! répond le Sénégalais.

– Bien ! On descend. Tu te mets au volant, moteur en marche, prêt à démarrer à toute blinde dès qu'on revient. Pigé ? On a quatre minutes pour faire le job. Pas plus. C'est le temps que mettent les poulets du commissariat de la Chapelle pour rappliquer. On a testé le parcours.

Yul regarde à nouveau sa Rolex. Il doit attendre encore un peu avant l'ouverture des portes de la banque. Les cinq minutes les plus longues de son existence. Il a déjà fait des braquages, mais dans des bureaux de tabac, des supérettes, rien à voir avec le hold-up d'une banque. Là, il s'attaque à du lourd. C'est la fortune assurée, ou bien… Il préfère ne pas y penser.

Dans la voiture, personne ne pipe mot. Les visages sont congestionnés. Chacun pense à sa mission et tremble à l'idée d'un échec. Le coup leur a été indiqué par un des employés de la banque récemment embauché. Il leur a expliqué où se trouve le coffre, le jour où le fourgon convoyeur de fonds « Loomis » vient déposer le fric.

Yul ne quitte pas des yeux la porte de la banque. Nerveux, il consulte à nouveau sa montre. Encore une minute. Le temps paraît long quand ton cœur bat comme une breloque détraquée. Ses manières habituelles de condottiere ont fait place à une sensation bizarre qui côtoie la peur. Soudain, il se crispe. Le store de la vitrine de la Caisse d'épargne vient de bouger. Il remonte au ralenti, puis la porte s'ouvre. Une tête passe subrepticement à l'extérieur et rentre aussi vite qu'elle est sortie.

– C'est bon, les mecs! On bouge! Go, go!

Les trois compères giclent de la BMW, traversent la rue à grandes enjambées et se ruent à l'intérieur de l'établissement bancaire.

– Personne ne bouge! hurle Antôn avec un accent à couper au couteau. C'est un hold-up! Tous à plat ventre!

Le gardien près de la porte d'entrée tente de riposter, mais Yul lui assène un coup de crosse sur la nuque avec le flingue qu'il tient à la main.

– Fermez vos gueules! Il ne vous sera fait aucun mal si vous restez allongés et si vous vous tenez tranquilles.

Les quatre employés tremblent comme des feuilles. La caissière, enceinte jusqu'aux yeux, craint de faire une syncope. Elle se baisse derrière le comptoir et enfonce du pied le bouton rouge à sa portée. Aussitôt, un écran métallique sorti de nulle part descend comme un couperet isolant l'espace visiteur de la salle des coffres. Il ne reste dans la salle que les trois comparses et le gardien qui gît sur le carrelage, les cheveux rouges de sang.

Yul se ressaisit.

– Hé! on se calme, les mecs! Et toi, relève-toi et viens par ici, ordonne-t-il au gardien, à moitié groggy, le saisissant par le col. Puis il hurle à travers le volet métallique. Bon ! Vous avez une minute pour relever ce putain d'écran, sinon j'crame la cervelle du gardien. Vous entendez ? Je le crame !

Nerveux, il agite le pistolet dans tous les sens, feignant de viser les caméras du plafond.

– On ferait p'têt' mieux de se tirer, glousse Antôn qui n'en mène pas large.

– Toi, la couille molle, ferme-la ! Je ne partirai pas sans le blé.

Il ignore qu'Oumar a informé en douce, par texto, monsieur de Chambérat du projet de braquage et que les flics sont déjà à la manœuvre.

Depuis l'horrible scène de viol, Oumar n'a revu le député que deux fois : le jour où il lui a remis les fameux papiers d'identité ; une seconde fois pour recevoir son premier cachet d'indic. Ces deux rencontres avaient été un véritable calvaire. Elles lui rappelaient sa honte, sa souffrance, son supplice. Depuis, il a pu, fort heureusement, ouvrir un compte en banque pour ne plus avoir à revoir l'horrible bonhomme.

Dans la BMW, en stationnement, Oumar repense au moment où il a palpé pour la première fois sa carte d'identité française. Il n'en croyait pas ses yeux. Il était ému comme un gamin à qui on vient de remettre un prix d'excellence. Il tournait et retournait le document, incrédule, le serrant fort, par peur qu'il disparaisse comme dans un tour de magie. Oumar le Sénégalais, Oumar le clandestin, Oumar le paumé allait enfin pouvoir vivre normalement. Vivre sans trembler. Vivre sans la crainte d'être arrêté et reconduit à la frontière.

Il riait bêtement en repensant à ces péripéties, quand les ordres du commandant Proton provenant d'un porte-voix le clouèrent sur place.

– À toutes les voitures, braquage de la Caisse d'épargne à l'intersection de la rue Ramey et de la rue Eugène-Sue. Rendez-vous sur place. Ne pénétrez pas dans l'établissement, il y a sans doute des otages. Attendez l'arrivée de la BRI. Il faut choper le gang en flagrant délit, à sa sortie.

Déjà trois voitures banalisées convergent vers le carrefour. Oumar, au volant de la BMW, s'impatiente. Cela fait au moins cinq minutes que le groupe est dans la banque et les flics ne se montrent pas. Si Yul apprend qu'il les a trahis, c'est « la décharge » à coup sûr. Il arrête le moteur et s'apprête à sortir du véhicule quand il aperçoit deux flics, munis d'un brassard, descendre d'une Renault et se poster derrière un panneau publicitaire. Il saisit vite la situation. Il ouvre délicatement la portière, se glisse dehors, reste accroupi un moment, puis s'éloigne, marchant le plus naturellement possible, malgré la peur qui l'étreint. Le lieutenant Romorantin, qui vient de l'apercevoir, feint de se lancer à sa poursuite.

Oumar, presse d'abord le pas, puis s'éloigne à grandes enjambées, saisi de panique. Il ignore qu'il est vraiment couvert par les services de police. Parvenu devant le mur d'enceinte d'une propriété, il hésite, puis d'un bond se projette de l'autre côté.

Le lieutenant a déjà opéré un demi-tour et est revenu se poster près de son collègue. De là où il est, il voit parfaitement l'entrée de la banque et attend, le doigt sur la détente de son pistolet, l'ordre de l'assaut. Ancien du GIGN, c'est un combattant aguerri. Il a participé à plusieurs interventions lors de hold-up, notamment le récent braquage de la célèbre boutique Vuitton. Il songe à la blessure qui l'a rétrogradé de son grade de capitaine, quand soudain la porte de la banque s'ouvre comme sous l'effet d'une bourrasque. Les braqueurs giclent en ordre dispersé.

Yul, en partie masqué par le gardien, avance prudemment, le flingue en appui sur la tempe de l'otage. Il n'a pas fait trois enjambées qu'il s'écroule sur le trottoir, cassé en deux. Un filet de sang, d'abord léger, puis bouillonnant, s'échappe du trou béant de son front et rougit son sweat. Le sniper de la BRI posté sur le toit de l'immeuble, face à la banque, a pressé la détente sur l'ordre du commandant Proton qui dirige l'opération. Devant la gravité de la situation, Belgrade et Antôn stoppent leur course et se laissent appréhender sans résistance.

À l'intérieur de la banque, l'angoisse est au paroxysme. Les employés ont entendu le coup de feu et craignent pour la vie du gardien. Aussi, quand le commandant frappe sur le volet de protection, il se heurte à un refus catégorique.

– Foutez le camp ! La police va venir.

– La police, c'est moi, Madame, hurle le commandant Proton à travers l'écran. Ouvrez ! Vous n'avez plus rien à craindre. Les braqueurs sont neutralisés et l'otage est libéré. Appelez-moi en Face Time sur le numéro que je vous donne si vous voulez en avoir le cœur net.

L'opération n'a duré que quelques minutes.

6

Le père Angel ferme un instant les yeux, puis les rouvre pour observer l'inconnu qui lui fait face. L'un des deux gardiens de l'institution « Les Grands frères » est formel : l'homme errait dans le parc et louchait de la jambe comme un canard boiteux.

– Comment vous appelez-vous ? Demande l'ancien prêtre, d'une voix paisible et bienveillante.

– Oumar ! répond le jeune Sénégalais, rassuré par le ton charitable du vieil homme, dont la voix grave peut surprendre dans un corps aussi frêle.

S'ensuit une avalanche de questions auxquelles Oumar répond sans barguigner. Il se souvient de son mal-être lors de ses mensonges chez les Vatel et raconte son parcours, ses rencontres, bonnes et mauvaises, son expédition en bateau, où il fut cuisinier le temps d'une bordée, ses galères, sa séquestration, le braquage de la banque… Il n'a rien zappé de son récit, ni la foi sacrée de Fatou dans le grand marabout, ni l'état de santé de son père, maigriot et rongé par le rhum. Les seuls détails qu'il a tus, par honte, c'est la manière dont il a obtenu ses papiers d'identité et sa rencontre avec Amandine à la Veinarde. Un amour larvé, discret, obscur comme une ombre.

Le père Angel tente de lire dans le visage d'Oumar la part de vérité qu'il doit attribuer à cet homme qu'il voit pour la première fois. Il sait que le Malin a nombre d'artifices à sa disposition pour paraître autrement qu'il n'est. Novice, diacre, puis ordonné prêtre à Notre-Dame-des-Champs, il a entendu au cours de sa prêtrise, qui a duré de plus de quarante ans, bien des confessions, des péchés les plus véniels aux délits les plus graves. Il est donc prêt à tout entendre et rien ne peut désormais le surprendre, mais aujourd'hui il s'agit d'un hold-up à main armée; d'un crime. Bien des questions sillonnent le cerveau du vieux prêtre converti en bon Samaritain. Pourquoi le garçon s'est-il réfugié dans son institution? Vient-il pour espionner ou a-t-il entendu la voix du Seigneur? Le Tout-Puissant se serait-il penché sur cet être simple et démuni? Le père Angel est au cœur d'un bouillon d'interrogations spirituelles et métaphysiques. Il se souvient de ce que lui a confié l'évêque, le jour de son sacerdoce: « Ce que le prêtre sait, l'homme l'ignore. »

– La police vous a-t-elle vu franchir le mur? demande-t-il à Oumar, fronçant les yeux. Il en va du crédit attaché à notre institution. Si l'on vous a vu escalader l'enceinte du parc, je serai contraint, vous le comprendrez, d'alerter la police. Dans le cas contraire...

Il ne va pas plus loin dans sa réflexion, craignant de trop s'avancer.

– Non ! Le flic qui me poursuivait s'est vite résigné, répond Oumar.

– À la bonne heure ! Cette question est capitale car, même si vous n'avez pas directement participé au braquage de la banque, vous risquez si vous êtes découvert, d'être poursuivi comme coauteur.

Le père Angel, assis derrière son bureau, les mains croisées, couve Oumar d'un œil placide. Aucun muscle de son visage ne bouge. Le jeune Sénégalais a la sensation d'être devant un bonze. L'homme ferme à nouveau les yeux comme s'il réfléchissait à ce qu'il va dire. Oumar attend. Il cherche du regard un point quelconque où accrocher ses pensées. Quand le maître des lieux relève à nouveau les paupières, le bleu délavé de ses yeux est devenu lactescent. Sa bouche s'ouvre mais aucun son ne sort de ses lèvres. Il respire comme un poisson à court d'oxygène. Puis, dans un filet de voix rauque, il demande :

– Qu'êtes-vous venu faire ici ? Vous réfugier ? Vous soustraire à la police ? Si vous devez rester parmi nous, vous allez devoir me montrer vos papiers. Notre institution, à un but social. Elle est pilotée et contrôlée par le Conseil général.

Oumar s'exécute et tend au père Angel sa carte d'identité dont l'encre est à peine sèche. Le maître s'en saisit, chausse ses lunettes, écarquille les yeux.

– Grand Dieu ! mais vous ne vous appelez pas Oumar. Pourquoi cette cachotterie ? Qui cherchez-vous à tromper avec cette fausse identité ?

– Pardonnez-moi, Monsieur…

– Père Angel !

– Oui, pardonnez-moi, père Angel. C'est le député de Chambérat qui m'a obtenu des papiers. Il a dit que « Fontaine » faisait plus français que « Guelbeogo ».

Le père Angel parcourt le document : Krys Fontaine, né le 13 juillet 2001 à Vaucresson, Hauts-de-Seine.

– Vous êtes censé être domicilié au 23 rue Ordener à Paris, note-t-il, après avoir retourné le document officiel. C'est bien ça ?

– Oui !

– Et vous habitez réellement à cette adresse ?

– Non ! C'est encore monsieur de Chambérat qui l'a choisie.

Le père Angel tique.

– Attendez ! Il y a quelque chose que je ne comprends pas dans cette histoire. Je croyais que la nationalité française ne s'obtenait qu'après une longue et fastidieuse procédure. Êtes-vous sûr que ce document est authentique ?

– Euh… Oui ! Quand j'ai posé la question à monsieur de Chambérat, il m'a dit : « Ne t'inquiète pas, cette carte c'est ta prime pour service rendu à la police. » Et il a ajouté en riant : « J'ai des relations haut placées à la préfecture et au ministère de l'Intérieur. »

– C'est tout ce qu'il a dit ?

– C'est tout !

Le père Angel a une petite moue qui montre que ses doutes ne sont pas totalement dissipés.

– Et où logez-vous actuellement ?

– Je n'ai pas de domicile. Je squatte.

Le père Angel dodeline de la tête.

– Alors, comment doit-on vous appeler, Oumar, ou Christos, le disciple du Christ ?

Oumar sourit. Il n'a jamais fait un quelconque rapprochement entre son nouveau prénom et celui de Dieu.

– « Krys » me plaît bien, père Angel.

– Soit ! Va pour Krys, au moins ton nom n'aura pas à être apocopé.

L'ex-curé vient de le tutoyer pour le mettre en confiance.

– D'ailleurs, ça t'évitera de te tromper si tu es un jour contrôlé par la police.

Un petit sourire en devenir vient de s'afficher sur les lèvres de celui que les internes de l'association appellent le maître, en raison de sa sagesse.

– Bienvenue aux « Grands Frères » mon garçon, mais il va falloir te plier à la discipline. Comme je viens de le dire, notre établissement est une institution subventionnée en grande partie par les pouvoirs publics, ce qui implique des inspections impromptues. Donc, pas d'alcool, de tabac, de filles... si tu vois ce que je veux dire ?

Oumar-Krys opine de la tête.

– Bien !

Le père Angel se saisit de son portable.

– Allo ! Frère Mathieu, venez dans mon bureau, je vous prie.

Oumar est saisi par les variations de ton du maître à penser. De suave et complaisante, sa voix est subitement devenue ferme et péremptoire. Sous le couvert d'un air bonasse, le taulier doit savoir faire preuve d'une solide poigne quand il le faut.

Le frère Mathieu a tout d'un moine oblat et puritain avec ses joues chargées en graisse, son double menton et sa calvitie. Il salue poliment Oumar à distance et attend les ordres du supérieur.

– Mon cher Mathieu, nous allons accueillir dans nos rangs le nommé Krys que vous voyez ici. Le malheureux a échoué chez nous comme un oiseau mort. Une « tombée de loose », comme on dit. Vous allez devoir vous charger de l'éducation de ce novice et avant toute chose lui enseigner les préceptes qui rythment notre vie associative.

Le frère Mathieu, docteur en philosophie, devise avec le père Angel oubliant le néophyte, brut de pomme, qui se tient près d'eux. Le maître à penser mène une charge virulente contre ce qu'il appelle « la platitude intellectuelle ». Puis, il se tourne vers Krys.

– Ici, on réforme les mentalités, mon garçon. On fait des profanes des travailleurs capables de s'insérer dans la vie active. Ainsi, on lutte contre la jeunesse qui se complaît dans la médiocrité et baigne dans le liquide amniotique de la culture américaine. Donc, chez nous, pas de musique ! Encore moins de rap ! Ce signe de reconnaissance des vauriens participe à l'abaissement général de la moralité de notre société. Ce que l'on veut obtenir ce sont des êtres prêts à une réinsertion sociale réussie et nous ne négligeons rien pour y arriver.

Il s'adresse à nouveau au frère Mathieu et pointe en termes à peine voilés la démission collective de la société et la dégénérescence des mœurs. Il s'en prend derechef à la musique, qui voudrait être un langage commun transcendant les frontières mais qui abêtit la jeunesse, et plus encore à l'argent, qui l'aliène. « La musique de la terre est autrement plus riche que la musique humaine », conclut-il.

– Tout cela doit te paraître bien nébuleux, mon garçon, clame le père Angel à l'adresse de Krys. Tu comprendras mieux, après que tu auras été ébarbé et poli comme un sou neuf, que la civilisation n'est pas un acquis définitif. Elle est fragile et provisoire. La hausse de la délinquance, la toxicomanie, la massification de la pornographie, toutes ces pulsions auxquelles on donne libre cours, au nom d'une prétendue sacralisation des libertés individuelles, sont une incongruité.

Il ôte ses lunettes, se frotte les yeux et reprend :

– Fie-toi au frère Mathieu. Il sera ton référent, ta quille et ton gouvernail sur la mer que tu vas traverser. En attendant, il va te montrer les bâtiments et là où tu vas dormir. Évidemment, tu t'en doutes, il n'y a pas de télévision dans les dortoirs. L'esprit de nos frères ne doit pas être perverti par les élucubrations des journalistes, qui causent pour causer, vocalisent, se gargarisent et n'annoncent que de fausses nouvelles. Vois-tu, Krys, ici on lit. On s'imprègne l'esprit d'œuvres simples de la morale et on dort. Rien n'est plus judicieux que la lecture pour apaiser les âmes et veiller au confort intellectuel de l'être. Tu apprendras avec Mathieu, l'un de nos plus anciens et fidèles frères, les règles qui régissent la communauté : l'heure de la prière, le temps des Aveux, le moment des repas, celui du coucher… les interdictions aussi. Enfin tu sauras tout ce qu'il faut faire et ne pas faire pour atteindre le spectre du dicible. Tu es ici en sécurité. Profites-en pour reposer ton esprit, et affaire-toi à rechercher les signes négatifs qui alimentent ta peur si tu veux les combattre. Nous sommes malheureusement victimes d'un ramassis de paroles et de gestes appris depuis des millénaires et nous obéissons à des conventions écrites qui nous éloignent d'une réalité en permanente mutation.

Le maître à penser semble vouloir sauver le monde en désarroi. Krys n'a pas vraiment écouté le charabia du maître. Il ignore même où il voulait en venir. Il n'a vu que son air benoît, ses yeux rieurs et ses tremblements allant et venant comme des vagues sur ses tempes au gré de ses emportements.

7

KRYS a tenté de résister au sommeil mais il s'est laissé prendre par une fatigue plus forte que l'angoisse. Sa première nuit est peuplée de rêves brouillons et de cauchemars. Il se réveille en sueur. Son lit est près de la porte d'entrée et il craint de voir fondre à nouveau sur lui la bande d'avortons qui a haché son sommeil. Il parcourt d'un œil vitreux le dortoir et son regard s'arrête sur son voisin de lit, absent la veille. Le garçon l'observe, les yeux rétrécis.

– Bonjour. Moi, c'est Tao, déclare-t-il d'une voix flûtée, brandissant son nom comme un trophée. Et toi ?

– Krys !

– T'es d'où ?

– De France, pardi !

Tao cligne des yeux. Son visage ocré est d'une grande banalité, sans charme ni défaut.

– Moi, je suis ici depuis quinze ans. J'ai été naturalisé français mais j'ai perdu en même temps la citoyenneté chinoise. Toi, t'as de la chance. Tes racines sont ici, en France !

– Oui, répond à nouveau Krys, ne sachant pas très bien où le mène ce monologue.

– L'établissement, poursuit Tao, qui a décidément la langue bien pendue et semble se faire un devoir de présenter les lieux à tout nouveau venu, est un hôtel construit dans les années 1900. Il a été transformé, à ce qu'on dit, une première fois, lorsqu'il est devenu la résidence de la Wehrmacht en 1942, puis une seconde fois après la Libération pour accueillir des colonies d'orphelins issus de la guerre.

Il se redresse, apparemment satisfait du préambule.

– En 1990, le père Angel a sollicité du Conseil général l'autorisation d'installer dans cet édifice, un peu délabré, qui s'appelait à l'époque « Les Âmes perdues », une institution humanitaire. L'accord lui a été donné sous la double condition que l'institution n'ait pas de but lucratif et que les pouvoirs publics puissent y exercer un droit de regard et procéder à des contrôles réguliers de sécurité et d'hygiène.

Tao, apparemment intarissable, s'interrompt. Il regarde sa montre et se met debout comme mû par un ressort.

– Viens ! Allons prendre le petit-déjeuner. Il est huit heures et le réfectoire ferme dans une demi-heure.

La salle à manger est pleine. Oumar n'aurait jamais imaginé que les pensionnaires étaient aussi nombreux. Tao et lui s'installent à un bout de table et se dirigent vers le buffet, quand des quolibets graveleux fusent sur leur passage. S'ensuivent des rires gras.

– Alors, le Chinetoque, tu t'es trouvé une fiancée? Tu pourrais nous la présenter, lance un gaillard qui se tient à deux pas.

Tao ne réagit pas. Krys, lui, fait quelques pas en avant, comme s'il n'avait pas entendu, et décoche soudain un direct du droit à la face du provocateur. Son poing s'est détendu à la vitesse de l'éclair. Tous se sont levés pour faire cercle autour des pugilistes.

– Vas-y! Assomme-le, Jonathan. Casse la gueule au noiraud! Jonathan, à terre, la lèvre en sang, renifle et bégaye.

– T'es dingue! C'était pour rire. On sait bien qu'il est pas pédé le Chinois.

Krys le toise un instant et éclate de rire.

– Moi aussi, c'était pour rire.

Il tend la main à l'auteur de la bravade pour l'aider à se relever. Ceux, qui quelques instants auparavant se dilataient la rate, sont muets d'étonnement. Le grand Noir a une susceptibilité à fleur de peau et sa force est celle d'un buffle.

Krys est sur le point d'avaler un bol de thé, quand deux gardiens arrivent et l'invitent à les suivre.

– Les bagarres sont interdites, grommelle d'emblée le maître à penser. La violence est l'arme des faibles.

La voix du père Angel est cette fois cassante, impérieuse. C'est bien ce que pensait Krys, le taulier peut être, au choix, accommodant, bonasse et coulant, ou autoritaire, dictatorial et sectaire.

– La haine engendre la haine! poursuit-il sur le même ton. On ne convainc personne par la force, Krys.

La maîtrise de soi est plus forte que la haine. Tu devras apprendre à mieux te connaître, à contrôler tes pulsions, à les maîtriser.

« Civilisation et violence sont antithétiques », arguait Martin Luther King, et il avait raison. Médite la sagesse du Maître. La violence est la loi de l'animal. Tu dois dompter la partie bestiale qui est en toi et que nous avons en chacun de nous.

– Le père a raison, Krys. Le pardon est plus viril que le châtiment, renchérit le frère Mathieu qui assiste à la confrontation.

– Nous reparlerons de cet incident ce soir, lors du Temps des Aveux, déclare le père Angel. Tu devras à cette occasion expier publiquement ta faute. Cette confession montrera ton courage et te rendra plus fort aux yeux des autres frères. C'est ainsi que tu élèveras ta conscience.

Après le petit-déjeuner et la toilette, les pensionnaires sont rassemblés dans la cour par groupe de travail. Krys, dont on ne sait rien de ce qu'il peut faire, a été affecté, faute de mieux, au potager. Il devra semer, planter, arroser les plantes et récolter les fruits pour la collectivité. Le frère Mathieu l'a assuré qu'il recevra les conseils d'un horticulteur chargé de cours à l'école agronome de Bezons. Les pensionnaires, le plus souvent analphabètes et en situation de précarité à leur arrivée, deviennent, à force de cours : maçons, carreleurs, peintres, électriciens ou plombiers grâce à la formation professionnelle dispensée par des spécialistes financés par l'IEPD, l'Institution d'entraide aux personnes dépendantes. Cet apprentissage a permis à bon nombre d'entre eux de trouver rapidement du travail à l'extérieur. Pour le frère Mathieu, l'éducation, l'initiation, la formation sont de justes valeurs pour la réinsertion sociale.

Krys n'a parlé à personne durant la journée. Il est resté seul dans un coin à méditer les conseils du père Angel et à triturer les mots qu'il devra utiliser pour ne pas être ridicule au cours du Temps des Aveux. Seul Tao lui a adressé un pâle sourire au réfectoire.

Le soir, après le travail, le père Angel rassemble comme à l'accoutumée ses ouailles. Le Temps des Aveux a pour but de faire prendre conscience aux néophytes de leurs fautes et de les affranchir de leurs péchés. Le père s'adresse en priorité à Krys.

– Ce matin, un incident regrettable a eu lieu à l'heure du petit-déjeuner. Je voudrais entendre notre frère Krys et écouter sa repentance. « Ne pas se repentir d'une faute est une seconde faute », disait Ménandre, l'auteur grec.

Krys est intimidé. Derrière sa stature se cache la faiblesse des pauvres, des mal nés. Il songe à Fatou qui a trimé toute sa vie et à Mbaye, son père, qui a sombré dans l'alcool, après le décès de leur fille Mélia, morte d'une méningite à l'âge de deux ans. Krys a souvent songé qu'il aurait aimé avoir une petite sœur.

– Euh... Pardon, Jonathan, de t'avoir agressé ce matin, balbutie Krys. La violence engendre la violence et celui qui n'est pas capable de maîtriser la partie animale qu'il porte en lui n'est pas digne de l'humain. Il se conduit comme une bête féroce. Accepte mes excuses, Jonathan, pour ne pas avoir su dominer mes pulsions bestiales ce matin.

Il vient, sans s'en rendre compte de reprendre *mutatis mutandis* les termes du père Angel. Les pensionnaires sont sidérés. Personne n'aurait songé que le Sénégalais pouvait dissimuler une telle piété.

– Merci, frère Krys, de ta franchise et de ton courage, car il en faut pour reconnaître ses fautes et les expier publiquement, déclare le père Angel. Prenez-en tous de la graine.

*

Après une semaine, le regard des pensionnaires sur Krys a changé. Ils ne le toisent plus, ne l'évitent plus. Mieux, ils lui causent. Krys ressent comme un semblant de respect à son endroit. Hier, il a eu la visite de Monsieur Braconnier, l'horticulteur extérieur, qui, à partir d'un manuel, lui a montré les différents végétaux que l'on trouve dans la région et lui a appris à reconnaître les plantes par leurs feuilles et leurs fleurs. Souvent, Krys se remémore Fernand dans son potager à la Veinarde; la façon délicate qu'il avait d'ôter les gourmands des tomates, de choisir les fleurs mâles des courgettes que Marthe cuisinait en beignets.

Après deux mois d'apprentissage, Krys s'est pris au jeu du jardinage. La communion entre lui et la nature adoucit son âme. Il éprouve une sorte de révérence pour tout ce qui touche à la campagne et se sent plus léger, moins agressif, moins sauvage qu'à Saussai. Souvent, le soir à l'heure du coucher, il songe avec nostalgie à la maison dans laquelle il a grandi et les remords l'assaillent: sa fuite impromptue de Sénégal, l'abandon de ses parents, dont l'existence était cousue de petits riens, sa pauvre mère, rongée par le travail. Il a largué les amarres, mais sans gloire.

Ce matin, sur les conseils de l'horticulteur, il a planté deux rangées d'oignons et un rang de poireaux. Il s'est réservé deux pieds de piments rouges à mâchouiller. Il a acquis la régularité du semeur qui creuse son sillon avec ténacité. Aussi, quand il a vu la première petite fleur jaune sur la tige d'un pied de tomate, il a été saisi d'une réelle émotion. Un sentiment comparable à celui qu'il ressentait chaque matin à Saussai, quand il entendait par le vantail entrouvert de la case le chant du coq. Ce ramage lui rappelait que la vie était là, simple et tranquille. La « vie », un mot si beau, si grand, si plein, mais si court dans l'universalité du temps. Cette pensée le ramena à ses parents qui un jour rencontreraient inéluctablement la mort, mais cette idée ne l'attristait pas vraiment. Il songeait à ce que lui avait confié le frère Mathieu : « Lorsqu'on est vivant, la mort n'est pas là et, quand elle est là, on n'est plus. »

Comme tous les soirs, après le travail, Krys assiste au Temps des Aveux. Aujourd'hui, le père Angel est agité, nerveux. Les taches brunes de ses mains dansent à chacun de ses gestes. Personne ne connaît la cause de son apparente nervosité. Il déplie, tremblotant un peu, la feuille qu'il a avec lui.

– Écoutez-moi. Je veux vous donner lecture d'un article d'un certain Jean Malafait, journaliste dans un quotidien, qui m'a profondément indigné.

Il chausse ses lunettes et devant le melting-pot réuni, lit : *La jeunesse de notre pays vit dans la crainte de la disparition de l'identité française. Ce sentiment est dû, bien entendu, à la mondialisation, mais plus encore à la crise migratoire et au dérèglement climatique. Cette jeunesse, l'aube de la vie, attend le chaos comme on attend le train et guette l'accélération de l'effritement humain comme on regarde sa montre. Le problème majeur n'est pas tant l'immigration que le racisme qui, dans notre pays, reste le principal obstacle à l'intégration.*

Le père Angel a fait les yeux blancs en lisant la dernière phrase. Lui, pour qui l'intégration sociale est la raison d'être, explose. Sa voix est forte, vibrante, impérative. Il grince des dents, à croire qu'il va les faire voler en éclats.

– Non ! Vous m'entendez ? Je dis non, non et non à cette diatribe. Le racisme n'est pas et n'a jamais été le fléau de la France ! Il est même plus faible chez nous que dans un grand nombre de pays, y compris en Europe. Le racisme dénoncé par certains relève de la manufacture du mensonge. Une façon de tisonner les fantasmes. Ne nous laissons pas envahir par ces fausses nouvelles colportées par des médias qui présentent la France comme le pays de la haine et du délit de faciès. Notre pays est celui des droits de l'homme et des libertés. Ne l'oubliez jamais.

Le visage du maître s'est coloré sous l'effet de l'emportement. Il ajoute avec la foi de ceux qui pensent en termes d'éternité :

– La décadence, mes frères, c'est le passage du monde sacré au monde profane, quelque chose de suicidaire qui entraîne le troupeau de moutons marchant d'un même pas vers l'abattoir en lui faisant croire qu'il s'agit d'une fête. Confucius avait de bonnes raisons de se méfier des suiveurs, trop fats, trop avides, trop assurés d'eux-mêmes.

L'assemblée est pantoise. Le frère Mathieu se lève et prend la parole à son tour :

– Mes frères, le père Angel a raison de souligner l'état de décadence qui nous guette. « Un monde où l'honneur est puni, où la générosité est punie, où la charité est punie, où tout ce qui est grand est abaissé et moqué… Un monde où partout le triomphe du plus bête et du plus abject est assuré, est un monde voué à la destruction », disait Henry de Montherlant.

8

Krys ne cesse de se réinventer. Aux côtés de son référent, il est devenu un être plus malléable, pour tout dire, un peu moins con. La mystérieuse puissance du dessous des choses, chère à Alfred de Musset, lui a appris que : « Ce que l'homme ignore excède ce qu'il connaît ». Alors, il se jette à corps perdu dans le savoir.

Au cours des trois dernières années, il a appris à se contrôler, à maîtriser ses colères, ses emportements, à élever sa conscience. Avec l'aide du frère Mathieu, philosophe, il est devenu studieux, appliqué. Mieux, il est capable de parcourir les œuvres de quelques auteurs célèbres et, même s'il ne comprend pas tout, d'exprimer à son référent son admiration pour l'idéalisme de Platon, la sagesse de Socrate, le stoïcisme de Marc-Aurèle, à travers son œuvre *Pensées pour moi-même*, qui décrit la condition humaine, fragile, pathétique, contingente.

– Au cours de ces années, tu as fait de formidables progrès, lui dit le référent. À ton arrivée tu étais juste du niveau du primaire, et te voilà aujourd'hui capable de passer le bac.

Krys songe, l'œil humide, aux cours que lui donnait quotidiennement Marthe à la Veinarde. Il songe à nouveau à lui écrire. Elle serait étonnée de ses progrès en français.

– Vous pensez vraiment ce que vous dites, frère Mathieu ?

– Absolument ! Je peux t'inscrire pour la prochaine session si tu veux. De nos jours, on peut passer le bac avec la formation à distance du Cned.

– En serais-je capable ?

– Sans aucun doute ! Souviens-toi que tout ce qui t'arrive, arrive justement.

– Je ne comprends pas ce que vous voulez dire, frère Mathieu.

– Que toutes les choses dans le monde sont liées. Qu'elles sont rattachées les unes aux autres.

Comme le référent se rend compte que Krys se tord les méninges pour saisir ce qu'il dit, il se fait plus précis.

– Je vois tes interrogations et je les comprends. Sénèque disait : « Hâte-toi de bien vivre ! Songe que chaque jour est à lui seul une vie et que toutes les choses qu'il renferme sont liées. »

– Que chaque jour soit à lui seul une vie, ça, je le comprends, frère Mathieu, mais en quoi les choses sont-elles intimement liées les unes aux autres ?

– Selon les stoïciens, notamment Marc-Aurèle, que tu aimes, et qui a influencé la philosophie morale, il faut s'engager dans une conception déterministe du monde. Le hasard n'existe pas. Un événement est l'effet d'une cause et cette cause est-elle même une cause, qui elle-même n'est que l'effet d'une cause. Ainsi les événements sont contenus dans la première cause originelle.

Krys écarquille les yeux d'étonnement.

– Prenons un exemple. S'il t'arrive un accident de voiture et qu'on recherche la chaîne des causes, on relèvera que si tu as eu cet accident c'est parce que les freins ne fonctionnaient pas bien. Si les freins étaient défectueux, c'est que le garagiste avait mal effectué son travail. S'il avait mal travaillé, c'est qu'il était fatigué. S'il était fatigué, c'est qu'il avait mal dormi. S'il avait mal dormi, c'est que sa femme bougeait à ses côtés… Tu vois, le hasard n'existe pas. Tu as un destin, au sens où l'enchaînement des événements qui vont l'affecter est déjà programmé.

Krys fronce les yeux.

– Est-ce à dire que nous devons supporter notre condition de mortels sans nous laisser troubler par ce qui n'est pas en notre pouvoir d'éviter ?

– Exact ! Prends le temps de te retirer en toi-même et de réfléchir. D'ailleurs, tu ne trouveras nulle part d'endroit plus tranquille, plus calme que dans ton âme. Il est absurde de se plaindre ou de se lamenter sur quelque chose d'inévitable. Prends la mort, par exemple ! Elle est inéluctable. C'est le cycle normal de l'existence. On naît, on vit et on meurt. Il en est ainsi de toutes les formes vivantes. Les êtres humains ont un corps, un cœur, comme nombre d'autres espèces, même s'ils sont dotés d'une âme qui donne une dimension transcendante à leur vie.

– Que devient l'âme après la mort ? demande Krys.

– Question ô combien difficile, mon frère. Comment caractériser ontologiquement l'âme ? Est-ce une substance, une qualité, une quantité ? Est-elle en puissance ou entéléchie ? Est-elle immortelle ? Aristote propose un argument : « Si l'âme à une fonction qui lui est propre et qu'elle reste indépendante du corps, alors elle est immortelle ; si tel n'est pas le cas, l'âme ne pourra subsister indépendamment du corps. » Pour lui, on ne peut ni penser ni sentir la mort, car, comme je te l'ai déjà dit, quand on est vivant, la mort est absente et, quand elle est là, nous ne sommes plus. Le philosophe nous explique que la mort n'est pas représentable. On ne peut que l'imaginer, la vivre par procuration. Pour soi, la mort n'existe pas. C'est une irréalité. On ne meurt que pour les autres. Prendre conscience de sa mort supposerait que l'on se voit mourir, que l'on saisisse le moment cardinal où l'on passe de la lumière terrestre au noir absolu. Impossible ! Si la finitude est la privation complète de la vie, la mort ne doit pas, que l'on soit croyant ou non, nous faire frémir, puisque la mort nous prive de nos sensations. La mort est abstraite, anonyme. Elle est constatée médicalement, biologiquement, mais échappe à toute dialectique rationnelle. C'est un événement nécessaire, comme la gravité ou la force marémotrice de la lune, même si elle s'exhibe parfois, j'en conviens, sous des formes abjectes, dégradantes et ignominieuses.

Krys a interrogé le frère Mathieu sur la subsistance de l'âme en songeant à ses parents, Fatou et à Mbaye. Il est interloqué par les réponses du référent. Il n'avait jamais vu les choses sous cet angle-là.

– Ainsi, ce qui nous a été donné à la naissance peut nous être repris à tout moment…

Il va pour poser une autre question sur Dieu, quand un frère vient l'informer que le père Angel l'attend.

– Le frère Mathieu m'a dit tout le bien qu'il pensait de toi, déclare tout de go le maître à penser. Ton implication dans les études, tes progrès, ton sens du devoir, ton talent aussi montre que tu as un bon karma. La vertu est quelque chose de grand, d'élevé, de souverain, d'invincible. Il faudra te souvenir de ces sages paroles, Krys. Cherche la sagesse. Celui qui la cherche est un sage, celui qui croit l'avoir trouvée est un sot.

Krys baisse le nez, méditant les paroles du maître.

– Si tu passais ton bac, poursuit le maître, que ferais-tu ensuite ? J'incline à croire que tu verserais à l'évidence dans la philosophie.

Krys n'y a pas vraiment songé. À la réflexion, il préférerait faire du droit. Depuis sa naissance, il a été victime d'injustice et il veut comprendre ce qu'est l'idéal philosophique et moral de la justice. Frère Mathieu lui a souvent dit qu'elle était faite pour corriger les inégalités, combler les handicaps, sanctionner les fautes, mais il en ignore les règles, le corpus, les modalités.

– J'aimerais faire des études de droit ! finit-il par répondre.

– Du droit ? sursaute le maître à penser. Quelle drôle d'idée ! Sais-tu seulement ce que représente la balance, le symbole de la justice ?

– Pas exactement !

– Je vais te le dire ! C'est le signe de l'équité. Un moyen de peser les âmes. Il existait déjà à l'époque des Grecs.

C'est aussi et surtout le symbole de l'impartialité, de la juste appréciation du respect des droits et du mérite de chacun. Mais sache aussi que la justice, en voulant imposer la paix, engendre parfois la violence. Tu vois ce à quoi tu vas te heurter ?

– Oui ! Mais j'ai lu aussi que la justice était l'égalité devant la loi, la présomption d'innocence, l'équité. Qu'elle ne doit tenir compte ni de la situation sociale, ni de l'ethnie, ni de la personnalité des individus.

Krys songe aux êtres qu'il a côtoyés au cours de sa vie de galère : les Yul, Bulgare, Antôn, autant de rebuts de la société, livrés à eux-mêmes et devant vivre ou survivre d'expédients.

– Tu as raison, mais pourquoi pas la philosophie ? Tu as un maître en la personne du frère Mathieu.

– C'est un domaine trop vaste pour moi et trop éloigné de la réalité.

– Trop éloigné de la réalité, dis-tu ? Mais tu sembles ignorer que la philosophie est ce que tu vis chaque jour ; c'est la recherche de la vérité, du rôle de l'homme dans l'univers, le cadre dans lequel un être peut comprendre le monde et agir sur sa propre existence. La philosophie aide à se construire une véritable idée personnelle en dehors du milieu social. C'est, comment dire ? le paradigme du bonheur.

Krys n'a pas réfléchi à toutes ces choses-là et les paroles du maître le troublent. Il se tient face à lui, bras croisés, et attend une suite qui ne vient pas. Le père Angel le regarde droit dans les yeux. Ses traits accusent le poids des ans. Puis il pose un instant la main sur ses paupières, la fait glisser le long de son visage et lève sur Krys un regard où se lit la circonspection.

– Le choix d'un métier n'est pas une partie de dés, mon garçon. Réfléchis bien avant de t'engager.

Sur ces entrefaites, le père Angel se lève, parcourt son bureau de long en large et reprend les termes que Krys a déjà entendu du frère Mathieu.

– Hâte-toi de bien vivre, Krys. N'oublie jamais que chaque jour est une vie en soi. Apprends à consommer le temps avec sagesse. « Le sage est sans passion », disait Épicure. La passion est source d'emportement, d'excès, de jalousie.

Krys parti, le père Angel s'adresse au frère Mathieu en qui il a grande confiance.

– Ce garçon m'émeut. Tu devras veiller à ce qu'il ne jette pas par-delà les moulins sa foi dans l'existence. Que sais-tu de lui, de sa religion, de ses pratiques, de ses ferveurs ? En a-t-il, d'ailleurs ?

– Il est d'origine sérère, une ethnie qui pratique plutôt le christianisme, père.

– Étonnant ! Je croyais que la majeure partie de la population sénégalaise était musulmane.

– Vous avez raison. La population, principalement les Wolofs, les Toucouleurs et les Peuls sont musulmans et représentent plus de quatre-vingts pour cent de l'ensemble de la population. Les chrétiens, essentiellement catholiques, ne sont guère plus de cinq pour cent, mais les Sérères et les Diolas sont très pratiquants.

– Et Krys, il pratique, lui ? Je sais qu'il participe assidûment au Temps de la Messe, mais j'ignore à ce jour l'intensité de sa dévotion. Prie-t-il avec ferveur ou obéit-il aux règles de l'Église comme un animal docile?

– Il se confie peu, père Angel. On ne sait pas grand-chose de ses pensées secrètes. L'improbable est souvent certain.

– Que veux-tu dire par là?

– Que le pire peut arriver à tout moment.

– Je te trouve bien pessimiste. Qu'est-ce qui te fait dire ça?

– Une intuition! Les êtres renfermés, apparemment dociles, peuvent exploser au premier grain de sable qui grippe la mécanique.

– C'est bien ma crainte. Ce garçon a du potentiel et il ne faudrait pas le gâcher.

*

À la sortie de son entretien avec le père Angel, Krys se dirige vers la salle des cours, quand il croise « Baobab », un solide gaillard de cent dix kilos mesurant un bon mètre quatre-vingt-dix sous la toise. Il est chargé de l'économat. Le sobriquet de « Baobab » lui va comme un gant. Guigou, de son vrai nom, impressionne par sa taille et sa corpulence. Nul ne se risquerait à chaparder dans les cuisines placées sous son contrôle.

– Tiens! Toi, le fortiche, lance-t-il à Krys, sais-tu ce que l'on met dans la soupe chinoise. Tao prétend qu'en Chine on ajoute de l'huile de sésame aux nouilles. Je ne sais pas où il est allé pêcher ça!

Krys craint une embrouille. Selon le frère Mathieu, le cerveau du géant ne serait pas l'organe le plus volumineux de son imposante carcasse.

– J'sais pas ! Peut-être que oui, peut-être que non. Il vaudrait mieux regarder sur Internet.

T'es aussi couillon que le chinetoque. Vous êtes l'un et l'autre aussi intelligents que deux ronds de pan bagnat.

Guigou est un quart-mondiste originaire du Venezuela. Il a fait partie dès son plus jeune âge de la couche sous-prolétarienne du pays. Sa famille étant privée des droits que les autres catégories de la population s'octroyaient, il a dû, à son corps défendant, s'expatrier. Récemment, il vivotait dans un bidonville à Argenteuil dans le Val-d'Oise, où il a été recueilli par la DDASS puis confié, comme la plupart des autres pensionnaires à l'institution « Les Grands Frères », lors du démantèlement de l'asile. Bien que dans la dèche, Guigou ne faisait pas vraiment partie du prolétariat industriel vénézuélien qui fabrique des pépinières de voleurs et de criminels de toute espèce. C'était un pauvre parmi les pauvres. Un être voué à une vie misérable s'il ne rompait avec son milieu originel. Il avait rompu. Engagé sur un navire marchand en route pour l'Europe, il avait débarqué un matin de froidure sur le port du Havre où il avait trouvé refuge auprès d'une prostituée qui l'avait pris comme garde du corps.

– Allez ! hâtez-vous de rejoindre les salles de cours, aboie l'éducateur aux élèves rassemblés dans la cour.

On entend un branle-bas de combat, un bruit de godillots dans l'escalier menant à l'étage du bâtiment, un claquement de porte, un brinquebalement de chaises.

Le maître, Monsieur Mondineu, fait signe aux élèves de s'asseoir et aborde le cours d'histoire contemporaine.

– Le sujet qui préoccupe l'Europe et plus largement l'Occident est, vous le savez, la guerre en Ukraine. Une guerre qui n'est pas finie mais qui a déjà profondément secoué l'ordre international. L'ampleur des changements induits par l'invasion russe de l'Ukraine dépendra en partie de l'issue de la guerre sur le terrain. Si Vladimir Poutine devait sortir vainqueur du conflit en rapportant à la Russie une partie de l'Ukraine, donnant ainsi raison à la force sur le droit, l'équilibre du monde en serait sans doute pour longtemps bouleversé.

Krys n'écoute pas. Sa place donne sur le parc et il peut, de là où il est, voir les arbres et cette vision lui rappelle la forêt qui bordait le village de Saussai et qu'il arpentait souvent pour braconner.

– Krys ! lui lance soudain le chargé de cours. Tu rêves ou quoi ? L'histoire du monde ne t'intéresse pas ?

Le garçon sursaute. Il était absorbé par le soleil qui s'accrochait en filandres, comme un oursin doré, aux branches d'un pin.

Le prof, reprend.

– Je disais donc que la guerre en Ukraine n'est que le petit bout de l'iceberg d'un conflit plus vaste qui oppose l'Occident au triumvirat russo-chinois-coréen du Nord. Selon ce dernier, le modèle occidental basé sur la démocratie a fait long feu et le temps est venu d'en changer ; d'opter pour un régime communiste d'autoritarisme « replié », ne laissant subsister quelques zones de tolérance que l'État peut fermer à tous moments si la situation politique, économique ou sociale l'impose.

– Et la France, dans tout ça ? demande soudain Krys, montrant qu'il suit maintenant les propos du maître.

– Stop ! N'allons pas trop vite. Chaque chose en son temps.

Krys qui s'était levé se rassoit, un peu bougon. Comment rester impassible face aux événements violents et aux émeutes tragiques qui viennent de se produire dans l'Hexagone ?

– La démocratie, poursuit Monsieur Mondineu, du grec démos, « le peuple », et kratos, « le pouvoir », désigne un régime dans lequel tous les citoyens participent à la vie publique par leur vote. Le système de la Ve République est basé sur une assemblée restreinte qui représente le peuple et prend les décisions qui le concerne. Les élus de cette institution, que l'on nomme l'Assemblée nationale, tiennent leur légitimité du suffrage universel.

– À quoi reconnaît-on que l'on est en démocratie ? demande Sergly, d'origine ukrainienne.

– Très bonne question, Sergly. Dans ce type de régime, comme celui pratiqué par exemple en France, la volonté des citoyens s'exprime par le biais des élus qui forment le pouvoir législatif. Dans les démocraties représentatives, le vote est un droit. C'est un acte qui permet à chaque citoyen de choisir ses représentants à l'occasion d'un scrutin, contrairement à un régime de dictature démocratique, comme celui pratiqué en Chine, qui est basé sur une centralisation du pouvoir où la population est soumise au contrôle de l'information, à la censure, voire à la répression.

Les élèves sont noyés. Le maître s'en rend compte et change de registre.

– Pour répondre à Krys, je dirai que la France, qui était, il n'y a pas si longtemps encore, la figure de proue de l'Europe, a beaucoup perdu de sa superbe.

– Pourtant, le père Angel nous a dit récemment que la France était le pays de la liberté et des droits de l'homme, intervient à nouveau Sergly.

– Tu as raison ! C'est toujours le cas, mais l'image de la France s'est un peu dégradée ces dernières décennies. Le pouvoir régalien s'est effrité ; la fonction présidentielle, qui inspirait la dignité, est galvaudée ; l'exécutif dénigré, la police méprisée... La fracture entre le peuple et ses représentants est profonde.

– C'est dû à quoi ? demande une petite voix au fond de la classe.

Le surveillant assit au dernier rang se lève pour intervenir.

– Fantin ! levez le doigt quand vous voulez vous adresser au maître.

– Pardon !

Monsieur Mondineu fait un geste du plat de la main en signe d'apaisement. Puis il se tourne vers l'élève du fond de la classe qui vient de l'interroger.

– C'est dû à de nombreux facteurs, Fantin. Le laxisme du pouvoir, les zones de non-droit... Il faut savoir que des pans entiers du territoire sont aujourd'hui contrôlés par des bandes de mafieux qui font la loi dans les quartiers et prennent la population en otage. Ils vivent de vols, de drogues, de cocaïne et je ne sais quoi d'autre.

– Pourquoi ne fait-on rien ? demande Krys, qui a levé le doigt, et qui ne comprend pas qu'il puisse exister dans un pays civilisé des lieux où ni la police ni les pompiers ne peuvent intervenir.

– Ce serait très long à expliquer, Krys. Disons, pour faire simple, que, depuis la fin des Trente Glorieuses, en 1973, les gouvernements ont laissé faire. Le laxisme a favorisé la révolte d'une partie de la jeunesse d'origine extra- européenne contre l'État français. On n'a rien fait pour accueillir dignement les nouveaux arrivants, les aider à s'insérer, favoriser leur intégration. La situation que nous connaissons actuellement est le résultat de l'aveuglement des dirigeants qui se sont succédé depuis plus de quarante ans et dont on mesure aujourd'hui les conséquences. Ce n'est pas, comme certains démagogues le soutiennent, l'immigration ou l'arrivée incontrôlée de diasporas de cultures différentes de la nôtre qui ont contribué à la formation de ce que l'on appelle aujourd'hui « le cocktail explosif ». C'est la déficience des structures d'accueil, en partie le désintéressement des pouvoirs publics et l'absence d'une véritable politique d'intégration. Voilà la réalité !

Le maître se montre plus bonhomme devant la mine désenchantée des élèves.

– Ne soyons pas désabusés. Certes, les crises se succèdent : climat, insécurité, endettement, pandémie, et l'on pourrait en bonne logique penser que tout est perdu, que nous arrivons à la fin d'un cycle de mutation. Ce n'est pas le cas ! Nous sommes un ensemble d'êtres vivants au sein d'un même environnement, et cet écosystème nous permet d'espérer. Chaque être humain a de bonnes raisons de retrouver le goût de l'émerveillement, de croire en lui, s'il sait entendre sa conscience. Notre pays est multifracturé par l'individualisme, la frustration, l'ambition, l'absence de repères et de spiritualité. Il faut lutter contre la quête matérialiste, contre la surconsommation qui nous aliène.

Moins d'une heure plus tard, dans la cour, les élèves s'interrogent.

Ce n'était pas un cours d'histoire, confie Krys à William qui se tient à ses côtés, mais un cours d'instruction civique.

*

Le père Angel est songeur. Il a sur la figure une expression d'inquiétude et d'anxiété. Les maîtres éducateurs lui ont rapporté que beaucoup de ses ouailles maltraitent le français, usent souvent d'argot et d'anglicismes qui nuit à leur éducation. Il plie son journal et invite le frère Hubert, qui se tient à ses côtés, à se retirer. Il a besoin de réfléchir à l'article qu'il vient de lui lire.

La vue du maître lui faisant de plus en plus défaut, le frère Hubert vient chaque matin lui décortiquer les titres des quotidiens. Il lui lit parfois un article dans son intégralité. Ce matin, il a parcouru à haute voix la déclaration, déjà ancienne, de madame Hélène Carrère d'Encausse lors de sa réception sous la coupole de l'Académie française : « La langue épouse son temps, sans céder aux dérives de la mode et de la facilité, et, par exemple, sans donner dans le travers qui consiste à faire semblant de croire que la féminisation des mots est un accélérateur de parité. »

Le père Angel est en parfaite congruence avec la secrétaire perpétuelle de la noble institution. Comme elle, il pense qu'il faut faire vivre le français, l'enrichir, faire de sa préservation le devoir de sa vie. Aligner la langue sur les mœurs est à ses yeux une hérésie. Il n'adhère pas à l'écriture inclusive, au non-genré, des modes d'écriture qui ne sont pas de son temps. Il va devoir insister auprès des frères gardiens pour qu'ils surveillent plus encore la phraséologie des membres de l'association.

9

SIX MOIS SE SONT ÉCOULÉS. Krys a passé et obtenu le bac. C'est pour lui un triomphe. Le précieux sésame va lui permettre de poursuivre des études supérieures.

Grâce au Cned, le Centre national d'enseignement à distance qui suit les méthodes et les règles des lycées publics et privés il a pu, encouragé par le frère Mathieu, suivre les cours menant au bac.

Le référent se réjouit du résultat de son protégé mais il voit déjà plus loin. Pour lui, les études obéissent à la règle des parenthèses : on peut les ouvrir à la condition de savoir les refermer. Dans la cour, les coudes sur les genoux, le menton dans les mains, le frère Mathieu est plongé dans la méditation. Il lève la tête au passage de Krys

– Ah ! tu tombes bien. Je pensais justement à toi. Il va falloir maintenant que tu réfléchisses à ce que tu veux faire, Krys. Le bac n'est rien d'autre qu'un passeport pour le Parcoursup. As-tu songé à la suite ?

– Krys se pince les lèvres. Il n'y a pas réellement réfléchi. Les choses vont trop vite. Son diplôme est récent et il a tout le temps devant lui.

– Tu n'as pas à tergiverser, insiste le frère Mathieu, qui lit dans ses pensées. Les inscriptions en fac, si tu veux toujours faire du droit, c'est demain. Enfin, je veux dire avant le premier septembre. Je sais que tu as dû donner un vrai coup de collier pour obtenir ton bac mais les études c'est un peu comme la cuisine, quand le plat est au four, il ne faut pas arrêter la cuisson.

Krys regarde fixement le frère Mathieu. Il est loin des préoccupations du référent. Pour lui, l'important est ailleurs. Il est quelque part dans son potager et ses rangées de tomates, là où la rosée scintille avant que le soleil ne l'évapore. Fatou disait souvent, en revenant du jardin, qu'elle y respirait l'odeur du thym, de la verveine et des piments rouges.

*

Le premier des pensionnaires à féliciter Krys est Tao, devenu un spécialiste de l'informatique. Viennent ensuite Baobab le cuisinier, William le maçon, les Ukrainiens Petro et Wolodymyr et les deux inséparables Bulgares, Andreï et Loan. C'est la première fois que l'association peut s'enorgueillir d'un bachelier en son sein et tout le monde est fier de la performance. Elle rehausse l'auréole du melting pot.

Pour célébrer l'événement, le père Angel a accepté que se tienne une petite fête, mais à la condition qu'elle se termine au plus tard à vingt-deux heures et que la musique, si musique il doit y avoir, soit des chants religieux comme *Oh Happy Day, ou Hallelujah* de Leonard Cohen.

Il est vingt heures. Les pensionnaires sont réunis dans le grand réfectoire pour faire ce qu'ils appellent « la teuf ». On rit, tchatche autour des sodas, Coca-cola et Schweppes. Après une heure de fiesta, tout soudain bascule et dégénère. Pour l'occasion, Baobab s'est fait livrer en douce deux bouteilles de vin de canne, une fiole de gin, et en a servi de pleines rasades à tous ceux qui en voulaient, derrière les toilettes. L'atmosphère festive et euphorisante qui exsudait de la soirée avait masqué aux maîtres éducateurs chargés de la surveillance la réalité de la situation.

La plupart des pensionnaires s'abandonnent à une dissipation effrénée. Krys, de son côté, est pâle et son front ruissèle de mille fontaines. Le troisième shot de rhum l'a anéanti. Lui, qui n'a jamais bu d'alcool, est plongé dans l'univers que fréquentait son père, celui des ciels verts, des ibis géants et des feux follets.

– Qu'est-ce qui t'arrive, Krys ? demande Hubert, le gardien-chef. T'es malade ?

Il s'approche pour tâter le front du Sénégalais et explose.

– C'est quoi, ça ? Tu pues l'alcool à plein nez. Qu'est-ce que vous avez foutu ? Où as-tu trouvé de l'alcool ?

Krys émet un rot sonore et ferme les yeux. Il a honte. Honte de s'être laissé aller à l'ivrognerie, d'avoir été influençable, médiocre. Il voudrait pouvoir faire un tas de tous ses défauts et les brûler.

Le surveillant réitère sa question.

– Comment t'es-tu procuré de l'alcool ?

Krys garde les yeux fermés. Il ne veut rien voir du monde réel qui l'entoure. Il baragouine quelques mots inaudibles et s'enfonce dans le néant emporté par un lourd sommeil et des papillons géants aux ailes argentées.

*

Au réveil, Krys se redresse et secoue la tête. Mauvaise idée. Les papillons ont été chassé par un pic-vert qui cogne à ses tempes. Tao s'approche.

– Ça va pas ? Cette nuit, tu n'as pas arrêté de blablater.

– Qu'est-ce que je disais ?

– Je ne sais plus. C'était incompréhensible. Tu parlais de panier d'osier, de canne à sucre…

– Rien d'autre ?

– Non ! Ah, si ! Tu as prononcé à plusieurs reprises le nom de Fatou. C'est qui, une meuf ?

– Laisse tomber ! Ça n'a pas d'importance.

Krys se rallonge. Le pic-vert cherche désespérément à sortir de sa boîte crânienne. Il a mal à la tête au point de ne pas pouvoir la garder sur l'oreiller.

– Alors tu es dessoûlé ? demande un peu plus tard le frère Mathieu qui se tient, les poings serrés, au pied du lit.

Krys redresse légèrement la tête, le temps d'apercevoir le visage de son référent dont les joues semblent avoir été frottées à la toile émeri. Ses yeux brillent d'une impatience rageuse.

– Alors, t'es fier de toi ? Quand je pense que je te faisais confiance… Krys balbutie quelques mots d'excuses qui se perdent dans l'air.

– Garde tes pleurnicheries pour le père Angel. Lève-toi et habille-toi ! Il t'attend.

Le ton est comminatoire. Krys enfile un T-shirt et un bermuda.

*

Le maître à penser se retourne d'un bloc en entendant grincer la porte de son bureau. Le petit homme semble avoir rapetissé et sa barbe paraît plus blanche. Il fronce les sourcils en voyant Krys dans l'encadrement de la porte. Le jeune Sénégalais frissonne devant les deux petites fentes rétrécies des yeux du père Angel. Il a la soudaine sensation que les ans viennent de s'empiler dans son regard. Le maître à penser visse un doigt sur sa tempe pour faire comprendre à Krys qu'il est devenu complètement fou. Il est hors de lui, furieux. Il le couvre de postillons.

– Par mille diables ! Par mille queues de cochon ! Qu'est-ce qui t'as pris de te soûler ? J'avais placé ma confiance en toi. J'espérais que tu serais la figure de proue de l'institution. Que tu susciterais des vocations, qui sait, donnerais des envies aux autres. Et voilà que monsieur se livre à des beuveries !

Sa voix s'est étranglée dans le gosier. Il tousse et se fâche à nouveau.

– Tu sais ce que tu es aujourd'hui aux yeux des autres pensionnaires ? Le prophète du malheur ! Un poison moral qui contaminerait les plus vertueux d'entre nous.

Krys baisse la tête. Il se demande s'il est aussi dépravé que le dit le père Angel. Il sent tout son être flotter entre mille identités sans savoir celle qui lui correspond vraiment. Il interroge sa conscience. Elle ne lui répond pas.

– Te rends-tu compte de l'image que tu véhicules dorénavant ? Où as-tu trouvé cet alcool, d'ailleurs ? Qui te l'a donné ?

– Je ne sais pas… déglutit Krys en ravalant ses larmes. On m'a tendu un verre pour fêter mon bac… puis la musique, les rires, les flatteries, je ne sais plus. Tout est flou.

– Le cœur de l'homme se révèle dans la tentation, glisse le frère Mathieu à l'adresse de Krys.

La colère du père Angel retombe progressivement comme un ballon qui se dégonfle. Tout compte fait, prendre une cuite un jour de fête n'est pas en soi un drame. Non ! Ce qui le tracasse au premier chef c'est la provenance de l'alcool. Comment est-il entré dans l'institution ? Il invite le frère Mathieu à procéder à une enquête et à interroger le frère Guigou, dit Baobab, chargé de la gestion de l'économat. Lui pourrait avoir une petite idée sur la question.

– Bon ! On ne va épiloguer ad vitam aeternam sur cette affaire, finit par décréter le père Angel, mais il va falloir que tu redores ton blason, mon garçon. Et vite fait ! Pour ça, je ne vois qu'un moyen : prier le Seigneur et expier publiquement ta faute lors du Temps des Aveux. Il faut que tous entendent ta repentance, si tu veux redevenir un leader.

Krys repart un peu voûté, emportant avec lui le poids des récriminations du maître.

*

Deux semaines se sont écoulées sans que l'enquête diligentée par le frère Mathieu ait abouti à un quelconque résultat. Krys avait informé Baobab, dès sa sortie du bureau du père Angel, de ce qui se tramait et le colosse avait eu le temps de faire disparaître les preuves de sa culpabilité. Il voue désormais une reconnaissance infinie à Krys. Le Sénégalais peut compter sur lui, à la vie, à la mort.

L'incident est déjà presque oublié. Le frère Mathieu a retrouvé son caractère amène et le père Angel son éternel et infatigable sourire.

– Je viens de t'inscrire au cours de l'institut d'Assas pour un soutien universitaire annonce le référent à Krys. Cet établissement privé est spécialisé dans l'accompagnement des étudiants inscrits en licence à l'université Paris-Panthéon-Assas. Cette prépa est un stage de prérentrée. Elle va te permettre de te familiariser avec les travaux dirigés et les cours donnés en amphi. Tu vas partir lancé comme pour une course de vitesse, mon garçon. Tu vois ce que je veux dire, Krys ? Gagner du terrain sur les autres. Vous ne serez pas la moitié de l'amphi à passer en deuxième année. Tu dois impérativement faire partie des gagnants.

Krys a une petite moue d'incrédulité. Il a réussi une petite partie du chemin, mais il se demande s'il aura les reins assez solides pour répondre à ce que le référent attend de lui. Il mesure le temps qu'il lui a fallu pour avoir le bac et toutes les heures qu'il a dû passer en lecteur impénitent.

– Évidemment, tout ça est nouveau pour toi, dit le frère Mathieu. Tu dois te poser mille questions. Ne t'inquiète pas ! J'ai vu tes notes du bac. Elles sont bonnes, très bonnes même. Sans les maths, qui ont fait dégringoler ta moyenne, tu aurais eu sans aucun doute la mention bien. À la faculté tu ne rencontreras pas le même écueil. Dieu merci, il n'y a pas de maths.

Krys se retire, pas convaincu. Ce que vient de lui confier le frère Mathieu est sans doute plus pour se rassurer lui-même que pour l'encourager.

*

Chaque matin Krys quitte l'institution à huit heures pour s'engouffrer dans le métro à la station Crimée. Souvent les portes de la faculté sont encore closes quand il arrive. Alors, il s'assoit sur les marches du perron et attend la venue des appariteurs pour, dès l'ouverture, crapahuter en haut des marches de l'amphi et s'installer au dernier rang, à deux travées de Charlotte, dont il ne voit que la chevelure, blonde et dense. Il aimerait l'aborder, lui raconter sa vie à Saussai, à l'association Les Grands Frères, lui parler du père Angel et de l'affection respectueuse qu'il lui porte, mais quand elle se retourne, il baisse la tête comme un grand nigaud. Elle est si sûre d'elle, si insolente dans sa beauté, si arrogante même.

Charlotte envahit ses nuits. Quand il ferme les yeux, il voit sa tête sur son oreiller. Elle est tournée vers lui et le regarde avec une infinie tendresse. Quand il les rouvre elle a disparu. Ce matin, il a décidé de prendre son courage à deux mains et de l'inviter à boire un café après les cours. Pas à la cafétéria de la fac, où il pourrait être vu, mais dans une brasserie plus éloignée, celle qui fait le coin de la rue de Babylone et de la rue de Sèvres. Il profite qu'elle s'est à nouveau retournée vers lui pour simuler de la main une tasse qu'il porte à la bouche. Elle sourit et Krys croit y voir quelque chose qui ressemble à un acquiescement.

L'arrivée de Charlotte au Café des Arts plonge Krys dans le délire. Il reste un instant muet devant les yeux verts et pétillants de la jeune fille. Il ne les avait jamais vus de si près. Son œil parcourt son cou, l'ovale de son visage, sa chevelure qui ondule sur ses épaules en minivagues dorées pareilles à de l'or en fusion. C'est la première fois qu'il est debout près d'elle, qu'il peut la regarder, la caresser des yeux comme si elle était à lui, rien qu'à lui. Il hume son parfum, balance d'un pied sur l'autre. Il ne peut rien dire. Il ne dit rien.

Je ne connais même pas ton prénom, lance soudain benoîtement Charlotte. Krys ne répond toujours pas. Il croque des yeux le visage de Charlotte. Elle est si belle, si lumineuse, si lointaine aussi.

– Krys, finit-il par répondre, sortant de sa torpeur.

– Krys ? C'est original ! Et tu viens d'où ? Je ne pense pas que tu sois suédois !

Ils rient dans un bel ensemble et cette boutade a le mérite de dérider un peu l'atmosphère jusqu'alors un peu crispée.

– Tu veux faire quoi ?

Krys, surpris par la question, répond un peu à côté de la plaque.

– Euh… Je ne sais pas. Commander des cafés.

Charlotte sourit, exhibant deux belles rangées de dents, blanches comme des perles.

– Mais non, grand nigaud ! je voulais dire, plus tard. Quel job ?

Krys baisse le nez. L'idée que Charlotte le trouve niais le plonge dans la confusion. Il n'ose plus la regarder.

Charlotte sait se rendre plaisante, agréable, séduisante. Ses doigts frôlent ceux de Krys au moment de prélever un morceau de sucre dans la coupelle devant eux et il ressent une décharge électrique comparable à celle qui lui avait traversé le corps lors de son contact avec Amandine à la Veinarde. Il songe à ses cuisses entraperçues au moment où elle descendait de vélo, quand sa robe s'était accrochée à la selle. Une vague chaude le submerge. Une suée que l'air venu de la fenêtre entrebâillée dans son dos n'assèche pas. Il transpire à grosses gouttes, pris dans un tourbillon érotique qu'il ne parvient pas à maîtriser.

Charlotte est à cent lieues des pensées libertines de Krys.

– Ça va pas ?

– Si, si ! mais il fait un peu chaud, non ?

Charlotte ricane devant l'hérésie de la réponse.

– Chaud ? On est en hiver, Krys. Peut-être as-tu de la fièvre ?

Charlotte allonge la main et se saisit de la sienne.

– Tu n'as pas de température. Elle est froide !

Krys est intérieurement rouge crête de coq. Il a la sensation que Charlotte vient par ce geste de franchir un abîme. Il détourne les yeux pour s'assurer que personne ne le regarde. Fort heureusement, il règne dans le café l'atmosphère quiète et ouatée d'un monastère. Krys se maudit d'être aussi mièvre. De faire une crise d'adolescence à vingt-deux ans. Il a honte.

Charlotte s'en rend compte et pouffe de rire devant l'ingénuité du garçon. Krys songe à Amandine et une nouvelle moisson d'émotions lui tire les larmes. Il regrette de l'avoir terrifiée. Son reflet dans la glace murale lui renvoie l'image d'un lâche. Il se redresse. Charlotte le trouble. Il sent brûler en lui le feu, mais il ne peut ni avancer ni reculer. Que faire ? Sauter dans le vide… il a horreur du vide.

– Ça va pas ? Tu veux qu'on s'en aille ? finit par demander Charlotte qui s'ennuie de l'insignifiance de la conversation.

Krys balbutie quelques mots sans suite.

– Je suis désolé… vraiment désolé… d'être comme ça ! J'ai pas l'habitude, alors forcément…

Charlotte n'a pas compris ce que Krys a voulu dire en laissant la phrase en suspens. Peut-être aurait-elle dû faire le premier pas et enjamber le faible espace qui les séparait, mais en avait-elle envie ? Les Noirs, sans qu'elle puisse s'expliquer pourquoi, ont toujours eu un effet un peu stressant sur elle.

Krys la regarde s'éloigner de sa démarche balancée. Le bruit de ses talons sur les tomettes du bistrot résonnera longtemps dans sa tête.

Cette rencontre avec Charlotte a provoqué chez Krys une soudaine envie d'écrire. Non point qu'il se sente investi de la plume d'un écrivain, mais il perçoit en lui l'impérieuse nécessité de coucher sur du papier, comme d'autres l'ont fait avant lui – la romancière anglaise Virginia Woolf ou encore Simone de Beauvoir dans ses *Cahiers de jeunesse* – les sentiments intimes que lui inspire Charlotte et qu'il a été incapable de lui avouer.

Dès son retour dans la chambre de bonne qu'il a louée avec l'assentiment du père Angel, Krys s'installe sur un coin de table et ouvre son ordinateur. Tout se bouscule dans sa tête : Charlotte, Amandine, Julia, Sonia... Il ne sait pas par où, par qui, commencer... par laquelle de ces rencontres démarrer son récit. Faute de souffle et de verve, il renonce à écrire. Il imagine simplement un scénario où l'héroïne, une jolie fille au nom ensoleillé et au rire frais, se jouerait d'un amoureux transi, empêtré et gauche. Il déroule dans sa tête un bout du film.

Romain (le héros) enfouit son visage dans la chevelure de Juliette, (l'héroïne) pour respirer à plein poumons son odeur. Il caresse ses boucles aussi doucement que si c'eût été un oiseau. Ses lèvres boivent la peau satinée de la jeune fille. Au premier baiser, il croit effleurer une étoile... Juliette se redresse, s'écarte d'un coup et lève les yeux au ciel. « Bon ! ça suffit, maintenant, Romain ! Arrête de me coller comme une sangsue ! »

Krys se reconnaît dans ce garçon épris et maladroit. En revanche, il ignore la raison pour laquelle il a affublé

Juliette d'une telle morgue. Ça ne ressemble pas vraiment à Charlotte. Certes, elle a été un peu méprisante au Café des Arts, mais c'est en grande partie en raison de ses propres démons.

Les déboires amoureux de Romain remplissent Krys d'amertume. Il éprouve à la fois de la pitié pour le garçon et de l'aversion pour Juliette. Le soir venu, il a hâte de renouer avec ses personnages. Il est impatient de savoir comment Juliette va se comporter avec Romain à qui elle a donné rendez-vous.

Debout devant son miroir, Juliette s'échine à fixer son chapeau. Elle enfonce une longue épingle à travers sa chevelure pour s'assurer qu'il tienne bien droit, peint ses lèvres d'un rouge écarlate et passe sur ses joues un blush rose. Satisfaite, elle sort…

Ses cours de droit terminés, Krys regagne au plus vite sa chambre pour renouer avec la fiction. Il est étonné de sa créativité, de son inspiration, de la facilité avec laquelle il imagine les scènes. Les idées lui viennent spontanément, surtout la nuit.

L'idylle entre Juliette et Romain vient de prendre une tournure endiablée. Les tourtereaux se sont disputés et en sont presque venus aux mains. Juliette, explosive, entêtée, a juré qu'elle ne reverrait plus Romain. Jusqu'à quand ? Krys l'ignore. L'histoire qu'il invente et qu'il ne peut raconter à personne le plonge à nouveau dans la clandestinité. La fiction prend une grande place dans sa vie. Il est en pensée continuelle avec le couple et il a de plus en plus de mal à s'intéresser à la vie réelle. Juliette et Romain font corps avec lui. Il partage leur amour, leurs chamailleries, est ému de leurs retrouvailles.

Cette histoire bouleverse Krys. Il prend les choses trop à cœur et s'investit abusivement dans les personnages. Il leur parle, les écoute, les accompagne et le rêve emplit sa vie. Il est imprégné de Romain et Juliette et redoute le moment où il doit les quitter. Les déconvenues de Romain ravivent dans sa tête ses propres écueils avec Charlotte. La jeune fille, primesautière et spontanée, use d'ironie à son endroit… Une raison suffisante pour dépeindre Juliette sous le spectre de l'arrogance. Il songe que Romain a, comme lui, a enfilé des habits trop grands pour lui.

Ce matin, il a décidé d'adoucir les traits de Juliette, de la rendre plus accessible, plus douce, plus amène.

Juliette se penche sur Romain et lui offre ses lèvres. La bouche du garçon sent l'anis. Elle aime cette odeur aux notes vertes et herbacées. Elle lui rappelle Grasse, la ville aux mille parfums, où elle passait la majeure partie de ses vacances. Sa grand-mère, elle aussi, avait un petit penchant pour le pastis. Juliette garde ses lèvres collées à celles de Romain pour respirer plus encore son parfum. Elle ferme les yeux et imagine sa grand-mère, debout dans le jardin, parlant à ses fleurs. « Vous êtes jolies, mes chéries ! Moi aussi, j'ai été jeune et belle, mais la splendeur n'est pas éternelle. Vous verrez, vous flétrirez comme moi et le temps vous emportera… » Et le temps l'avait effectivement emportée un matin de décembre où il faisait particulièrement froid, après qu'elle avait vu une dernière fois son jardin et ses fleurs. Juliette essuie la larme qui pend à ses cils…

Krys est ébranlé par l'émotion qui vient de gagner Juliette, mais il n'est pas rassuré pour autant. La passion et la frustration ne font pas bon ménage et leur conjugaison peut déboucher à tout moment sur une querelle, voire une tragédie. Sa relation avec Charlotte aussi. Il s'empresse d'évacuer cette funeste pensée pour ne penser qu'au regard bleu et aux lèvres purpurines de celle qu'il aime en cachette.

*

Ce jour, vendredi, Krys se rend comme chaque weekend à l'association. Le frère Mathieu l'apostrophe dès son arrivée.

– Vient! Le père Angel a hâte de te voir.

Le maître à penser est immobile, l'air soucieux. La fenêtre derrière lui laisse passer une pâle lumière qui nimbe sa tête d'un faible halo.

– J'espère que tu vas m'expliquer ce qui t'arrive, déclare-t-il d'emblée.

Son regard est secret, impénétrable. Il allonge le bras vers Krys et lui tend une feuille noire de chiffres.

– Tu es fier de toi? Tu comptes passer en deuxième année de droit avec un 6 en droit commercial et un 9 en droit constitutionnel? Il y a un gouffre entre tes notes du premier trimestre et celles du second. Comment expliques-tu ça?

Le frère Mathieu s'est rendu auprès du secrétariat de la faculté pour connaître les résultats de son disciple. Le président ne lui a pas caché son inquiétude. « Krys Fontaine n'est plus assidu aux cours. Il a manqué plusieurs TD. » Il ne m'explique pas son subit désintérêt.

Krys déglutit comme si ce qu'il allait répondre devait déclencher une guerre nucléaire. Il reste un moment silencieux, légèrement voûté, ne sachant pas par où commencer. Il se gratte la gorge.

– Je suis préoccupé en ce moment !

– Préoccupé par qui ? Par quoi ? insiste le frère Mathieu. Qui te perturbe au point de te faire perdre tes moyens ? Tes fréquentations ? Ton entourage ? Si c'est ça, changes-en ! Il ne faut pas te laisser détourner de tes études.

Krys ne répond pas. Il songe à Juliette. La jeune fille revient en surimpression dans sa tête. Il voit ses longues jambes, sa taille fine, ses seins ronds, l'ovale de son visage, ses boucles d'oreilles scintillantes comme des gouttes d'eau au soleil. Elle est belle, vraiment belle. Il se demande pourquoi il l'a faite si belle, ce qui a dicté son choix. Sonia ? Amandine ? Charlotte ?

– Tu m'écoutes, Krys ? Tu es là ? s'énerve le frère Mathieu. Tu penses à quoi ? T'es dans la lune ?

Krys cherche ses mots. Impuissant, il brasse l'air des mains.

– Oui, oui, je vous écoute ! Vous avez raison ! Il faut que je me sépare de mon entourage.

Le référent pense dans son for intérieur qu'une fille est probablement à l'origine des défaillances de son protégé.

– Méfie-toi des femmes, Krys. Ne te laisse pas tourner la tête.

Le garçon ne peut pas parler des histoires qu'il invente et qui l'empêchent de dormir. Les idées le tiennent éveillé jusqu'à plus d'heure. Depuis ce songe, il s'est progressivement désintéressé des cours. Il s'est isolé, et ses relations sociales s'en sont trouvées profondément altérées.

– Comment l'as-tu trouvé ? demande le père Angel au frère Mathieu, après que Krys est sorti.

– J'ai eu la sensation qu'il avait la tête ailleurs.

– Pour ne rien te cacher, c'est aussi ce que j'ai ressenti. Il m'a semblé rêveur, détaché. Il va falloir que tu le surveilles de près. On ne peut pas gâcher ce garçon plein de ressources et de potentiel. Essaie de connaître ses fréquentations.

*

C'est décidé ! Krys ne rejoindra pas Romain et Juliette avant la fin du second semestre. La place qu'ils prennent dans sa tête l'empêche de travailler utilement à ses cours, et s'il continue à faire de la simple figuration à la fac, il va droit au fiasco.

Dans la cour, il croise William, qui arbore un sourire goguenard.

– Viens voir les travaux que nous avons effectués à l'étage du bâtiment.

Krys est médusé. Les pièces ont été cloisonnées pour former des chambres à deux ou trois lits, en lieu et place des dortoirs.

– Avoue que c'est quand même plus convivial comme ça. Tu ne trouves pas ? Au moins, les gars ont la sensation d'être à la maison. Et puis t'as pas vu les douches ? Viens voir !

William entraîne Krys dans un couloir étroit qui débouche sur un espace ouvert et carrelé.

– Tu vois, ici on peut se laver dix à la fois.

Une série de pommeaux de douche pendent du plafond comme des stalactites.

– Bien sûr, vous allez mettre des séparations et des portes ?

– Non ! Tout le monde à poil. On est tous pareils et on n'a rien à cacher, dit William, le rire gras.

Krys est subjugué par l'énorme travail accompli par les différents corps de métier. Les cours donnés par les professionnels extérieurs portent leurs fruits et nombre de frères trouvent aisément du travail quand ils quittent l'association. Il redescend et se rend seul dans le potager où il n'est pas retourné depuis bien longtemps. La désolation l'attend. En son absence, personne n'a pris soin de ses plantations. Il se retient de pleurer en pensant au mal qu'il s'était donné pour faire des boutures de rosiers, comme le lui avait montré Fernand à la Veinarde. Alors, rugissant comme une bête, il écrase d'un pied rageur les plants de poireaux jaunis, piétine le reste des fraisiers, shoote dans les salades et arrache en s'écorchant les mains les rosiers.

Sa violence originaire n'a pas encore totalement disparue.

10

Charlotte, dès qu'elle a su par les réseaux sociaux que Krys avait été attaqué par deux individus et laissé groggy sur le trottoir de la Chapelle, s'est rendue au commissariat le plus proche du XVIIIe arrondissement. « À Lariboisière » lui a répondu le planton de service à qui elle a demandé dans quel hôpital le blessé avait été conduit.

Charlotte est la première personne que Krys aperçoit en ouvrant des yeux. Il est bluffé et ému. Bluffé, parce celle qu'il croyait désinvolte, caustique et artificielle est ses côtés et scrute les diagrammes qui brandillent sur les cadrans situés au-dessus de sa tête ; ému de la voir près de lui, comme un parent proche.

Les yeux de Charlotte se portent sur la suspension qui maintient l'une des jambes de Krys en position relevée. L'effort désespéré qu'il tente pour se redresser lui arrache un cri. L'infirmière, qui vaquait dans une pièce voisine, intervient sur-le-champ, un peu courroucée.

– Vous ne devez pas bouger, monsieur. Vous avez trois côtes cassées et au moindre mouvement inconsidéré vous risquez un hémothorax et la rupture d'un vaisseau sanguin au niveau de la cavité pleurale. Ça peut être grave, très grave, même ! Vous allez devoir être sérieux et patient.

Elle se tourne vers la jeune personne assise près du patient.

– Vous êtes une parente ? Charlotte, prise de court, hésite.

– Euh… oui !

– Bien, veillez à ce qu'il reste sage. Il a eu un traumatisme crânien et son genou est en décapilotade. Il va devoir rester avec nous au moins deux semaines.

Krys a eu à nouveau la malchance de croiser en chemin Antôn, récemment sorti de prison. Le récidiviste avait bénéficié d'une remise en liberté pour bonne conduite de la part du juge de l'application des peines.

Krys saisit la main de Charlotte. Il ne sait plus très bien comment les choses se sont déroulées. Plusieurs versions s'embobinent et se dévident dans sa tête comme les images d'un film haché et sans suite.

Il se souvient seulement d'Antôn le regardant les yeux plissés comme s'il avait du mal à le reconnaître et du sbire à la gueule de bouledogue qui l'accompagnait : « Tiens ! voilà le salaud qui nous a dénoncés aux flics, avait tempêté le Serbe. C'est à cause de lui qu'on s'est payé de la cabane et que Yul est mort. »

Il revoit le Serbe, les joues creuses, les yeux injectés de sang et le rictus de haine recuite du colosse qui l'accompagnait. Après, c'est le néant. Il n'avait pas entendu Antôn hurler, pas plus qu'il n'avait vu arriver le coup de genou qui l'avait foudroyé ou le coup de boule qui l'avait fait basculer sur le macadam. Il n'avait souvenance de rien, pas plus des coups de pied sur la tête, que dans le ventre ou les côtes. C'est le médecin qui lui avait énuméré ses blessures : trois côtes enfoncées, les ligaments externes du genou droit rompus, un déchirement au niveau du tibia, un traumatisme crânien, une plaie temporale ouverte due vraisemblablement à sa chute sur le trottoir.

Selon un passant, Krys devait la vie à un automobiliste qui s'était arrêté et avait klaxonné comme un malade pour alerter tout le quartier. Très vite, la police et une ambulance étaient arrivées sur les lieux. Les flics avaient écouté la déclaration des témoins et recueilli le signalement des agresseurs avant de diriger Krys sur l'hôpital le plus proche.

– Tu vois, dit crânement Krys à Charlotte, qui le regarde avec douceur, la vie est comme ça ! Tu bois la tasse, tu es persuadé que tu vas mourir noyé et elle te saisit par les cheveux pour te sortir de l'eau.

Il cherche une position dans laquelle il aurait moins mal. Ses côtes le font atrocement souffrir, mais ce qu'il supporte le moins c'est de se montrer dans un état si pitoyable devant Charlotte, ravissante dans sa robe verte, resplendissante avec ses joues roses ; lui misérable, une jambe en l'air, la tête ceinte de bandes Velpeau, les membres reliés à des réseaux de fils et de cathéters. Krys est étonné par la sollicitude de Charlotte et ignore qu'elle l'a veillé les deux jours et les deux nuits où il était dans le coma. Il regrette de l'avoir dépeinte sous des traits si déplaisants à travers le portait de Juliette.

Charlotte, qui semble lire dans ses pensées, se saisit de sa main valide et la serre tendrement. Elle lui sourit, comme si elle savait…

– Le médecin que j'ai vu en arrivant, dit-elle pour dérider un peu l'atmosphère, a été catégorique : « Le processus vital n'est pas engagé. Le traumatisme crânien n'a laissé aucune trace dommageable. » Pour lui le plus délicat ce sont les côtes cassées et le genou droit.

Krys affiche un pâle sourire. Il regarde la main que Charlotte vient de saisir et l'a porte à ses lèvres.

– À l'amphi, dit-elle, un peu gênée, on ne parle que de toi.

Krys fait un petit hochement de tête, sans grande signification. La sueur lui brouille la vue et lui pique les yeux.

– Demain, je t'apporterai la liste des sujets qu'on a traités la semaine dernière pour que tu ne prennes pas trop de retard.

Krys est K. O, comme un boxeur après le coup de gong. Il ne sait pas si c'est le sourire de Charlotte, son parfum ou la morphine, mais il baigne dans une curieuse torpeur. Charlotte se lève de sa chaise, lui fait un petit signe encourageant de la main et s'en va, le laissant à ses pensées.

Charlotte parti, Krys repense à Juliette. Qu'est-elle devenue ? S'est-elle rabibochée avec Romain ? Se sont-ils fiancés, mariés peut-être ? Il la revoit avec sa chevelure flamboyant au soleil ; sa façon bien à elle de relever d'un coup de tête ses longs cheveux blonds pour dégager l'ovale de son visage ; ses doigts longs et fins qui crément ses bras... Juliette sait mettre en relief chaque partie de son corps sans donner l'impression que ce soit calculé. Romain est obsédé par elle. Elle pourrait le faire ramper, marcher à quatre pattes. Une vague chaude submerge Krys. Il ferme les yeux sur cette vision et s'endort.

Le lendemain, c'est au tour de Tao de lui rendre visite. Le Chinois a apporté des nems qu'il a confectionnés pour lui. Une petite lueur malicieuse brille dans la fente de ses yeux.

– Je suis très content de te voir. Ça, c'est pour ta santé.

Il tend à Krys un petit paquet ficelé dans du papier journal.

– Nems et riz sauté au gingembre.

Il l'aide à défaire l'emballage, et ajoute, pour tenter de lui faire oublier ses souffrances :

– Nonobstant ton malheur, Krys, tu as de la chance d'être né français. Toi, au moins, tu connais tes origines. T'es pas comme moi. Je ne suis plus chinois. Je ne suis plus rien !

Il secoue la tête, un peu désabusé, et poursuit, un tantinet professoral.

– Chacun a besoin d'être ancré dans ses racines. T'es pas d'accord ? L'absence d'identité génère des frustrations. Tu me diras qu'à l'inverse l'excès d'identité crée le sectarisme. Je crois que l'identité devrait se nourrir de l'altérité. Qu'en penses-tu ?

Krys est stupéfait par l'exégèse du Chinois. Il s'apprête à répondre, quand apparaît dans l'embrasure de la porte un homme à la forte corpulence. Il observe Krys avec un petit œil rieur.

– Bonjour, dit-il. Je suis le commissaire Finot.

Krys sourit à son tour. Finot pour un enquêteur on ne peut pas vraiment faire beaucoup mieux.

Avant d'entrer, l'officier de police s'est entretenu avec le docteur Charrier. « Le patient est réveillé. Il est parfaitement conscient, monsieur le Commissaire. Rien ne s'oppose à ce que vous l'interrogiez. »

– Pourriez-vous avoir l'obligeance de nous laisser un moment ? ordonne le commissaire au Chinois sur un ton qui ne souffre pas la contradiction.

Tao se lève de sa chaise et sort sur-le-champ. La stature du commissaire en impose.

– Voilà ! Nous sommes désormais seuls, comme au confessionnal, déclare l'officier de police, un brin amusé. J'ai une bonne nouvelle pour toi, Krys…

Il se tait un instant voulant, semble-t-il, ménager le suspense.

– On a coincé tes deux agresseurs. Un repris de justice du nom d'Antôn et un certain Mallovsky, jusqu'alors inconnu de nos services. Les deux zèbres étaient restés dans le quartier, bien que leur signalement ait été diffusé dans tous les commissariats de Paris.

Le commissaire, que ses collègues désignent sous l'antonomase « poirot » en référence au fameux détective, manie généralement ses interrogatoires avec la dextérité d'un fleuret moucheté.

– Ces couillons devaient se croire transparents.

Son sourire vient de disparaitre, remplacé par un pincement de lèvres.

– Il y a quelque chose qui me tracasse, Krys, et peut-être vas-tu pouvoir éclairer ma lanterne. Figure-toi que cet Antôn a affirmé au cours de son interrogatoire que tu avais participé au hold-up de la Caisse d'épargne et même que tu en avais été l'instigateur. Il a ajouté que la « branlée » – ce sont ses mots –, qu'il t'a administrée, était pour te punir de les avoir « balancés aux flics ». Qu'as-tu à répondre à cette double accusation ?

Le commissaire Finot regarde Krys avec l'œil d'un grand inquisiteur. Krys ne répond pas. Pas tout de suite en tout cas. Il cherche le point faible du commissaire mais, apparemment, il n'en a pas.

– Alors, tu ne dis rien ? Dois-je en déduire que la déclaration de ce scélérat d'Antôn est exacte ?

Krys fixe le commissaire de ses grands yeux mouillés. Le drame de la banque lui rappelle de bien vilains souvenirs et sa mémoire ne lâche pas prise. Les images lui reviennent avec une impétuosité délirante : la scène horrible dans la permanence du député Gabriel de Chambérat, l'intervention de la secrétaire qui avait mis fin à son calvaire, les menaces de l'élu, l'obligation pour lui de devenir indic s'il voulait obtenir un jour la nationalité française. Le commissaire s'emporte. Son menton frémit de tics nerveux. Il pointe un doigt accusateur en direction de Krys.

– De toute façon, il faudra bien que tu t'expliques devant le juge.

Krys fait entendre un râle-sifflement de siphon vide.

– Pfft ! Je ne suis pas entré dans la banque le jour du casse. J'étais à l'extérieur au volant d'une voiture.

– Et que faisais-tu dans ce véhicule ? Tu « chouffais », comme vous dites chez vous ?

– Pas tout à fait ! Je devais m'assurer de l'arrivée de la police…

– Pour alerter tes amis ?

– Non ! pour donner le change.

– Attends ! J'te suis pas. Pour donner le change à qui ?

Je savais que la police allait arriver d'un moment à l'autre.

– Ah oui ? Comment le savais-tu ?

– J'avais un accord avec le commissaire Proton. Il voulait coincer les malfrats en flagrant délit.

Le commissaire rit, mais sans cœur.

– Indic, quoi ! Tu étais indic, c'est bien ça ? Comment as-tu connu le commissaire Proton ? Où l'as-tu rencontré ?

– C'est le député Gabriel de Chambérat qui me l'a présenté.

– Un député ? Rien que ça ! Monsieur connaît un député ?

Krys regarde par la fenêtre le soleil pâlot qui monte au-dessus des arbres. Il a honte du rôle sordide que l'élu lui a fait jouer, de cette putain de servilité qui lui colle à la peau.

– Dis-moi, Krys, tu connais bien les salopards qui t'ont bastonné. Ils font partie, tu le sais, de la colline du crack de la Chapelle et de Stalingrad. Qu'est-ce qu'ils vendent en dehors de la « bédo » ? De la cocaïne, du fentanyl, du GBL ?

– Je ne sais pas. J'ignore tout de la drogue. Je n'en ai jamais pris. Si j'ai été au contact de « crackeux », c'est par le plus grand des hasards.

– N'épuise pas ta salive, Krys. Cesse tes salades ! Je crois savoir que tu fais des études de droit. Tu sais par conséquent ce qu'il en coûte d'entraver le cours de la justice.

Krys remâche sa déconvenue. Il ne comprend pas le zèle tracassier du commissaire.

– Et cette Juliette, c'est qui ? Tu l'as rencontrée où ?

Là, le cœur de Krys s'emballe. Il baisse les paupières pour se soustraire aux yeux froids du rapace qui le défie depuis le pied du lit.

– Tu dois évidemment te demander d'où je tiens cette information ?

Krys va effectivement poser la question, quand le commissaire le prend de court.

– De chez toi, tout simplement ! Tu as griffonné ce prénom un certain nombre de fois, ainsi que celui d'un nommé Romain, sur un cahier.

Krys accuse le coup.

– Eh oui ! mon garçon. Au vu des déclarations du dénommé Antôn, j'ai pu obtenir sans coup férir du procureur de la République une ordonnance de perquisition de ton domicile…

Il marque une pause, comme s'il reprenait son souffle.

– Faut avoir ton âge pour grimper tous les jours les six étages. C'est bougrement haut. Bon ! revenons à nos moutons. Je disais donc que nous sommes allés à ton domicile, et là, on a tout saisi : ordinateur, téléphone, cassettes, écrits... Tu imagines évidemment la suite : les textos, les mails, la correspondance...

Le commissaire, avec son esprit tordu de flic harassé par trente ans d'enquête, est à cent lieues de la réalité.

– Vous vouliez faire quoi, Juliette, Romain et toi ? Lancer un site pornographique ? Organiser une partie de jambes en l'air ?

Krys, à l'idée que le commissaire ait pu avoir connaissance de ses héros, est au bord de l'évanouissement. La tête lui tourne, un tambourinaire rythme les battements de son cœur. Il fixe, l'œil hagard, la main maigre et constellée de taches brunes de celui qui le fait cuire à petit feu, sans desserrer les dents. Il n'a qu'une idée en tête : arracher les fils qui le retiennent prisonnier, se lever et fuir cette pièce où viennent se briser des vents mauvais. Le commissaire se rend compte à l'expression inconsistante de Krys et à ses contorsions qu'il est peut-être allé un peu vite en besogne.

– Nooooon... ! explose soudain Krys.

Le médecin Baptiste Charrier, prévenu par l'infirmière, accourt. Interroger le malade, oui, le torturer, non !

– Vous devriez vous retirer, monsieur le Commissaire. J'ai en charge ce blessé et ma responsabilité est de veiller sur lui comme sur tous les malades.

Le commissaire tente de se justifier, mais le praticien se montre inflexible.

– Non ! Je vous conjure de quitter les lieux sur-le-champ, monsieur.

Le commissaire tourne les talons en maugréant. Il avait encore beaucoup de choses à voir avec celui qu'il avait dans le collimateur. Dommage que le toubib soit arrivé entre-temps.

II

Krys est sorti de l'hôpital après deux semaines passées dans un lit médicalisé. Il serre les dents à chaque marche qu'il gravit. Lever le pied asticote ses côtes et réveille ses blessures. Le médecin, lors de sa sortie, a été formel : « Sortir, oui ! mais à la condition expresse que vous ne preniez aucun risque. La calcification est encore fragile. Il vous faudra attendre encore un bon mois avant de pouvoir sauter comme un cabri. » Krys halète à chaque palier et lève les yeux pour compter les étages qui lui reste à gravir avant d'atteindre sa chambre de bonne.

Son retour à l'amphi, le matin même, est salué comme un triomphe. Brouhaha, applaudissements, tapage sur les pupitres, boulettes… Une ambiance de malade ! On court dans les travées pour approcher « le trompe-la-mort ». Justine, qui lorgne depuis quelque temps sur Krys, joue la belle énamourée pour tenter de supplanter Charlotte qui se gargarise d'être sa meilleure amie. Intelligente, opiniâtre, déterminée, Justine sait comment arriver à ses fins. Elle se débrouille toujours pour capter la lumière et susciter l'intérêt au détriment de son frère qu'elle traite de « branleur ». Après une prépa à Henri- IV et un échec à HEC, elle s'est rabattue sur la fac d'Assas qui l'a accueillie à bras ouverts au vu de ses excellentes notes et de sa mention très bien au bac. La mère de Justine, prof de français, n'aime pas la façon de parler de sa fille.

À Assas, les garçons la reluquent et elle voit dans leur regard lubrique tout le parti qu'elle peut tirer de sa beauté sauvageonne. Elle entend les remarques salasses que l'on dégoise sur son passage : « Elle est bien gaulée, la meuf ! Elle doit tirer comme une cheminée… » Elle réussit à se faufiler pour approcher Krys.

– J'suis vachement contente que tu sois revenu. Tu nous as manqué !

Krys est étonné. C'est la première fois qu'il manque à quelqu'un. Le cours terminé, il entraîne Justine dans un café, puis, emporté par son élan, lui propose de monter boire un verre chez lui. Elle hésite, mais finit par accepter. Le garçon ne semble pas bien dangereux et il est convalescent. Krys s'est bien gardé de lui dire qu'il habite un sixième étage sans ascenseur. Arrivée en haut, Justine s'allonge sur le lit, épuisée. Ses yeux vibrionnent et ses mains sont agitées de légers tremblements.

– Ça va pas ? demande Krys, inquiet.

– Si ! Si ! C'est rien ! Un petit malaise lié à ma thyroïde. Tes maudits escaliers m'ont tuée.

Elle ferme les yeux et les rouvre un instant plus tard. Le Velux situé au-dessus d'elle découpe un pan de ciel étoilé.

– C'est super ! On se croirait au planétarium.

– Oui ! On dit qu'il y a plus d'étoiles dans notre galaxie que de grains de sable dans le Sahara, répond-t-il, pour afficher son savoir.

– J'ai soif ! Qu'est-ce que tu as à boire ?

– De l'eau !

– T'as rien de plus fun ? J'sais pas moi, du rhum, du Grand Marnier, de la Marie Brizard… ?

Krys est pris de court. Il ne boit pas d'alcool. Il s'allonge près d'elle. La prend par la taille, cache ses yeux dans sa chevelure, comme le faisait Romain avec Juliette, lui murmure des mots doux à l'oreille, l'embrasse et commence à déboutonner son chemisier.

– Hé ! Doucement, Krys. Sois plus délicat. Tu pourrais demander, avant de chercher à me déshabiller. Ça se fait, tu sais !

Krys se redresse, caresse la joue de Justine et articule avec douceur.

– Puis-je ?

Il vient de se saisir du bouton du chemisier qu'il avait en main quelques secondes auparavant.

Justine arbore un petit sourire malicieux.

– Non ! Monsieur. D'ailleurs, je croyais que vous étiez encore convalescent.

Sur ce, et avec des gestes coquins elle déboutonne elle-même son chemisier. Krys est désarmé. C'est la première fois qu'il s'apprête à faire l'amour et il est fébrile. Il ne sait pas trop comment s'y prendre. Il soulève avec délicatesse la jupe de Justine, caresse ses cuisses, l'embrasse dans le cou, puis de ses doigts malhabiles se faufile jusqu'à son entrejambe, étonné de ne pas rencontrer de résistance. Alors, avec une infinie douceur, il se glisse dans la fourche de son ventre et l'a pénètre sans effraction, avec la lenteur infinitésimale d'un escargot afin de ne pas la blesser.

Le corps de Justine vient de se raidir et elle a poussé un cri étouffé. Encouragé par ce qu'il prend pour du plaisir, nonobstant les recommandations du médecin, Krys étreint Justine plus fort encore. Sa langue parcourt son corps. S'attarde sur son ventre blanc, légèrement bombé. Il l'aime bouchée par bouchée. Justice émet des « Oh ! » puis des

« Oui ! » Tout son corps se tend, ses reins se creusent, son sexe se referme sur celui de Krys comme une plante carnivore. Lui, de son côté, a la sensation que son corps se tend, que ses veines se gonflent, qu'un afflux de sang arrive à ses tempes… Et, tout à coup… plus rien ! Le sentiment d'une digue qui vient de se rompre.

– Tu as été merveilleux, dit Justine, enfermée dans un monde où Krys n'a pas sa place.

La faible lueur de la lampe de chevet joue avec le corps nu de la jeune fille et projette sur elle des zones d'ombres et de lumière pareilles à celles sur les dunes au couchant. Quand Krys propose à Justine de rester près de lui pour la nuit, elle refuse. Elle prétexte qu'elle a cours le lendemain matin, qu'elle n'a pas ses cahiers avec elle et dévale les escaliers quatre à quatre, priant le ciel que la lumière ne s'éteigne pas.

Dans la rue, les mains de Justine tremblent à nouveau. Ses yeux se révulsent, ses narines se dilatent, ses jambes se tendent. Elle connaît cet état. Elle s'assoit à même le trottoir en attendant que le malaise se dissipe.

Le lendemain, dans les travées de l'amphi, Justine a la sensation que tous les yeux sont braqués sur elle. Krys, qui s'entretient avec son voisin, semble dessiner des deux pouces dans l'espace la forme d'un corps féminin. Elle craint qu'il se vante de son exploit de la veille. Qu'elle passe pour une traînée. Que tous les mecs de l'amphi aient désormais envie de la sauter. Sa meilleure amie, Christine, à qui elle a confié à la pause son aventure avec Krys, l'a rassurée. « Ne t'inquiète pas ! C'est un mec bien. Il n'en parlera à personne. »

Charlotte, qui observe Justine, pense à voir ses yeux rivés sur Krys, qu'il s'est passé quelque chose entre eux. Jalouse, elle contourne les deux travées qui la séparent du sénégalais et, devant l'amphi réuni, embrasse Krys à pleine bouche.

« Waouh ! » lance un étudiant près d'eux. Son cri s'amplifie dans les travées, suivi de vrombissements et d'applaudissements. Charlotte est abasourdie par le tapage que suscite son élan. Si elle a voulu marquer son territoire et les esprits, c'est réussi ! Krys est sidéré. Il ne s'attendait pas à une telle démonstration publique de la part de Charlotte qu'il savait volubile et tapageuse, mais croyait pudique. Il songe immédiatement à Justine. A-t- elle éventé leur aventure ? Il est rouge de confusion.

À l'heure du déjeuner, Krys guette Charlotte. Il veut savoir ce que signifie ce baiser impromptu. Un défi ? Un pari ? Il l'aperçoit au moment où elle sort de la fac par une porte latérale. Il la suit et l'apostrophe au moment où elle va pour tourner au coin de la rue Madame.

– Hello ? Tu te caches ou quoi ?

Charlotte se retourne d'un bond.

– Euh… non ! Excuse-moi, Krys, je suis pressée. J'ai un rendez-vous chez le dentiste et je suis en retard.

– Tu ne veux pas qu'on parle de ce qui s'est passé ce matin dans l'amphi ?

– Pas le temps ! Une autre fois. Pardon ! Il faut que je file !

Krys s'arrête au McDo près du Bon Marché, avale un hamburger et regagne la fac. Il cherche Charlotte des yeux. Elle n'est pas là. Il est étonné. Ce n'est pas son habitude de rater les cours, surtout pas ceux d'Alex-Marie Duverger, le prof de droit constitutionnel. Tout le monde aime l'écouter. Il a toujours de truculentes anecdotes à raconter : « le président Félix Faure découvert mort en galante compagnie, il avait perdu « sa connaissance » – elle avait pris la fuite pas une sortie dérobée – Cécile Sorel, vue en couple avec une demi-mondaine surnommée la « Pompe funèbre » ; le président Giscard d'Estaing pris en flag à cinq heures du matin au bois de Boulogne lors d'un accident avec la camionnette d'un laitier… » Oui ! Il en a toujours de bien bonnes, Monsieur Duverger.

Aujourd'hui, le cours porte sur le fonctionnement et les rapports entre les pouvoirs publics : chef d'État, Gouvernement, Parlement.

« L'idéal démocratique n'existe pas et n'existera jamais », lance tout de go le prof de Constit', surprenant un auditoire pourtant tout acquis à sa cause. « Il n'a jamais existé, sauf peut-être dans les cités grecques du temps de l'Agora. » Il poursuit, d'une voix forte : « Le cours d'aujourd'hui est consacré aux origines du régime français qui remonte à la Révolution et s'arrête en 1958 avec l'avènement de la Ve République. L'épisode napoléonien est une parenthèse au sein des monarchies constitutionnelles inaugurées en 1814 et achevées en 1848. » Il s'apprête à aborder la monarchie de Juillet, lorsqu'il doit suspendre son cours. Le président de la faculté le demande toutes affaires cessantes.

12

Le commissaire divisionnaire Deguelt demande au médecin légiste d'entrebâiller la housse qui renferme le corps entreposé à la morgue. Il veut se rendre compte par lui-même de l'état du visage, des bras et des mains de la victime. Son expérience passée lui a appris à ne négliger aucun indice. Il inspecte la dépouille, l'air boudeur. Aucune trace de lutte n'est visible, ni sur le crâne, ni sur la gorge. La victime n'est donc pas morte d'un coup venu d'un objet contendant ou d'une strangulation. Il se perd en conjectures, quand il aperçoit au niveau de l'oreille gauche du cadavre, après qu'il a relevé une mèche de cheveux, un petit rien qui aurait pu échapper à quiconque, mais pas à lui, l'expert. De minuscules incisions s'apparentant à une scarification : trois petits points en triangle. Il songe à l'un des symboles de la franc-maçonnerie.

– Vous avez déjà vu ce genre de signe ? demande-t-il au médecin encore sur place.

La réponse du praticien le laisse coi. Il n'avait pas remarqué la plaie. Le commissaire prend quelques photos pour les adresser à ses collègues de la PTS chargés de l'identification technique et scientifique des indices relevés sur les scènes de crime. Peut-être connaîtront-ils la signification du signe ?

La première personne que le commissaire veut entendre est un proche de la victime. Un dénommé Krys Fontaine, le dernier témoin à avoir vu la jeune Charlotte. Un de ses camarades d'amphi a affirmé avoir vu le Sénégalais attendre Charlotte la veille, sur le coup de midi, à la sortie de la fac, et l'avoir accostée au moment où elle tournait au coin de la rue Madame.

Le commissaire se rend à la faculté d'Assas et demande à voir le président. Il veut creuser le parcours de Krys, avant de l'entendre.

Alain Percecœur regarde le commissaire d'un œil soupçonneux avant de lui demander quelle affaire l'amène.

– Ce dont j'ai à vous entretenir est strictement confidentiel, répond le commissaire.

Le président marque sa surprise. Il plisse le front et fronce les sourcils.

– Mais encore ?

– Un crime, Monsieur le président.

Cette fois, le président pâlit. Une petite lumière vient de s'allumer dans son cerveau.

– Oui ! Monsieur Percecœur, un assassinat. Et, qui plus est, sur la personne d'une de vos étudiantes.

Après un court instant, le président retrouve un semblant de voix.

– Euh… Un crime ? Une de nos étudiantes ? Quand ? Où ? De qui s'agit-il ?

– De la jeune Charlotte Monchecourt, une étudiante de première année.

Le président se tait à nouveau. Il ne voit pas qui est cette Charlotte Monchecourt. Il n'a pas la prétention de connaître l'identité de chacun des quatre mille étudiants de l'établissement.

– Au risque de vous décevoir, je ne vois pas de qui il s'agit, Monsieur le commissaire. Avez-vous des détails sur ce crime qui pourraient m'éclairer ? Le coupable a-t-il été découvert, arrêté ?

– Pas encore ! Pas encore, Monsieur le président, on y travaille. À ce sujet, connaissez-vous un dénommé Krys Fontaine, un jeune Sénégalais, lui aussi en première année de droit ?

Le président ouvre grand les yeux. Il connaît le garçon. Il l'a même rappelé à l'ordre à la fin du premier semestre.

– Oui ! C'est un étudiant studieux et assidu. Il a eu au début un petit moment de flottement, mais il s'est vite repris dans le second trimestre et cumule depuis les bonnes notes.

– Savez-vous à quoi tenait ce que vous appelez « un petit moment de flottement ? »

– Non, vraiment pas !

– Entretenait-il, selon vous, une relation intime avec la victime ? J'ai appris par l'un de vos étudiants qu'il avait, le matin même du drame… comment dire…

embrassé la dénommée Charlotte à pleine bouche devant tout l'amphithéâtre. Avez-vous été informé de cette scène ?

– Non ! Mais vous devez bien penser, Monsieur le commissaire, que je ne suis pas en mesure de surveiller chacun des d'étudiants qui fréquentent notre faculté. De plus, pour ne rien vous cacher, les foucades amoureuses entre élèves sont fréquentes. Elles ne préjugent en rien du drame que vous évoquez. Cette scène, comme vous dites, était peut-être un pari, une facétie, une plaisanterie, ou je ne sais quoi d'autre. Les jeunes sont tellement prompts aux bravades.

– Certes, je vous l'accorde volontiers, Monsieur le président, mais nous ne sommes pas devant une pitrerie, devant un crime. Un crime crapuleux commis vraisemblablement par un fou ou un désaxé, qu'il nous faut découvrir. Avez-vous entendu parler de secte, de clan ou de chapelle dans votre établissement ? Vos enseignants vous ont-ils rapporté quelques bribes de phrases énigmatiques qu'ils auraient entendues et qui auraient pu éveiller leur attention ?

– Non ! Pourquoi ?

– Simple question, Monsieur le président. Je vous remercie de votre coopération. Nous serons certainement appelés à nous revoir.

*

Le commissaire s'arrête un instant dans un bar proche pour avaler un café. Il a besoin de réfléchir. Il a épluché le dossier du jeune Krys et connaît bien des choses sur son parcours : sa fuite le jour du hold-up de la Caisse d'épargne ; son atterrissage dans l'association « Les Grands Frères » ; ses démêlés avec la racaille du XVIIIe arrondissement ; son hospitalisation ; son entretien avec son collègue Finot… Mais il n'a rien trouvé jusqu'ici qui méritât qu'il s'y arrête, si ce n'est ce nom « Fontaine », pas très courant chez les Sénégalais. D'après ses recherches, l'individu n'est pas né en France. Par ailleurs, la Police aux frontières, qu'il a interrogée, a été formelle : pas de trace de l'arrivée dans l'Hexagone d'un Krys Fontaine. Aucune fiche d'entrée sur le territoire le concernant. Le commissaire en déduit que soit le garçon a changé de nom (et dans ce cas, pourquoi ?), soit il est entré clandestinement sur le territoire.

Le commissaire se rend, peu de temps après son entretien avec le président de la faculté, à l'association « Les Grands Frères ». Il veut vérifier le bien-fondé de ses présomptions et en savoir un peu plus sur ce Krys, qui, à ses yeux, n'est pas en odeur de sainteté.

– Krys ne loge plus ici, déclare d'emblée le père Angel au commissaire venu l'interroger. Il a une chambre d'étudiant près de la faculté d'Assas où il suit des études de droit.

– Oui ! Je sais tout ça, réplique l'officier de police un peu irrité par le ton doucereux et condescendant du maître à penser. Dites-moi plutôt comment il se comportait ici. Avez-vous observé chez lui des manies, des marottes ou je ne sais quelle obsession qui auraient pu vous sembler bizarres ?

Il songe à la scarification sur le visage de la jeune Charlotte et à l'idée reçue que les Africains manipulent à tout bout de champ des grigris, amulettes et autres mascottes. Il croit savoir que les marabouts, experts en fétichisme, pratiquent parfois la scarification d'adolescents comme marquage corporel de leur mal-être.

– Non ! Où voulez-vous en venir, Monsieur le Commissaire ? Et d'ailleurs, à quel titre m'interrogez-vous ? Est-ce dans le cadre d'une commission rogatoire ordonnée par un juge d'instruction ? Avez-vous un mandat ?

– C'est exactement ça, Monsieur Angel ! Le juge d'instruction m'a délégué ses pouvoirs d'investigation pour une enquête pénale qu'il ne peut pas mener lui-même en raison de sa surcharge de travail. Mais restons sur le sujet, si vous le permettez. Vous prétendez, si je vous ai bien compris, que le sieur Krys Fontaine serait un garçon loyal et honnête et qu'on ne saurait douter de sa probité. C'est bien ça ?

– Tout à fait ! Nous n'avons eu qu'à nous louer de son comportement durant les trois années qu'il a passées ici. Krys possède une solide formation et a un bon quotient intellectuel. Il est droit et consciencieux.

– Je n'en doute pas, mais pouvez-vous me dire comment il a atterri chez vous ?

– Euh… Je ne m'en souviens plus exactement. Je crois qu'il était un peu perdu et qu'il avait besoin de réconfort. Nous l'avons accueilli comme nous recevons tous les êtres victimes d'un dénuement affectif. Mais pourquoi toutes ces questions ? En quoi Monsieur Fontaine serait-il mêlé à votre enquête ? Qu'a-t-il fait qui pourrait vous paraître répréhensible et qui justifierait votre présence ici ?

Le commissaire a un petit sourire narquois.

– Rien de bien précis... pour le moment. Je dis bien pour le moment. Mais vous n'êtes pas sans savoir, Monsieur Angel, que de nombreux scélérats circulent dans Paris et que dans cette population se trouvent des voyous, des délinquants juvéniles, de la semence pour black block? Et qui paie en définitive? L'État! C'est-à-dire le contribuable, vous, moi.

Le père Angel commence à perdre patience. L'entretien prend une tournure méprisante et détestable. Il sent la colère monter en lui comme une lame de fond. Il ne s'est pas affranchi d'idées préconçues et de l'égocentrisme pour se laisser traiter avec une telle trivialité.

– Avec tout le respect que je vous dois, Monsieur le Commissaire, je ne vous permets pas, et ne vous permettrai jamais, de qualifier nos membres de racaille ou de je ne sais quelle sous-population, comme vous le laissez entendre. Votre qualité ne vous autorise nullement à de tels écarts de langage et je me réserve le droit d'en référer le moment venu au juge d'instruction qui vous a mandaté.

Le commissaire voit soudain apparaître une expression étrange sur le visage de l'ancien prêtre. Il est ébranlé par la sincérité de l'homme.

– Soit! N'en parlons plus, cher Monsieur! Je retire les mots qui vous ont déplu. Pardonnez mon emportement, mais j'ai une morte sur les bras et pas le moindre indice pour démêler l'inextricable l'écheveau: une jeune fille décédée, sans blessure apparente, sans trace de lutte, sans stigmate, avec pour seul repère un petit signe cabalistique sur le cou au niveau de l'oreille. Vous comprendrez que le dindonnant crétin que je suis, puisse perdre un peu son sang-froid. Je ne prétends pas que votre Krys soit suspect, mais je dois l'interroger comme tous ceux qui ont gravité autour de la jeune victime, rien de plus.

– Faites votre métier, Monsieur le commissaire. Il vient chaque week-end se ressourcer ici. Nous sommes jeudi, il sera là demain soir. Vous pourrez, si vous le souhaitez, l'interroger, mais en présence du frère Mathieu, son référent, qui le connaît peut-être encore mieux que lui-même.

– Parfait ! À demain donc, et encore mille excuses si je vous ai froissé, mais on voit tellement de dingues de nos jours.

Sur le chemin de retour, le commissaire Deguelt passe devant une librairie. Il s'arrête, y entre. Une idée vient de germer dans son esprit.

– Bonjour Madame, lance-t-il à la libraire qui époussette un rayon de livres de son plumeau. Auriez-vous un ouvrage portant sur la sorcellerie ou la magie ?

La libraire arrête ce qu'elle est en train de faire et se gratte la tête.

– Non ! je ne crois pas avoir ce genre d'ouvrages, mais attendez une seconde ! Elle ouvre l'ordinateur posé sur le comptoir, pianote de longues minutes, secoue à plusieurs reprises la tête, puis se tourne vers le commissaire, sourire aux lèvres.

– Vous voyez ! Vous avez bien fait d'attendre ! J'ai trouvé ! Allez à la librairie *Les Livres sacrés*, dans le Marais, vous devriez trouver l'ouvrage que vous cherchez. D'après leur site Internet, elle est spécialisée dans tout ce qui relève des sectes, de la magie, des gourous et autres maîtres spirituels.

– Merci beaucoup pour votre sollicitude, Madame.

La libraire incline légèrement la tête, puis, comme prise de remords, demande :

– Qu'est-ce que vous vouliez savoir, au juste ?

Le commissaire ne s'attendait pas à ce que la jeune femme porte un quelconque intérêt à son enquête.

– Rien de bien précis. Je me renseigne sur les marques et logos des sectes.

*

La boutique *Les Livres sacrés* de la rue Sainte-Croix de la Bretonnerie est un vrai capharnaüm. Il y a derrière la vitrine, un fatras d'accessoires poussiéreux, des crucifix, des dents de requins, des amulettes, des colliers de plumes, des mouches ratatinées…

Le titre d'un des livres aiguise l'attention du commissaire : *Le Langage des scarifications.* Il pousse la porte qui fait entendre un petit son de clochettes.

– Bonjour, lance-t-il en entrant, sans bien savoir à qui il s'adresse.

La boutique est apparemment, vide.

– Y a quelqu'un ? claironne-t-il à nouveau.

Le boutiquier, monté sur un escabeau et en partie masqué par un poteau, tourne la tête.

– J'suis là ! Qu'est-ce que vous voulez ?

Le commissaire avance d'un pas et se heurte à une montagne de livres empilés sur un tréteau. Une odeur de vieille poussière et de moisi lui monte aux narines.

– Je voudrais juste consulter l'ouvrage que vous avez en vitrine.

Le commissaire Deguelt s'approche de la vitre pour lui montrer le livre du doigt.

– Tuh, tuh, bas les pattes, vous ne touchez à rien. Lequel vous voulez voir ?

– Celui consacré aux scarifications. Le bonhomme paraît soudain intéressé.

– Pourquoi ? Vous vous y connaissez en scarifications ?

– Pas vraiment ! Je me renseigne sur les symboles des sectes.

Le visage de l'homme exprime l'étonnement. Il jette un coup d'œil un peu de travers, mais sans malice, à l'inconnu.

– Prenez votre temps ! Je pense que vous êtes journaliste ? Si à l'occasion vous pouviez glisser un petit mot sur ma boutique, ce serait sympa.

– Non ! Commissaire divisionnaire !

Le libraire recule d'un pas. Il ne s'attendait pas à parler à un flic, qui plus est, haut placé. Ça lui a fait comme un direct au foie. Le commissaire Deguelt se retire avec le livre sur les scarifications sous le bras, laissant la gueule vieillotte du boutiquier reprendre son souffle.

*

Krys est désorienté par les questions du commissaire Deguelt. Le frère Mathieu vient à son secours.

– Puisqu'il s'échine à vous dire qu'il n'a pas revu la dénommée Charlotte après leur brève rencontre au coin de la rue Madame hier à midi et qu'on l'a vu à ses cours ! Ça devrait vous suffire, Monsieur le Commissaire. Non ?

Le commissaire prend un air inspiré. Ses yeux incendient l'intervenant. Une ridule s'est formée au bord de ses lèvres. Pour lui tout le monde est suspect jusqu'à preuve du contraire. Le coupable est toujours sincère quand il s'agit de plaider son innocence.

– Non ! reprenons depuis le début, si vous le voulez bien. Vous étiez, insiste-t-il, en désignant Krys du menton, un proche de Charlotte. Je ne me trompe pas ?

La tête de Krys pivote à gauche puis à droite, cherchant un angle mort.

– Ne dites pas le contraire, vous l'avez embrassée sur la bouche devant tout l'amphithéâtre.

– Elle m'a embrassé, réplique sèchement Krys.

– Oui ! Ne jouez pas sur les mots. Avez-vous couché avec elle ?

– Non ! Elle n'était pas ma petite amie, si tant est qu'elle le devienne jamais.

Le commissaire esquisse un petit sourire moqueur. Une lueur malicieuse voyage dans son œil. Il a cet air hautain qu'il doit revêtir chaque matin pour aller travailler et qu'il remise le soir en rentrant à la maison.

– Faites attention à ce que vous répondez, Krys ! Les résultats d'analyse de l'ADN relevé sur le corps de la victime et ceux de l'autopsie vont bientôt nous arriver et là, si vous avez menti, Bam ! ça risque de faire mal. Très mal, même. Je répète donc ma question. Avez-vous violé Charlotte, avant ou après sa mort ?

La question ébranle Krys. Il garde un instant les paupières baissées, puis hurle soudain à la face du commissaire : « Merdeeeee ! Je vous dis que je ne l'ai pas baisée. »

Le frère Mathieu, estomaqué par la cruauté sadique du commissaire, lui adresse un regard noir.

– Vos spéculations sont scandaleuses, Monsieur le commissaire divisionnaire. Rien ne vous permet de mettre en doute la sincérité de mon protégé. Il vous l'a dit et répété : il n'a jamais eu de rapport sexuel avec la victime. C'est clair !

L'officier de police ne s'attendait pas à une réaction aussi vive de la part du petit homme dont la pâleur des yeux fait penser à une fleur atteinte par la limite d'âge.

Le silence s'affaire. Le commissaire regarde un instant ses pieds, comme s'ils devaient lui dicter la conduite à tenir, pivote sur lui-même et se retire sans ajouter un mot. Il a craché son venin. Au moins là, il est maître en son domaine. Il sait qu'il en ira différemment quand il rentrera chez lui : « Essuie tes pieds ; enlève ton chapeau crasseux ; t'as vu l'heure ? La prochaine fois tu mangeras avec les chevaux de bois, on ne t'attendra pas… »

13

KRYS s'est installé de nouveau au dernier rang de l'amphi pour ne pas subir le regard des étudiants qui le dévisagent étrangement. Il voit dans leurs yeux le poids du jugement, de la condamnation. « Calomniez, calomniez, il en restera toujours quelque chose », disait Voltaire. Pour la plupart des élèves, il n'y a pas de fumée sans feu. Le Sénégalais, policé et mielleux doit bien cacher son jeu. Un jeu malsain qui consiste à amadouer les filles avec des airs de ne pas y toucher pour les ensorceler, qui sait, les violer… les tuer même. Pour tout l'amphi, la mort de Charlotte relève de la sorcellerie. Et qui mieux que les Africains sont passés maîtres en la matière ?

Dans l'amphi tout le monde sait que Krys était amoureux de Charlotte. On sait aussi qu'elle se refusait à lui, craignant, comme elle l'avait confié à Cécile sa voisine de travée, de subir ce qu'elles appelaient entre elles le syndrome du marteau-piqueur, propre aux hommes solidement membrés.

Les élèves épient le moindre des mouvements de Krys : un hochement de tête, un geste anodin, un regard appuyé, peut être un aveu. Seule Océane a pris sa défense. « Foutez-lui la paix », a-t-elle hurlé pour que tout le monde entende. « Ce n'est pas parce qu'il est noir qu'il est coupable. Merde ! Arrêtez avec votre racisme à deux balles. »

Krys, ne se remet pas de la mort de Charlotte. S'il fait le fier le jour, il pleure le soir. Il la revoit dans sa jolie robe verte, le jour où elle était venue le veiller à l'hôpital, sa main saisissant la sienne ; leur première rencontre au Café des Arts, son émerveillement lors de son apparition ; son inexplicable engourdissement au moment de lui parler. Que de regrets !

Hier, lors de son passage à l'association, le père Angel lui a remis une lettre. Marthe répondait à celle qu'il lui avait adressée deux semaines auparavant. Après l'avoir félicité pour son écriture et son orthographe, elle lui donnait des nouvelles de la ferme : Tudor était décédé et Fernand vivait recroquevillé dans son deuil ; les pommiers qu'il avait greffés donnaient bien ; un des deux beaucerons était mort, chargé par un sanglier ; Joseph, le facteur, était parti à la retraite, remplacé par un jeune postier, fort sympathique... Puis elle parlait de ses jambes qui ne la portaient plus, de son arthrose, de son mal de dos, et elle terminait sa lettre par des mots affectueux : « J'ai toujours eu confiance en toi. Je savais que tu réussirais. Prends soin de toi, mon grand ! »

*

Krys a invité Océane à boire un verre le soir à la sortie de la fac. Il veut la remercier pour son courage. Faire face à l'amphi et se mettre à dos tous les petits fachos d'Assas à quelque chose d'héroïque.

– Laisse tomber ! Ça m'a fait plaisir de moucher tous ces petits cons, dit-elle, à peine assise. Ils croient, parce que leur père est président d'on ne sait quel trucmuche, ou chirurgien, qu'ils peuvent s'ériger en tribunal populaire. Et la présomption d'innocence, ils en font quoi ?

– Je comprends ta colère, mais je ne voudrais pas que ta réaction t'attire des ennuis, notamment de ce con de Patrick.

Le grand échalas rit comme une gourdasse à chaque fois qu'on prononce le nom de Krys.

– Oublie, Krys ! Ce sont des cons. Ils sont nés cons et resteront cons jusqu'à la fin de leurs jours. Tu vaux mieux que ça !

Les encouragements d'Océane lui vont droit au cœur. Il ressent subitement une bouffée de tendresse pour tout ce qui l'entoure : la fêlure de la tasse à café, la saignée dans la table, l'ampoule au mur qui tremblote, la peinture écaillée… Tout lui semble émouvant. Il est sous le charme de la belle Océane. Une jeune fille enfantine dans ses manières, mais d'un esprit fin et d'un caractère vif.

Océane n'a toujours pas lâché la main de Krys qu'elle a saisie lorsqu'ils se sont assis. Elle le regarde intensément de ses yeux gris. Krys y plonge les siens. Il a follement envie de l'embrasser. Il se penche en avant et approche ses lèvres des siennes. Elle ne recule pas. Dehors, la pluie a lavé les trottoirs. Le vent est passé au nord-est, amenant d'abord la pluie, puis le grésil. Nez en l'air, Krys ne s'est pas rendu compte qu'il patauge dans un caniveau. Sa chaussure est pleine d'eau. Océane rit et il rit de la voir rire. Puis il la prend par la taille et ils longent ensemble les rues sous la lune blanchâtre, sans but et sans un mot.

– Tu crèches où ? demande-t-elle soudain.

– Pourquoi ?

– Pour rien, pour savoir.

– J'ai une piaule d'étudiant proche du Marais.

– Sympa !

– Oui ! Enfin, il faut se fader les six étages.

– On peut voir ?

Krys n'en revient pas ! Ses yeux cillent. Il a du mal à croire ce qu'il vient d'entendre.

– Euh… Si tu veux t'entraîner pour le triathlon, pourquoi pas ! Mais je te préviens, tu vas avoir les jambes en flanelle arrivée en haut.

Dans le couloir de l'immeuble de la rue Monge, Krys s'efforce de marcher à pas feutrés de peur d'être aperçu par la concierge. Depuis sa confrontation avec le commissaire Deguelt il vit dans la hantise et se sent coupable. Il traverse la cour intérieure et se dirige vers l'escalier de service, quand Océane ôte ses escarpins pour gravir les marches.

Soixante-douze, soixante-treize… Elle les compte dans sa tête et s'arrête sur le palier du cinquième étage, le souffle court, les muscles à la peine et lève la tête vers Krys qui grimpe d'un pas alerte le dernier tronçon de l'escalier.

– Ouf ! s'écrie-t-elle, arrivée, s'asseyant sur le lit. Tu avais raison. J'ai les jambes en coton.

– C'est précisément ce que Krys regarde, ses jambes. Elle rabat discrètement sa jupe sur ses genoux.

– C'est petit, mais sympa, déclare-t-elle pour rompre le silence qui s'est installé entre eux. Et ça, c'est quoi ?

Elle désigne une petite statuette en os sur la table de nuit.

– Rien ! Un porte-bonheur que j'ai rapporté du Sénégal.

– Et alors, il t'a déjà souri ?

– Oui ! puisque t'es là.

Ils rient ensemble. C'est la première fois qu'Océane se retrouve seule avec un garçon dans une chambre. Elle songe à ses parents dans leur villa de Rueil-Malmaison. Que diraient-ils s'ils la savaient dans cette chambre de bonne, sans défense, à la merci d'un prédateur ? Elle chasse aussitôt ses sombres pensées. Au détour d'un baiser, Krys lui chuchote quelques mots dans le cou.

– T'es fou. On ne peut pas faire ça, ici, maintenant...

– Pourquoi ? C'est pas assez chic pour toi ?

– Non, c'est pas ça ! Mais on ne se connaît pas assez. J'n'en ai pas envie. Pas tout de suite. Pas ici, en tout cas.

Krys n'insiste pas. Il respecte Océane et, sans son consentement, il ne fera rien qui puisse la froisser. Comme Justine, la veille, elle regarde par le Velux la lune qui éclaire un pan du ciel. Son père lui a dit un jour qu'une étoile est une boule géante de gaz chaud dont la fusion nucléaire libère une énorme quantité d'énergie sous forme de lumière.

– Tu sais pourquoi il y a beaucoup d'étoiles dans le ciel demande-t-elle à Krys, pour changer de sujet, les yeux rivés sur la Grande Ourse ?

– Non !

– Parce que les étoiles naissent en groupe à partir de l'effondrement d'un nuage interstellaire de gaz et de poussières.

– Waouh ! t'en connais, des choses.

– J'ai pas de mérite, mon père est fana d'astronomie. Il nous bassine, matin et soir, maman et moi, avec ses histoires de cosmos. Il paraît qu'il y aurait deux cents trilliards d'étoiles dans l'Univers.

– Il les a comptées ?

Ils rient à nouveau de bon cœur.

Allongée sur le lit, bras en croix, Océane sourit. Un sourire béat de petite fille qui rêve. Elle se redresse au bout d'un moment et fait face à Krys.

– J'aimerais te connaître. Que tu me parles de toi, de ta vie, de ton pays, ta famille…

Krys hésite. Ne risque-t-il pas de la faire fuir, s'il lui conte ses galères : sa vie à Saussai ; sa mère squelettique comme un rostre de seiche ; son père rongé par le rhum ; sa chevauchée à travers la Mauritanie, le Maroc, l'Espagne ; les Vatel ; ses déboires avec Amandine ; l'ignominie du député de Chambérat ; sa course éperdue après le hold-up de la Caisse d'épargne… Il se tait un moment et dévisage Océane. Il a peur de la perdre.

– Tu peux tout me dire, tu sais. J'imagine que ça n'a pas dû être toujours très rose pour toi.

L'œil de Krys se couvre d'un voile humide. Océane s'en rend compte et passe volontairement à autre chose.

– Moi, je suis une petite chanceuse. Je suis née, comme on dit, dans une famille bourgeoise.

Elle sourit en pensant aux prises de bec de ses parents.

– Ça chauffe parfois à la maison. Mon père est architecte et vote à droite, ma mère, neuropsychiatre, vote à gauche. Je te laisse imaginer la cacophonie quand ils abordent la politique. Encore le Week-end dernier, ils en sont presque venus aux mains au sujet de l'écriture inclusive. Maman affirmait que le point médian consistait à réunir dans le même mot le masculin et le féminin, comme « étudiant•e•s », ou de mettre un X à une terminaison genrée comme dans « fatiguéx », alors que papa réfutait le pronom « iel ». Il disait que l'idéologie woke était devenue un marqueur politique. Il a fait bondir maman quand il a conclu qu'une écriture non conforme à l'article L.121-3 du code de l'éducation était illégale. Qu'en penses-tu ? Tu pencherais plutôt du côté de papa ou de maman ?

Krys se tait un moment.

– Celui de ton père, finit-il par répondre.

Il songe à ce que le père Angel pensait de l'écriture inclusive et des administrations, enseignants et organisations étudiantes qui faisaient pression pour que cette graphie, censée réduire les inégalités entre hommes et femmes, devienne la norme.

– En droit, claironne Krys, le français est défini, par opposition au latin, par l'ordonnance de Villers-Cotterêts : *« Le français obéit aux règles qui sont déterminées par l'Académie française et nul ne peut les changer. »*

Océane est bouche bée.

*

Durant les semaines qui suivirent, il ne se passa rien. Krys pensait que tout était enterré : l'enquête du commissaire Deguelt, les poursuites, les menaces judiciaires. Et il se jetait à corps perdu dans les cours pour s'abrutir, bouffant des pages et des pages à n'en plus finir. Il avait fait table rase, à tout le moins provisoirement, de ses affligeants souvenirs d'enfance et ne pensait plus qu'à Océane avec laquelle il avait appris à se montrer patient et respectueux. Il avait appris, en droit, que le corps appartient à la personne selon un rapport d'exclusivité qui transforme l'objet « corps » en possession ontologique et que nul ne peut en disposer sans l'assentiment du possesseur de ce corps.

En ce dimanche de juin, le ciel est immensément bleu. Une brise bienfaisante atténue en partie la chaleur qui, sans elle, serait étouffante. Océan propose à Krys d'aller se baigner dans la piscine, chez ses parents. Elle entend lui montrer la confiance qu'elle a en lui.

La villa des Monchecourt est située dans le quartier résidentiel de Rueil-Malmaison, une banlieue chic de la capitale. Hubert, le père d'Océane, architecte réputé, y vit avec Bernadette, sa femme, neuropsychiatre à l'hôpital Cochin. Il dit à ceux qui visitent son domaine : « le côté chic, le côté fric », ce qui exaspère son épouse, moins bling-bling et moins tapageuse que lui.

Bernadette, belle, grande, presque héroïque, fend les flots d'une proue avantageuse. Elle croit défaillir en apercevant Krys descendre de la voiture de sa fille garée sur l'allée gravillonnée qui borde l'aile gauche de la villa.

En voyant s'avancer vers elle le jeune Sénégalais au bras d'Océane, elle ne peut réprimer un mouvement de recul. Noir ! Maman, je te présente Krys, l'étudiant dont je t'ai déjà parlé.

Bernadette se souvient qu'Océane lui avait effectivement vanté les qualités de l'un de ses camarades d'amphi, mais elle s'était bien gardée de lui dire qu'il était, comment dire... Elle chasse ses vilaines pensées et prend une grande inspiration.

– Euh... Oui, bien sûr. Vous... vous êtes un camarade de classe... enfin, je veux dire de faculté.

Les mots s'emmêlent, sa langue s'embourbe. Elle ne sait pas très bien comment masquer son étonnement.

– On ne va pas te gêner, maman. On vient simplement piquer une tête dans la piscine.

– Piquer une tête ? Oui, bien sûr. Allez-y, mes enfants.

Elle a prononcé cette phrase sans en saisir la réelle portée. « Mes enfants », comment a-t-elle pu prononcer ces mots à l'endroit d'un inconnu, qui plus est, noir ?

Hubert, qui vient de faire son apparition sur le perron, est à son tour surpris par la présence du... Aucun mot ne lui vient sur le moment à l'esprit. Il hésite entre Gabonais, Ivoirien, Sénégalais.

– Papa, je te présente Krys, un camarade de la fac d'Assas. Il est en deuxième année de droit avec moi. On est venu se baigner !

Hubert n'en croit pas ses yeux. « N'y a-t-il pas assez de Blancs sur terre pour que sa fille lui ramène un Noir ? » Il pose les yeux sur les pieds du garçon, puis d'un regard hésitant remonte progressivement jusqu'au visage. Il est étonné. Il ne pensait pas qu'un Noir pouvait avoir des traits aussi fins, aussi réguliers. Son œil s'arrête sur les cheveux crépus de Krys.

– Faites donc, les enfants, finit-il par répondre.

Sans s'en rendre compte, il vient d'employer les mêmes termes que sa femme.

Quand Bernadette voit Krys en maillot de bain, ses yeux riboulent littéralement. Elle se tourne vers son mari toujours sur le perron.

– Dis donc, il est drôlement bien gaulé, le noiraud.

Elle aime user de termes branchés pour faire jeune. Elle fait rouler les mots dans sa bouche comme des noyaux de cerises, histoire de se désembourgeoiser. Mais elle se sent soudain vieille face aux corps harmonieux, lisses et juvéniles des deux êtres qu'elle a sous les yeux. Krys, avec sa stature athlétique, vient sans le savoir de lui enfoncer gentiment une dague dans le cœur.

*

Un autre jour, alors que ses parents sont partis en week-end, Océane invite à nouveau Krys dans sa maison. En ce dimanche d'août, le soleil darde hardiment ses rayons sur la France et ils ont décidé de faire, comme dit Océane, trempette.

– Tu ne crois pas que tes parents seraient fâchés que tu m'emmènes chez eux en leur absence ? demande Krys, émerveillé par le jardin et les bosquets fleuris.

Océane sourit.

– Pas grave ! Ce n'est pas parce qu'ils pètent dans la tune qu'il faut tacler ceux qui n'en ont pas.

Elle sait que Krys ne roule pas sur l'or et elle veut le mettre à l'aise.

– Arrête de te poser des questions, Krys. Profite du moment. La maison est à nous. D'ailleurs, viens, je vais te la faire visiter.

La pièce à vivre, au rez-de-chaussée, est immense avec une grande et belle cheminée en marbre blanc. Krys n'a jamais vu autant de tableaux et de sculptures. Ici un Vermeer, là un Mucha, une esquisse de Picasso, une eau-forte de Schiele, des œuvres de Barye, de Dalou. Ça sent le fric à plein nez.

– T'aime ? demande Océane, qui voit Krys en arrêt devant une figurine en bronze représentant une jeune femme noire en position de yoga. C'est une statue de Niki de Saint Phalle. Tu connais ?

Krys ne répond pas. La maigreur de la statue lui rappelle trop sa mère. Ils grimpent allègrement tous deux les escaliers et débouchent dans un long couloir qui dessert les chambres.

– Celle-ci, c'est la chambre parentale, dit-elle, poussant une lourde porte en chêne. Viens voir ! Elle donne sur les jardins et la piscine. Chouette, non ?

Krys est abasourdi par le luxe, par le foisonnement des couleurs, des matières, le marbre polychrome au sol. Il ne peut détacher son regard des murs recouverts de chintz jaune, de la tapisserie des fauteuils, des bibelots en ivoire et os, de la literie brodée, du lit à baldaquin…

– Et celle-là, c'est la mienne. Ma chambre de jeune fille. Bien sûr, il n'y a plus le berceau.

Elle rit, montrant deux rangées de dents nacrées, alignées comme des perles. Krys sent soudain monter en lui une poussée de fièvre. Il lui prend la main. La bouche d'Océane s'arrondit et ses sourcils se soulèvent comme une interrogation. Il y a un silence gêné. Krys la trouble physiquement et ça la perturbe. Elle le repousse mollement.

– Non, Krys ! Pas ici, pas maintenant.

– Pourquoi ? Tu l'as dit. On est seuls. La maison est à nous.

– Oui ! je sais, mais il ne faut pas.

Elle sent elle aussi le feu brûler dans ses entrailles et regrette déjà d'avoir eu cette folle idée de baignade.

– Si tu m'aimes un peu, tu dois me respecter.

– Tu en doutes ?

Il la fait basculer doucement sur le lit et l'embrasse sur le front, les paupières, le nez, la bouche. Elle répond à ses baisers, mais se redresse d'un bloc quand il insiste.

– Non ! Krys, pas ça ! Je suis vierge !

Elle a usé du mot comme pour se réfugier derrière une enceinte infranchissable. Krys se demande comment une fille peut, à leur époque, être vierge à vingt ans. Il hoche la tête, prend un air sérieux.

– Laisse-moi faire ! Fais-moi confiance. Je vais être doux et prudent.

La voix de Krys est empreinte de mystère et de grâce. Océane ouvre la bouche, la referme aussi sec. Plus de son. Elle est incapable de répondre. Sa langue ne suit pas ses pensées. Elle sent comme un vacillement en elle. Un vide dans son ventre. Elle aime Krys. Il lui plaît et elle le désire plus encore depuis qu'il a enlevé son t-shirt. Sa musculature longiligne, son corps d'ébène, son magnétisme affolent ses sens. La bouffée d'une émotion inconnue soulève sa poitrine. Krys la saisit par la taille et l'allonge à nouveau près de lui.

– Je suis amoureux de toi depuis le premier jour, Océane.

Un sentiment de puissance émerge soudain en elle. Elle est en état d'apesanteur. Elle est aimée. Aimée par cet homme aux sourcils fins, aux pommettes saillantes, aux lèvres charnues, aux yeux doux et rassurants. Au fur et à mesure qu'elle détaille dans sa tête le visage de Krys, le désir monte en elle comme une lame de fond. Elle le regarde, cette fois sans retenue.

Krys a un choc quand elle dégrafe sa jupe et enlève son T-shirt. Il parcourt des yeux ses longues jambes, son petit ventre rond et ses deux seins bien pleins que le soutien-gorge a du mal à contenir. Il respire l'odeur de sa crème, caresse ses cheveux, les froisse. Il hésite, puis lentement avec des gestes doux, la fait sienne, doucement, avec la lenteur d'un Ai. Océane fait entendre un petit cri plaintif quand il la déflore. Ses muqueuses intimes, hydratées par le fluide lubrifiant et émotionnel du désir et de l'excitation, enveloppent le membre de Krys avec la fermeté et la détermination d'une femme épanouie. Elle halète, s'agrippe à ses hanches, secoue la tête dans tous les sens, en proie à la jouissance. Son orgasme s'accompagne d'un cri, plus fort cette fois, qui se prolonge par un long râle. Ses yeux sont gorgés d'eau et lustrés comme des calots. Elle a envie de rire, de chanter, de crier son bonheur. Elle se contente de verser de grosses larmes aussi diaphanes que des améthystes.

Océane est radieuse, son cœur semble vouloir sortir de sa poitrine. Ce 11 août, elle s'en souviendra toute sa vie. Elle est folle de joie. Elle sautille comme à la marelle, prête à faire la roue, à glisser sur la rampe de l'escalier, à se trémousser sur la danse du feu. Elle est femme. Candide, elle songe déjà à des fiançailles, au mariage, à une famille heureuse… Mais dans son for intérieur elle a la sensation d'être une petite dinde qui glougloute, et ses yeux se voilent. Un truc lui fait misère. Et si elle était enceinte ? Elle se voit soudain grosse, pleine, difforme et imagine ses parents apprenant sa coucherie. Elle songe aux yeux de sa mère devant un enfant noir et son père grimaçant de dépit, battant l'air des bras.

14

L'ENQUÊTE du commissaire Deguelt piétine. Il a pour le moment délaissé la piste Krys, mais compte bien y revenir. Le Sénégalais ne perd rien pour attendre. Pour l'heure l'officier de police se rend chez un anthropologue qui effectue des recherches ethniques et cultuelles sur l'évolution des sociétés. Il espère grâce à lui découvrir la signification des symboles relevés sur le corps de la malheureuse Charlotte.

L'expert est perplexe. Il a vu de nombreux types de scarifications dans sa carrière mais jamais celle que lui montre le commissaire sur l'écran de son smartphone.

– Je suis désolé de ne pas pouvoir vous être utile, Monsieur le commissaire. Peut-être pourriez-vous consulter un graphologue ou un ethnologue, qui sait ?

L'officier de police se mord la langue. Décidément il a la poisse. Il retourne au commissariat, lorsque son téléphone sonne dans sa poche. Le temps de l'extraire, le correspondant a raccroché. « Merde ! Qui c'était ? » Le numéro est masqué. Il va sur la messagerie. Rien !

La sonnerie grésille à nouveau. Cette fois, il clique. « Vous devriez vous intéresser à Justine. »

L'inconnu, car il s'agissait d'une voix d'homme, a raccroché. Deguelt se demande s'il est l'objet d'une farce. Les appels inconnus sont fréquents. De toute façon, il ne peut pas négliger l'info. Qui est cette Justine ? Ce prénom est commun. Autant chercher une épine dans un panier d'oursins.

Il se rend à son bureau et pousse nerveusement la porte d'entrée du pied.

– Vois dans les archives s'il y a un dossier concernant une dénommée Justine, ordonne-t-il au lieutenant Corbière, son adjoint. Je sais, c'est vague, mais qui sait ?

Toutes les affaires judiciaires sont classées dans un fichier numérique national, par ordre alphabétique et par genre.

– C'est qui ? Vous pensez que cette Justine a quelque chose à voir avec notre enquête ?

– Je l'ignore ! Mais on ne peut rien négliger.

– Elle sort d'où, cette fille ?

– D'un appel anonyme ! D'ailleurs, pendant que tu y es, prend mon portable et demande au service informatique de décrypter la carte SIM pour voir si on peut identifier l'inconnu qui a appelé. Il serait intéressant qu'on ait son nom et son adresse.

Le commissaire regagne l'étroite pièce qui lui sert de bureau. Il essuie machinalement la buée de la fenêtre donnant sur le parking. La pluie efface les contours et escamote les couleurs.

– Il n'y a aucune affaire « Justine », dit le lieutenant Corbière, qui vient de passer la tête dans ce qu'il appelle « le placard », à cause des étagères remplies de dossiers.

– Rien ?

– Nada, Commissaire ! Vous êtes sûr que ce n'est pas un canular ?

– Comment veux-tu que je le sache ? Et mon téléphone ?

– Ils sont en train de le décrypter, mais ça prend du temps.

– J' m'en tamponne ! Dis-leur de faire vite. Il n'est pas impossible qu'on tienne une piste ou un embryon de piste. Ce type a appelé deux fois. C'est pas l'habitude des farceurs.

Il est midi quand le lieutenant affiche une mine réjouie.

– Ça y est, Henri, on a découvert le pot aux roses.

Il a appelé le commissaire par son prénom comme il le fait quand il a une bonne nouvelle à lui annoncer.

– Quoi, le pot aux roses ?

– On a le nom et l'adresse du gars qui vous a appelé ce matin. Un certain Khaled Azoulay, domicilié rue des Écoles. Je me suis renseigné. Il est lui aussi, à la fac d'Assas.

– Tiens, tiens ! Intéressant. Ce mec, c'est peut-être le panard assuré, dit le commissaire, s'essuyant la bouche de l'avant-bras. Convoque-le immédiatement. J'aimerais bien l'entendre.

Au restaurant *Le Gascon*, un boui-boui proche du commissariat où Deguelt a l'habitude de déjeuner, le commissaire tortille le bord de la nappe en papier. Il est nerveux, pressé.

– Alors, Georgette ? Ça vient cette entrecôte, ou faut-il que j'aille tuer le bœuf moi-même ?

La serveuse sourit. Elle est habituée aux réflexions du ronchon. Pas grave. Le bougre n'est pas bien méchant. Il a un besoin naturel d'assurer son autorité. C'est tout.

– Oui, ça vient, com-mi-ssaire.

Elle a insisté sur le mot pour flatter son ego, bien que tous les habitués du resto sachent que le moustachu près de la fenêtre est flic.

Il s'empiffre d'une crème catalane, quand son adjoint pousse la porte.

– Ça y est ! Il est dans votre bureau, Commissaire.

– Qui ?

– Ben ! Votre Khaled Azoulay, pardi !

– Ah ! J'arrive.

Il commande un café serré, le boit debout et sort, suivi de son assistant.

Le jeune Khaled n'en mène pas large devant le planton qui le tient en joue d'un œil soupçonneux. Déjà la façade du commissariat en briques rouges l'avait fait flipper. Mauvais présage. Mince comme un fil de pêche, il sait qu'il ne va pas pouvoir résister bien longtemps si on le cuisine. Il a déjà les guiboles en guimauve. Pourtant, il n'a rien à se reprocher. Juste un coup de bigophone à un keuf pour se marrer. Rien de bien folichon, mais, c'est comme ça ! Y a des routes où tu peux opérer un demi-tour et d'autres où, quand tu y es, t'es dans la merde.

– Nom, prénom, date de naissance, nationalité, casier judiciaire ? débite le lieutenant Corbière, assis près du commissaire.

Deguelt croise les jambes et allume une cigarette, malgré le pictogramme d'interdiction de fumer collé sur le mur qui lui fait face. Il a besoin d'une clope comme béquille pour se donner une contenance, lorsqu'il cuisine une crapule.

– Qui est Justine ? Quel est son nom, où habite-t-elle, comment tu… tu la connais… com… comment tu l'as connue ?

Il est comme ça, Deguelt, quand il s'énerve son français se fracasse. Khaled garde son rire au râtelier pour ne pas niquer le délire du commissaire.

– Veber ! Je crois que c'est son nom de famille. J'sais pas où elle crèche. C'est une fille de la fac. J'en sais pas plus !

– Pourquoi t'as cité son nom au téléphone ce matin ? Une petite amie ? T'as cafté pour te venger de quelque chose. Elle a refusé de se laisser baiser. C'est ça ?

– Nooon ! C'est une simple camarade.

– Alors, pourquoi elle ?

– Parce que je l'aimais bien, Charlotte.

– Ça n'explique pas tout. Tu dois bien avoir un petit secret.

Deguelt, quand il interroge, on dirait qu'un ancien membre de la Gestapo lui dicte les questions. Il a de nouveau buggé et c'est parti en sucette.

– Écoute-moi bien, petit Khaled de mes deux. Je crois que tu n'as pas bien compris la situation. Il s'agit d'un crime et je n'ai pas de temps à perdre avec des trous du cul comme toi qui occupent une partie du cadran de ma montre. Alors, ou tu coopères, ou je te mets au trou. C'est clair ?

Khaled se replie comme un colimaçon. À chaque regard du commissaire, il rentre un peu plus dans sa coquille. Le moustachu au blaze d'aigle est bien capable de l'alpaguer et il n'a pas les *cojones* pour lui résister. Le respect, minimum syndical, il s'en fout et s'en contrefout le commissaire. C'est dur d'être confronté à un inconnu qui te tutoie et que t'es obligé de vouvoyer. Le jeune Algérien naturalisé Français s'efforce de rester calme. Abdos serrés, concentré, il observe sur le bureau la sacoche de cuir du flic qui semble encore frémir des palpitations de la bête qui l'habitait.

– Justine était jalouse de Charlotte, répond-il.

– Eh ben voilà, on avance. Jalouse ? Pour quelle raison ?

– Parce qu'elle avait embrassé Krys sur la bouche devant tout le monde, en plein cours, et qu'elle le kiffait.

Deguelt tourne une mine réjouie vers son adjoint.

– Mon cher Alexandre, il va falloir qu'on entende cette petite Justine au plus vite. Mais pour ça, il va nous falloir un mandat d'amener du juge d'instruction. On n'a pas le choix. Fonce au Palais et essaie d'en dégoter un. Sans ce sésame, walou !

À peine sorti du commissariat, Khaled se roule un cône pour que ses neurones se reconnectent. Le bouffon de commissaire l'a cramé et pour sa sécurité il a été obligé de lui obéir. Le keuf a profité qu'il est rebeu pour tout vouloir : le beurre et l'argent du « beur ».

*

Madame Veber fait une drôle de tête en voyant débarquer chez elle, tôt le matin, deux « bleus ». Elle ne comprend pas ce que les flics viennent faire. Le plus gradé, le lieutenant Corbière, lui présente sa carte d'officier de police et lui remet, conformément au code de procédure pénale, une copie du mandat d'amener signé du juge d'instruction.

– Lisez-le, Madame ! ordonne-t-il sur un ton péremptoire.

La mère de Justine n'en croit pas ses yeux. Elle balance d'un pied sur l'autre comme un zombie. Sa fille, impliquée dans une affaire judiciaire ? Impossible. Il y a forcément erreur sur la personne. C'est sûr ! Elle lit une seconde fois le document qui mentionne l'identité de la personne impliquée et la nature des faits qui lui sont imputés.

– Euh… Je ne comprends rien à votre charabia, capitaine…

– Lieutenant, Madame.

– Qu'est-ce que ma fille a à voir avec la police, lieutenant ? On est des gens honnêtes, nous. Ma fille est une étudiante tout comme il faut, discrète, studieuse, serviable. Elle ne ferait pas de mal à une mouche.

– Je ne doute pas de votre honnêteté, Madame, mais nous devons interroger votre fille et connaître son emploi du temps.

– Elle n'est pas là. Elle est à ses cours !

– À la faculté d'Assas ?

– Oui ! enfin, je pense.

Le lieutenant lui tend sa carte de visite.

– Dites-lui de m'appeler à ce numéro dès que vous la verrez. C'est urgent !

*

Le commissaire Deguelt, mieux câblé que le lieutenant Corbière, trépigne de rage en écoutant le récit de son adjoint.

– Mais bon Dieu de merde, fallait la fermer ! Après ce que tu lui as dit et montré, la mère va évidemment avertir sa fille et l'oiseau va nous filer entre les doigts. Quelle connerie ! Avec ton zèle tu viens de tout faire rater !

– Non ! J'vais l'alpaguer à la sortie de la fac.

– Si elle y retourne. Rien n'est moins sûr !

Le lieutenant se poste le soir même à l'entrée de la faculté d'Assas et attend. Il interroge un des étudiants.

– Euh ! Justine, non, je ne vois pas. Elle avait cours de droit social cet après-midi ?

– Je l'ignore. Elle est dans le groupe de Krys.

– Krys ? Ah oui ! le grand Sénégalais. Je ne le connais pas personnellement, mais p'têt' que le groupe avait cours aujourd'hui dans les locaux du Panthéon. Ça tourne ! Une fois à Assas, une autre fois à Vaugirard, au Panthéon ou à Charcot.

Le lieutenant n'en dit pas plus. Il ne veut pas commettre un nouvel impair. Il se contente de remercier le jeune homme et rentre chez lui. Il est tard et il ne se voit pas faire à nouveau le pied de grue devant la Sorbonne ou à Vaugirard.

Le lendemain, il se lève à la première heure et regarde au-dehors par la fenêtre de la cuisine. Le ciel se colore de rose à l'approche du soleil qui revient chauffer la terre. Il sourit en observant le café couler dans sa tasse. « Le soleil, il s'en bat lek de la terre, dit-il tout haut, s'il la réchauffe, c'est pour mieux la faire cramer, les hommes avec. »

Il s'habille. Prend le métro : direction la fac. Sur place, il demande à l'accueil d'être reçu par le président. C'est important. Urgent.

– Je ne peux rien vous dire sur cette étudiante. Je ne la connais pas personnellement, répond Monsieur Percecœur. En tout cas, elle n'a jamais attiré l'attention de ses professeurs.

– Pouvez-vous au moins me dire dans quel amphi elle est aujourd'hui ?

Le président consulte l'ordinateur, fait dérouler les fichiers et relève la tête.

– Voilà ! j'ai trouvé. Justine Veber. Elle est ce matin dans la salle collaborative du Learning Center. Qu'est-ce que vous lui voulez, au juste ? Elle n'est pas mêlée au crime sur lequel la police judiciaire enquête, j'espère ?

Le lieutenant se contente d'une réponse sibylline.

– Non ! Simple routine. Avez-vous une photo de la jeune fille sur votre trombinoscope ?

– Oui ! Attendez.

Dans la minute qui suit, l'ordinateur crache une copie en noir et blanc de mauvaise qualité, mais suffisante pour identifier l'étudiante.

*

Ça lui fait drôle, Justine, d'être assise face à un gros moustachu dont les deux joues gigotent lorsqu'il parle. Son regard s'arrête sur les poils de son nez qui débordent des narines. Elle tourne légèrement la tête de côté en direction de l'autre flic dont l'une des paupières est enlaidie par un vilain bourgeon noir. Son teint blafard lui fout les poils.

– Alors, Mademoiselle Veber, demande le lieutenant Corbière, peut-on savoir quel rapport vous entreteniez avec votre camarade de classe Charlotte Monchecourt ?

– Aucun ! si c'est ce que vous voulez savoir. Pourquoi cette question ? Et d'ailleurs, qu'est-ce que je fais ici ?

– Je me répète, connaissiez-vous bien Charlotte ?

Rebelote ! Décidément le navet a de la suite dans les idées ou bien il radote.

– Je viens de vous dire que je n'avais aucun rapport avec elle.

Elle pense que le flic est sourdingue.

– Vous êtes ici parce que vous avez été dénoncée par un camarade. Il semblerait que vous ne supportiez pas la relation que Charlotte entretenait avec un dénommé Krys qui, ce sont ses mots, « vous faisait kiffer. »

– Et qui c'est, le salaud qui veut me faire porter le chapeau ?

– Peu importe ! L'essentiel est que vous nous disiez la vérité.

Elle se lève, prête à s'en aller.

– Asseyez-vous, Mademoiselle ! Nous n'en avons pas fini, ordonne le lieutenant en la saisissant par le bras. Restez ici ! Reposez vos fesses sur ce tabouret.

– Bas les pattes !

Le commissaire Deguelt se lève et fait signe du plat de la main à son adjoint de ne pas précipiter les choses. Il va à la fenêtre restée ouverte le temps que les esprits se calment. Les toits luisent, vernissés par les pluies de la nuit. Le ciel est cyan et rose. Une brise s'enroule dans les rideaux qui faseillent.

– Bon ! Je sens que le chemin que nous prenons n'est pas le bon, dit-il au bout d'un moment, un peu crispé.

Il regarde Justine, l'œil noir, la lippe frémissante.

– Nous allons employer une autre méthode. Vous êtes suspectée, Mademoiselle, d'avoir par jalousie attenté à la vie de votre camarade Charlotte. C'est clair comme ça ?

Justine halète. Sa bouche est sèche. Elle a des hallucinations d'oasis dans le désert.

– Dites que je suis une criminelle pendant que vous y êtes !

– Taratata ! J'ai pas dit *criminelle*, j'ai dit suspectée. À vous de me montrer que je me trompe.

L'adjoint fait entendre un petit rire frileux pour cacher sa gêne. Le chef y est allé un peu fort. La fille pourrait porter plainte pour menace et pression policière.

Il ose.

– Êtes-vous déjà allé chez Charlotte ?

– Chais pas. Une ou deux fois p'têt'. Je me souviens plus. Qu'est-ce que vous attendez de moi ? Dites-le ! J'veux rentrer chez moi, ma mère doit s'inquiéter.

– Vous allez y aller, chez vous, mais on va vous y accompagner et faire une perquisition.

Pas question ! J'veux un avocat.

Bing ! Prends ça dans les dents ! Le vieux a accusé le coup comme si Justine lui avait décoché un lob de fond de court.

– Euh… Un avocat ? Pour quoi faire ? Vous n'êtes pas sous le coup d'une inculpation. Vous êtes entendue comme témoin. Rien d'autre !

– Alors pourquoi une perquisition ?

– La routine !

*

La mère de Justine fond en larmes en voyant sa fille arriver encadrée par deux policiers. Elle fixe le moustachu d'un œil, noir comme le canon d'un pistolet.

– Qu'est-ce que vous venez foutre chez moi ? Arrêtez de harceler ma fille. Elle n'est pour rien dans vos histoires.

Le commissaire ne se laisse pas impressionner. C'est plutôt le genre de type à cogner et à demander des explications après. Il enfile des gants, s'arme d'un pinceau et d'un flacon de poudre magnétique à empreinte.

Nous avons un mandat de perquisition pour fouiller votre appartement, Madame. Où est la chambre de votre fille ?

Justine, qui a échappé aux mains du lieutenant Corbière, barre la porte de sa chambre, les bras en croix.

– Stop ! On ne passe pas !

Sa voix a tutoyé les aigus et son cœur dans la poitrine fait de curieux boum-boum.

– Laissez-nous passer, Justine. Soyez raisonnable ! Ne nous obligez pas à employer la force.

Le commissaire s'approche doucement de la jeune fille. Sont-ce les poils de son nez, les veinules rouges de ses yeux, sa trogne de keuf biberonné au jus de volaille qui ont tout fait dégénérer ? Nul ne le saura jamais ! Toujours est-il que Justine s'est ruée sur l'officier de police, tous ergots dehors, lui a donné des coups de pied à tire-larigot, l'a griffé, mordu et a hurlé comme une forcenée. Il a fallu toute l'énergie du commissaire et de son adjoint pour maîtriser la démente au sol.

Justine tremble de tous ses membres et les mots qu'elle prononce ne vont pas ensemble.

– Pourquoi ne pas nous avoir dit que votre fille avait ce genre de crises ? demande le commissaire à la mère de Justine, prostrée dans son coin.

– Ça aurait avancé à quoi ? La pauvre est schizophrène. Le professeur Raynaud, psychiatre, qui la suit, lui a prescrit un traitement pour éviter qu'elle mette fin à ses jours. D'après lui, la moitié de ses patients ont fait ou feront une tentative de suicide.

Elle renifle et secoue la tête.

– Évidemment, mon divorce n'a rien arrangé. Elle avait besoin d'un père. Le nom de Gilles revient toujours au cours de ses crises.

– Qui est Gilles ?

– Son père, pardi.

Le commissaire regarde Justine sous un angle différent, maintenant qu'il sait. Il se dirige vers la chambre de la jeune fille, mais la serrure est fermée. La mère de Justine ignore où sa fille cache la clef. À défaut de serrurier, le commissaire est contraint pour remplir sa mission de défoncer la porte. Ce qu'il découvre est hallucinant : un flacon d'halothane et un paquet d'aiguilles effilées aux deux extrémités comme celles utilisées en couture.

– Que faisait-elle avec ce produit ? demande le commissaire, exhibant devant Madame Veber, restée dans le salon, le flacon d'anesthésiant. Et ces aiguilles, elle tricotait ?

– J'sais pas ! J'avais interdiction d'aller dans sa chambre en dehors des jours où je venais changer les draps, et encore, en sa présence. Le reste du temps, elle bouclait la porte à double tour. Elle disait que c'était son monde à elle. Que personne ne devait y venir. Moi, je ne voulais pas la contrarier, elle était si fragile.

Le commissaire appelle une ambulance. Il se demande, tout en poursuivant ses investigations à quoi pouvait bien servir l'attirail qu'il a en mains.

– Commissaire ? Commissaire ! venez vite, hurle soudain le lieutenant Corbière dans son dos. Regardez !

Il exhibe une photo grand format de Charlotte qu'il a découverte dissimulée sous l'imprimante de Justine. Le commissaire s'en saisit. La chose lui saute à la figure comme un crachat. Lui, le pète-sec, l'homme à poigne, s'est recroquevillé sur lui-même. Il ne peut détacher son regard de la rigidité cadavérique de Charlotte, ses yeux écarquillés dans leur fixité et les trois fines aiguilles plantées en dessous de l'oreille gauche. Soudain une petite étincelle connecte son cerveau. Justine la schizophrène s'est téléportée dans le corps de Charlotte pour mettre fin à ses jours ? Une sorte de SPA, « Suicide Par Autrui ».

Justine, à travers Charlotte, a trituré son cerveau à l'aide d'aiguilles pour chasser ses propres démons et les anéantir.

L'ambulancier qu'il interroge est formel. L'halothane est un puissant vasodilatateur cérébral qui provoque une relaxation des muscles et peut entraîner une bradycardie sévère, voire la mort.

Le commissaire se retire, mais avant de partir il s'adresse à son adjoint sur un ton désabusé :

– Je n'ai plus rien à faire dans ce monde de déments.

Puis, évoquant la loi de Murphy, il ajoute :

– Vous voyez, Robert, « on ne sait jamais rien, si ce n'est que l'improbable est certain. »

15

QUAND Krys a appris l'arrestation de Justine et les moyens qu'elle avait utilisé pour attenter à la vie de Charlotte il a senti, rétrospectivement, une coulée de sueur ruisseler dans son dos. Elle aurait pu, lorsqu'elle était dans sa chambre, l'asperger de l'Halothane et l'occire lui aussi. Il avait bien remarqué dans les yeux de Justine une curieuse et fugace petite lueur, après avoir fait l'amour, mais il ne s'en était pas alarmé. Elle l'avait rassuré en lui confiant qu'elle était parfois sujette à des petits malaises liés au dysfonctionnement de sa thyroïde. En revanche, son départ précipité et sa cavalcade dans les escaliers, comme si elle avait le diable aux trousses, l'avaient un peu étonné. Il aurait dû s'en inquiéter mais, plongé dans la béatitude de sa première expérience amoureuse, il n'avait pas réagi. Il revoit Justine, allongée sur son lit, dégrafant son corsage. Rien ne pouvait laisser présager une fin aussi tragique.

La nouvelle de la mort de Charlotte a fait l'objet d'une véritable bombe dans l'amphi. Si certains trouvaient

Justine parfois un peu bizarre, beaucoup l'estimaient pour sa spontanéité et sa bonne humeur. L'amphi pleurait la disparition Charlotte, mais plaignait aussi Justine qui allait passer le restant de ses jours dans un établissement pénitentiaire. L'amphi décida à l'unanimité de faire une cagnotte pour la mère de Justine.

Au domicile des Veber, Krys trouve porte close. Il sonne plusieurs fois et, inquiet, frappe du poing sur le battant.

– C'est pas fini ce boucan ? hurle une voix dans son dos. C'est pas la peine de vous escrimer sur cette maudite porte. Elle est partie !

Krys se retourne.

– Vous êtes qui ?

– Sa voisine !

– Partie, où ?

– À ça, Dieu seul le sait. Elle a une sœur en Normandie, je crois.

Aux greffes du tribunal, où Krys s'est rendu pour savoir où Justine a été déférée, les renseignements qu'il a recueillis l'ont désorienté.

– À la maison d'arrêt de Fleury-Mérogis, Service Médico-Psychologique, a répondu sèchement la greffière, après avoir consulté ses bordereaux. Inutile de vous y rendre, vous ne pourrez pas la voir, elle est au secret.

– Au secret ?

– Oui ! Elle a fait une nouvelle crise, ici, au tribunal. Elle se débattait comme une forcenée.

– Quand puis-je la voir ?

– Vous devrez voir ça avec le juge ! Vous êtes de la famille ?

– Euh… non !

– Alors, c'est pas la peine d'y compter.

*

Après la mort de Charlotte, Krys a définitivement chassé de sa tête l'histoire de Romain et Juliette.

L'esprit enfin libre, il s'est jeté à corps perdu dans les études. En fin de troisième année il a passé et obtenu la licence en droit grâce à deux notes essentielles : un 18 / 20 en droit pénal : « La légitime défense : conditions, effets, jurisprudence » et un 19 / 20 en droit constitutionnel : « Régime présidentiel, le bicaméralisme ».

Fort de ce succès, Krys s'est inscrit dans la foulée à un master en droit pénal et a préparé sans coup férir le Certificat d'aptitude à la profession d'avocat, pour devenir, comme il l'avait laissé entendre au frère Mathieu, un auxiliaire de justice.

Un matin, alors qu'il cherche un premier job, Krys a la grande surprise de trouver dans sa boîte aux lettres un courrier portant l'entête du cabinet franco-américain : « Smith & Weston ». Le signataire l'invitait à se présenter le mardi 24 mai à 9 heures au 42 avenue Marceau à Paris, pour un entretien.

Le patron de la société, Adrien Dugolfier, brillant avocat pénaliste, s'il en est, expose en peu de mots à

Krys qu'il a été impressionné par sa prestation lors de la conférence donnée au sein de l'Union des jeunes avocats de Paris et qu'il verrait d'un bon œil qu'il rejoigne son cabinet. Doué d'un esprit entrepreneurial, Maître Dugolfier s'ingénie à recruter les meilleures pépites en devenir.

*

Krys frappe des petits coups discrets à la porte du bureau, comme s'il redoutait d'être entendu. Il opère déjà un demi-tour quand une voix forte le fait revenir sur ses pas.

– Entrez !

Il pousse délicatement la porte, s'excusant d'avoir insisté.

– Pardon ! La secrétaire à l'accueil m'a dit que vous vouliez me voir et que je devais…

– Oui ! l'interrompt maître Dugolfier. Tenez, prenez ce dossier !

Il vient de lui tendre une chemise grise portant à l'encre de chine : « Aff. Antôn Orlovski. » Krys a une suée froide. Antôn est un prénom peu courant…

– Ah ! autre chose, Maître Fontaine. Il s'agit d'un dossier pro Bono. Un cabinet de notre importance se doit d'offrir de temps en temps un service gracieux à la population défavorisée. Il en va de notre réputation et de notre image de marque. Vous êtes jeune et certainement plein de talent, mais vous devrez vous faire les dents sur ce genre d'affaires. Une histoire de racket, je crois.

Krys sait qu'il fait tache parmi les costumes griffés Armani et les chaussures Weston des autres collaborateurs et se doute qu'il va prendre quelques claques avant que son cuir ne se tanne, mais il a confiance en lui. N'est-il pas, comme disait frère Mathieu, un modèle de résilience ?

Reçu dans la botte au concours de sortie, la trajectoire du jeune avocat fait des jaloux. Malgré sa formation, Krys n'a rien oublié de ce qu'il appelle encore aujourd'hui sa « vie du béton » : ses galères pour rejoindre l'Europe, ses squats improvisés dans les immeubles en construction, son affligeante collaboration avec le député de Chambérat, son tango avec les flics : « Je t'aime, moi non plus » … Non ! Il n'a rien oublié, surtout pas les frères de l'association où il se rend chaque week-end, au grand dam d'Océane, qui passe souvent ses dimanches seule.

Aujourd'hui, le père Angel est très fatigué et ce que Krys lit dans le regard du frère Mathieu ne le réconforte pas vraiment. La peur de voir le mentor disparaître s'engouffre dans ses yeux, dans ses narines, dans sa bouche. Krys s'approche plus près encore du visage du maître. Il a un mouvement de recul. Le père Angel a beaucoup changé ces derniers jours. Il est grisâtre, vidé de son sang. La belle apparence du grand timonier se craquelle. La mort s'approche, sournoise, imprévisible.

Baobab craint, lui aussi, de voir mourir le père Angel. Le visage blanc et cireux du cuisinier lui donne l'air d'un clown triste. Que va devenir l'association sans le maître, sans ses prêches, sa morale bien-pensante ? Il y a bien le frère Mathieu, mais il n'est plus très jeune.

*

– Alors, où en êtes-vous du dossier Antôn ? demande Maître Dugolfier, qui vient de croiser Krys dans les couloirs. Ça se plaide quand ? Si vous n'y arrivez pas, faites-vous aider par un senior.

– Pas de problème, Maître. Je serai prêt.

– Vous n'avez pas répondu à ma question. Ça vient quand devant le tribunal correctionnel ?

– La semaine prochaine !

– Bien ! Venez m'en parler avant.

Antôn est bien, comme le craignait Krys, l'escroc qu'il a connu auparavant et il se demande s'il ne doit pas juridiquement se déporter. Il ne peut être juge et partie. Il lit le procès-verbal d'audition. *« Antôn Orlovski collait un filtre sur l'écran des distributeurs de billets pour le rendre inopérant. Le client ne pouvant ni passer commande, ni récupérer sa carte bancaire, le scélérat intervenait en bon Samaritain pour résoudre ce qu'il appelait un "bug", pianotait sur quelques touches, puis invitait le client à faire son code secret… »*

Krys comprend l'artifice mis au point par le truand. La victime, en composant son code, validait à son insu la commande de l'intrus, une escroquerie de plusieurs centaines d'euros. L'astuce avait bien fonctionné, jusqu'au jour où une victime – qui n'avait pas pu se faire rembourser par la banque sous le prétexte fallacieux qu'elle avait composé elle-même et sans contrainte son code secret – avait porté plainte et exigé de la police qu'elle visionne le contenu de la caméra de surveillance située au-dessus du distributeur de billets où s'étaient déroulés les faits. Antôn, filoché par les enquêteurs, avait été arrêté trois jours plus tard sur le site d'un nouveau distributeur de billets en présence d'une nouvelle victime. Depuis, le délinquant moisissait en détention provisoire dans l'attente d'une date d'audience. Le tribunal de Bobigny était surchargé.

Le visage d'Antôn se crispe en entrant dans la salle d'audience. Il a devant lui un fantôme. Il écarquille les yeux pour s'assurer qu'il ne rêve pas. Cet homme en robe noire et bavette blanche, c'est lui. Oui ! c'est bien lui. Il cille à nouveau, ne voulant pas croire ce qu'il voit.

Pas de doute. L'avocat qu'on lui a collé d'office est bien le salaud de nègre qui les avait dénoncés le jour du hold-up de la banque. Comment peut-il être aujourd'hui dans le prétoire, déguisé en baveux, après la raclée qu'il lui avait administrée ? Il serre les poings. À coup sûr on a juré sa perte. Le président du tribunal fait signe aux deux gendarmes qui encadrent Antôn de se retirer.

– Asseyez-vous, Monsieur Antôn Orlovski.

Antôn ne sait pas s'il doit poser ses fesses sur le banc des accusés ou dénoncer la comédie qui se joue devant lui. Le président ne lui laisse pas le temps de réagir.

– Vous êtes un familier de la justice, Monsieur Orlovski. Si je m'en tiens à la lecture de votre casier judiciaire, vous avez déjà été condamné pour grivèlerie, escroquerie et, dernièrement, pour association de malfaiteurs et hold-up à la Caisse d'épargne. Ces faits se sont déroulés en octobre 2019 et vous avez écopé pour ce braquage, puisque vous vous êtes spontanément constitué prisonnier, de trois ans de prison, dont un avec sursis. Vous êtes sorti de Fleury-Mérogis le 14 septembre 2022. C'est bien ça ?

Le prévenu opine du bonnet, les yeux toujours braqués sur celui qui est censé le défendre.

– Il faut croire que votre séjour en prison, qui devait permettre votre réinsertion dans la société et éviter la récidive, n'a pas été suivi d'effet. Que faisiez-vous en prison ?

– J'avais été condamné !

– Oui, évidemment ! Mais je voulais dire, aviez-vous une activité ? Vous avait-on assigné une tâche ?

– Je fabriquais des jouets en bois pour enfants.

– Et ça ne vous a pas donné envie d'en faire un métier ? Le travail du bois est noble !

Antôn est ailleurs. Il se demande comment le bâtard d'Oumar a pu devenir avocat. Il ne peut s'agir que d'une comédie montée de toutes pièces pour le confondre. Le « tonton » déguisé en avocaillon est là pour la frime, pour dénoncer ce qu'il sait de lui. Il va trinquer, c'est sûr !

– Vous n'avez pas répondu à ma question sur le projet de métier que vous auriez envisagé à votre sortie, Monsieur Orlovski. Je ne sais pas ce que votre avocat va pouvoir ajouter pour votre défense.

Le président se penche vers l'un de ses assesseurs, chuchote quelques mots inaudibles et s'adresse à l'avocat.

– On vous écoute, Maître.

Le ton du président est teinté d'un soupçon d'ironie.

Krys commence son propos par les politesses d'usage, puis aborde le fond de l'affaire.

– J'ai écouté le réquisitoire de monsieur le procureur de la République contre le dénommé Orlovski et je souscris entièrement à son exposé des faits.

Antôn se recroqueville. C'est bien ce qu'il pensait. Le faux jeton d'avocat est un singe dressé. Les juges et lui vont s'entendre comme larrons en foire pour le cramer.

– Je voudrais toutefois appeler l'attention de votre tribunal sur une dimension morale qu'il convient de ne point négliger au moment de priver éventuellement un individu de sa liberté. Cet homme, que j'appellerai Antôn pour faire simple, est, comme une certaine partie de la population française, un immigré. Il n'a bénéficié à son arrivée d'aucune aide, d'aucune assistance, d'aucun appui pour son intégration. Il a dû vivre comme un chien qui renifle sa nourriture dans le caniveau.

– Où voulez-vous en venir? l'interrompt le président, qui s'agace un peu. Il connaît la litanie: enfance malheureuse, manque d'affection, misère, privations…

– À ceci, Monsieur le président: il y a les faits et il y a les motifs qui ont généré les faits.

Le président hausse les sourcils et pianote du doigt sur son bureau, façon «j'm'en bats l'œil».

– Expliquez-vous, Maître!

– Je n'ignore pas que sur le plan éthique le droit n'épuise pas la morale. Antôn a purgé sa peine envers la société, mais sans pour autant retrouver la confiance de celle-ci, ni être blanchi sur le plan moral. Légalité et moralité ne se confondent pas. Je sais aussi que l'insertion est un leurre, Monsieur le président. On prêche dans le désert. La période d'abondance est derrière nous et nous devons désormais faire face à la frugalité et à l'exclusion sociale qui laissent bon nombre d'hommes et de femmes sur le bas-côté de la route. Notre monde n'a pas la faculté de lutter contre les populations déshéritées. La souffrance physique et morale n'est rien d'autre qu'un enfer dénué d'intérêt et de sens. Le chapardage, la grivèlerie ou l'escroquerie sont dans ce monde déshumanisé un évitement à la souffrance.

Le président ne voit pas très bien où veut en venir celui qui s'exprime comme un prédicateur. Il se penche à nouveau vers l'un de ses assesseurs, lui glisse quelques mots, et s'adresse à nouveau au plaidant :

– Continuez, Maître, mais soyez bref, s'il vous plaît.

Antôn n'a pas compris ce qu'a dit l'avocat, mais il tire un peu moins la gueule. Le baveux n'a pas l'air de le prendre pour une « puppet. »

– Je ne veux pas faire du « frérisme » devant votre tribunal, ni l'apitoyer, mais essayer de lui faire prendre conscience que le délit est souvent la conséquence d'un mal-être, d'un désœuvrement, d'un dénuement affectif. Ce fut le cas d'Antôn. Arrivé en France clandestinement, il a dû, dès son plus jeune âge, sans penser nuire à autrui, chercher à vivre et, tel le laboureur, revenir de façon systémique dans le même sillon en le creusant à chaque fois d'avantage : celui de la surenchère pour ne pas mourir de faim. Les nuits étoilées sont belles, Monsieur le président, mais pas quand il vous manque un toit au-dessus de la tête.

Le président, séduit par la plaidoirie du jeune avocat, a oublié de regarder sa montre. Il est en retard sur son emploi du temps.

– Quelle est votre conclusion, Maître ?

– Celle-ci, Monsieur le président : l'absence ou la négation d'identité génère des individus déracinés et perdus.

Plutôt que d'envoyer à nouveau Antôn en prison, où il ne pourra que grandir dans la médiocrité, je propose qu'on le place dans un lieu de méditation et de spiritualité, sous bracelet électronique et qu'il accède à une formation professionnelle lui permettant de gagner sa vie légalement, plutôt que de voler pour manger. Qu'il redevienne un être humain responsable, un homme capable de se reconnecter avec lui-même. Notre pays est multifracturé, et l'heure est venue d'entendre le cri des pauvres et de réparer notre injustice. Ce sera tout, Monsieur le président !

Bertrand Malafeuille, le senior que maître Dugolfier a discrètement dépêché auprès du novice Krys Fontaine, est scotché. La plaidoirie de son jeune confrère l'a pris aux tripes. Il en est encore tout chamboulé. « Bravo, mon cher confrère ! Vous avez été excellent. Même le président, qui pourtant n'est pas réputé pour être loquace, a loué votre talent. C'est tout dire ! »

16

Aujourd'hui, la villa des Monchecourt déborde de bonheur. C'est l'anniversaire d'Océane. Elle a vingt et un ans. Pour la circonstance, Krys a apporté à Bernadette un joli bouquet de pivoines blanches. Il ne connaît rien au langage des fleurs, mais Océane lui a souvent dit que sa mère aimait les pivoines. Les enfants des invités piaillent et virevoltent dans le jardin sous l'œil vigilant de la maîtresse de maison.

– Attention, les enfants ! Ne piétinez pas mes fleurs. Jouez dans les allées ! Peine perdue, les gosses s'égaillent comme une envolée de moineaux dans les parterres, sans pitié pour les gentianes et les impatiens.

Chemisier blanc, pantalon marine, la maîtresse de maison veille au bon défilement des plats. La jeune fille qu'elle a prise en extra pour cette journée festive s'en sort plutôt bien. Elle s'apprête à servir le lièvre à la royale, quand le téléphone de Krys sonne dans sa poche.

« Zut ! » Il était sûr de l'avoir mis en mode silencieux. Il s'en saisit, regarde rapidement qui l'appelle et se lève.

– Pardonnez-moi, mais je dois malheureusement vous quitter. Une urgence ! Océane est éberluée. Ce départ précipité le jour de son anniversaire, avant même le désert, n'annonce rien de bon. Elle se lève à son tour et rejoint Krys dans l'entrée.

– Que se passe-t-il ? Qu'est-ce qui t'arrive, Krys ?

Il regarde son amie avec une lenteur infinie et la serre contre lui.

– Il est mort !

– Qui, est mort ?

– Mon mécène !

– Tu veux dire le père Angel ?

– Oui !

Océane est bouleversée. Elle compatit à la douleur de Krys pour qui le maître à penser était un guide spirituel, un père d'adoption. Il disait que le saint homme rejetait les causalités, intentionnalités et normativités bourgeoises pour se consacrer aux plus humbles, aux plus déshérités. Que c'était un homme de foi qui prenait les mots et les frappait en médaille. Qu'allait devenir l'association sans ce berger éclairé qui montrait la route aux brebis égarées ?

Krys est anéanti devant le corps qui gît à terre sans aucune étincelle de vie. Il regarde, hagard, cet homme de quatre-vingt-cinq ans, épuisé par une vie d'impuissance face à un monde qui, disait-il, était livré à l'hégémonie des supergrands, à leur omnipotence, aux leaderships. L'état de santé du père Angel se défilait de jour en jour et il s'attendait évidemment à être un jour confronté à l'effondrement de celui qui savait si bien colmater d'un baume anesthésiant ses failles psychiques et ses amputations affectives, mais il s'efforçait de repousser le jour du chaos. Le père Angel lui avait-il légué avant de mourir un coin de son âme pour qu'il puisse à son tour saisir le flambeau qu'il avait tenu à bout de bras ?

Krys reste un long moment sans bouger. Il passe et repasse le film de son arrivée à l'association. *« La police vous a-t-elle vu franchir le mur… ? »* Krys pleure de toutes ses chairs, de toutes ses veines. Il serre et desserre les poings pour exorciser une colère qui n'a pas d'exutoire. Il sait qu'il devra mettre le temps en pause. Accuser le choc. Divorcer de son chagrin. Oublier ne serait-ce que l'espace d'un instant cette mort cruelle, convenue, inexorable, même s'il est prisonnier d'un chagrin qui ne le quittera jamais. Le frère Mathieu est lui aussi effondré. Le chef, le juste, le généreux, l'intègre, vient de s'absenter pour ne jamais revenir. Dans son épaisse affliction, il psalmodie pour l'âme du défunt des prières auxquelles se mêlent des sanglots retenus. D'une main tremblante, Krys tente de remettre un peu d'ordre dans les cheveux défaits du père Angel. Il ne veut pas inhumer dans le tiroir de l'oubli l'image d'un homme torturé par la souffrance. Le frère Mathieu, entre deux reniflements, l'aide à relever le corps qui a chu de son lit. Krys s'agenouille et se recueille à son tour devant la dépouille de celui qui fut son paratonnerre contre les insultes, les calomnies, les vicissitudes de la vie.

Les frères s'interrogent. Qui pour remplacer le père Angel ? Qui pour animer le Temps de la Messe, diriger le Temps des Aveux, se draper de cette cape dont savait si bien se vêtir le père Angel ? Une cape aussi légère qu'un voile mais aussi robuste qu'une armure ? Qui ? Une petite voix, vite reprise en chœur par les membres rassemblés dans la cour, troue soudain le silence. Celle de Tao. « Krys, Krys ! » Déjà, Baobab et William répètent en chœur,

« Oui, Krys, notre sauveur aujourd'hui, c'est toi ! » Le frère Mathieu, monté sur une chaise, a bien du mal à se faire entendre. « Krys, il y a urgence. Personne d'autre que toi n'est en mesure de diriger l'association. Tu es là depuis des années, tu connais tous les frères et sans toi elle risque fort de sombrer. »

Krys est stupéfait et honoré de cet enthousiasme spontané. Il prend le temps de la réflexion.

– Mes amis, mes amis. Je suis fier de la confiance que vous venez de me témoigner, mais je dois, avant d'acquiescer, peser, vous le comprendrez, le poids de la responsabilité que vous entendez me confier et, avant tout, faire le deuil de celui qui vient de nous quitter et pour lequel j'avais une grande estime et une immense reconnaissance.

Dans son for intérieur, Krys se demande comment concilier l'administration de l'association et son job d'avocat. Un important dossier vient de lui être confié par le boss du cabinet qui veut se rendre compte de ses capacités et de ses aptitudes devant une cour d'assises. Cette fois, il ne sera plus question d'apitoyer un juge en invoquant la veuve et l'orphelin. Les assises, c'est tout autre chose : une grande salle d'audience, des boiseries sombres et austères, des magistrats en robe rouge et noir.

Un président, des assesseurs, un avocat général, un greffier, des jurés, des journalistes, un public hostile… Oui ! Il en faut du courage et de la force morale pour affronter un tel prétoire.

Krys doit également préparer le concours de la Conférence, qui doit se tenir prochainement dans l'auditorium de la Maison du Barreau. Maître Dugolfier l'a vivement incité à s'inscrire à cette audience consacrée à l'éloquence.

*

À peine le dessert avalé, Océane a rejoint Krys. Elle a prétexté un encombrement gastrique pour quitter prestement la table et filer à l'anglaise. Au cours du repas ,Marguerite, sa mère, avait bien remarqué le teint diaphane de sa fille et sa façon de picorer dans son assiette comme un oisillon, mais elle ignorait le tourment qui la tracassait.

En chemin Océane ressent un poids sur l'estomac. L'affliction ne fait pas bon ménage avec le lièvre au sang.

– Tu n'es pas au déjeuner avec ta famille ? demande Krys, étonné de la voir devant le portail de l'association.

– Non ! Je m'inquiétais pour toi, mon chéri.

– Ça va, ça va ! se contente-t-il de répondre, les yeux dans le vague.

– Que vas-tu faire ?

– Je ne sais pas encore. Les frères voudraient que je m'investisse dans l'association et que je remplace le père Angel. En aurai-je le temps… ?

Océane coupe court à ses réflexions.

– Tu ne peux pas sacrifier ta carrière d'avocat à l'association, Krys. Il doit bien y avoir quelqu'un pour s'en occuper, non ? Je ne sais pas, moi. Un maître éducateur, un prof, pourquoi pas le frère Mathieu dont tu m'as si souvent parlé ? Tu disais que c'était une personne de qualité, un homme loyal et plein d'empathie.

– Trop vieux !

– Quel âge a-t-il ?

– Je ne sais pas. Pas loin de quatre-vingts ans en tout cas.

– Et ta participation à la conférence sur l'éloquence, tu y songes ?

– Évidemment que j'y songe. Ça me stresse d'ailleurs ?

Océane plonge son regard dans les yeux mouillés de Krys. Elle ne sait pas trop quoi dire. Elle se ressaisit, le prend dans les bras et d'une voix douce lui chuchote dans le cou : « Les larmes trouvent toujours leur chemin, Krys, il n'est nul besoin de les retenir. Avec moi, tu peux laisser aller ta peine. »

Krys, crucifié par la douleur essuie ses yeux.

*

L'enterrement du père Angel a lieu quelques jours plus tard dans le cimetière de Montmartre. La cérémonie est triste, pluvieuse, intime. Seuls quelques frères de l'association et un représentant du Conseil général accompagnent le maître à penser à sa dernière demeure.

La voix tremblante, le geste incertain, Krys prononce une courte oraison funèbre :

« Ô ! Père éternel, tu as choisi l'heure de ton départ. Toi dont l'affection fut l'étai de ma vie, merci de m'avoir si délicatement, si tendrement accompagné durant toutes ces années. À travers toi, j'ai appris à aimer mon prochain, à convertir la violence en amour, à respecter l'homme, quelles qu'en soient la race, la couleur ou la religion. Puisses-tu vivre dans la paix éternelle et me donner la force et le courage de poursuivre l'immense œuvre que tu as accomplie. »

Puis, citant « L'évocation des morts par l'ombre de Darius » dans *Les Perses d'Eschyle,* il ajoute : « On laissera de côté les fantômes qui ne présentent que des visions inspirées, comme celle de Cassandre dans les fantasmes de la folie… ou dans les rêves prémonitoires, comme celui de Clytemnestre, l'ombre de celle-ci appartient au même domaine du rêve, car bien qu'elle soit visible des spectateurs, elle précise qu'on ne l'aperçoit qu'en songe, puisque dans le sommeil l'âme mortelle est tout éclairée d'yeux à qui don de voir est refusé quand vient le jour. »

Et, tel un somnambule, Krys s'approche du cercueil, resté ouvert à sa demande, dépose sur le front du petit corps décharné couvert de taches brunes un baiser léger comme un souffle et une rose. Puis, se remémorant le poème de Wystan Hugh Auden, il récite comme pour lui-même :

Arrêter les pendules, couper le téléphone…
que les avions qui hurlent au-dehors
Dessinent ces trois mots Il est mort,

Nouer des voiles noirs aux colonnes des édifices
Ganter de noir les mains des agents de police
Il était mon Nord, mon Sud, mon Est, mon Ouest…
Je croyais que l'amour jamais ne finirait : j'avais tort.
Que les étoiles se retirent, qu'on les balaye
Démonter la lune et le soleil
Vider l'océan, arracher les forêts
Car rien de bon ne peut advenir désormais.

Le retour à l'association ressemble à bien des égards à un chemin de croix. Nul mot, nul regard. Chacun avance, l'œil droit sur ses chaussures. Paris est noir de chagrin. Il semble que toute joie a disparu du monde pour ne jamais y revenir.

Le frère Mathieu, dont les jambes ne supportent plus les longs trajets pédestres, ne s'est pas joint à la cohorte du cimetière. Il est resté au siège de l'association à prier, attendant le retour de celui en qui il a foi.

17

DEUX MOIS PLUS TARD.

La longue file d'attente qui stationnait sous la pluie devant les grilles du tribunal se rue dans la salle des pas perdus dès l'ouverture des portes. Ce n'est plus que bousculade, tiraillement, tumulte. Un cordon de gendarmes ferme l'accès à la chambre de la cour d'assises. Seuls les journalistes accrédités et les personnes qui en ont fait expressément la demande sont autorisés à entrer dans la salle d'audience. Un officier de police vérifie les identités et s'assure que les téléphones portables sont éteints.

Le moment que redoutait Krys est arrivé. Il est impressionné par la solennité qui règne dans la salle d'audience. Tout concourt à la gravité : les hauts plafonds, les murs en bois sombre, les meubles, froids et austères, le silence, la longue table où vont prendre place le président et ses assesseurs, le petit bureau isolé, réservé à l'avocat général, le pupitre du greffier, le box vitré des accusés, vissé contre le mur.

Il est 13 h 30 quand la cour fait son entrée. Tout le monde se lève. Le président, toge écarlate, revers d'hermine blanche, s'assied entre ses deux assesseurs. Le procureur général rejoint sa place.

– Faites entrer l'accusé ! ordonne le président dans un silence glacial.

Le jeune Arnaud de La Riboisière, encadré de deux gendarmes, pénètre par une porte dérobée dans le box des accusés. Tous les yeux se tournent vers le vilain petit mouton noir dont la presse a tant parlé. Certains des auditeurs présents dans la salle ont un petit mouvement de recul en voyant le parricide pour la première fois, en chair et en os. Du plat de la main, le président invite l'assistance à s'asseoir. Son geste semble vouloir signifier aussi : « N'ayez pas peur, le fauve est enchaîné. »

Le président s'adresse aux six jurés d'assises assis à sa droite :

– Mesdames, Messieurs, vous allez devoir juger en votre âme et conscience les faits qui sont reprochés à l'accusé déféré aujourd'hui devant notre cour.

Le président a le verbe haut. Il sait que la parole est l'expression du pouvoir et de la puissance. Il s'adresse à l'avocat général pour qu'il expose les faits : les accusations, les déclarations du prévenu, consignées dans les procès-verbaux d'audition, le nom des témoins qui seront entendus, les demandes formées par la partie civile.

Krys se tient droit sur son banc. Il ne perd pas une miette du réquisitoire du ministère public. L'avocat général est précis, acerbe, mordant. « L'inculpé, le parricide Arnaud de La Riboisière, a agi avec préméditation et son acte est un assassinat au sens de l'article 221-3 du Code pénal », articule-t-il, la bouche pincée. « Cet homme, que vous avez devant vous, lance-t-il aux jurés, est le diable en personne, un monstre. Il est accusé d'avoir poignardé son père de dix coups de tisonnier dans la villa de ses parents, à Neuilly-sur-Seine, d'avoir chargé le corps de la victime dans le coffre de sa voiture, de l'avoir déposé en forêt et d'y avoir mis le feu. Une succession d'actes prémédités et ignobles. »

La mère, Bérénice, absente au moment des faits, a découvert, à son retour, son fils prostré, le tisonnier ensanglanté à la main.

Un silence oppressant règne dans la salle. Seul le cliquetis du stylo du président sur son bureau marque par instants son impatience. Le réquisitoire du parquet est long. Trop long. Il est près de quinze heures et la cour doit encore entendre la partie civile, la sœur et la mère du défunt Nicolas de La Riboisière, les plaidoiries de Maître Krys Fontaine, défenseur.

– Alors ? demande le président à l'inculpé, que plaidez-vous ? Coupable ou non coupable ?

– Non coupable, Monsieur le président !

Le président Ribolles se tourne vers celui qui vient de répondre.

– Ce n'est pas à vous, Maître Fontaine, que je posais la question, mais à votre client.

– Mon client, Monsieur le président, n'a pas commis un assassinat au sens où le décrit Monsieur l'avocat général, mais un « meurtre par nécessité ».

Le président ouvre grand les yeux.

– J'ignore ce que vous entendez par là, Maître, mais on vous entendra plus tard.

L'heure n'est pas à la plaidoirie de la défense.

Le président, un peu agacé, se tourne vers l'accusé.

– Bon ! Ainsi, si je m'en tiens à ce que vient de déclarer votre avocat, vous avez décidé, Monsieur de La Riboisière, de plaider non coupable. C'est bien ça ?

Le jeune Arnaud, pâle, prostré, la tête dans les mains, est incapable de réagir. Le président insiste.

– M'avez-vous entendu, monsieur de La Riboisière ? Pouvez-vous me dire si vous reconnaissez, oui ou non, les faits qui vous sont reprochés et si vous plaidez coupable ?

Krys se tourne vers son client.

– Arnaud, répondez au président. Ne le mettez pas dans l'embarras.

Cette fois, l'inculpé lève la tête et fait front au président.

– Mon avocat vient de vous le dire, Monsieur le juge : « non coupable ».

– Président !

– Oui ! Non coupable, Monsieur le président.

– Bien ! Voilà au moins une question de réglée.

*

Il est près de dix-sept heures quand le président donne la parole à la défense.

« Monsieur le président, Mesdames, Messieurs. Je suis, vous vous en doutez, vu mon âge, peu rompu aux cours d'assises. En revanche, j'ai assez de recul pour distinguer le vrai du faux. »

Krys sait que le premier danger dans une affaire de ce genre, c'est le client. Comme le disait si bien Maître Floraux, le ténor du barreau, « l'inculpé a besoin d'être rassuré et il n'hésite pas, pour convaincre que sa cause est bonne, à en cacher les faiblesses à son avocat. » La seconde règle, toujours selon l'aigle des tribunes, est que la plaidoirie la plus brillante est mauvaise si elle se solde par un échec. Mieux vaut être un avocat « utile » qu'un avocat « artiste ».

« Si j'ai évoqué il y a un moment devant vous la notion de "meurtre par nécessité", poursuit maître Fontaine, bien que cette formulation je le reconnais ne soit pas courante en droit, c'est parce qu'elle a ici toute sa place. Le jeune Arnaud n'a pas tué son père par vengeance, encore moins par préméditation, mais à la suite d'un accident sur lequel j'aurai l'honneur de revenir. »

Le président lève les sourcils et se penche vers l'un de ses deux assesseurs pour lui faire part de sa surprise.

« Monsieur de La Riboisière père, plaide Krys, exerçait sur son fils des actes de possession. Pour le garder à ses côtés, il n'hésitait pas à le séquestrer et à se prétendre suicidaire dans le seul but de le culpabiliser. Son recours au chantage était brandi dès que le jeune Arnaud manifestait le souhait de sortir, de prendre l'air, de respirer. Enfant, il a été prisonnier d'un père atteint d'un trouble histrionique de la personnalité caractérisé par des comportements excessifs et une expression émotionnelle exagérée. Un être antisocial, narcissique, borderline, dirait-on de nos jours. »

Le président tourne à nouveau la tête pour parler à son assesseur de droite. Il ignorait que la victime était atteinte d'un trouble de la personnalité. Quoi qu'il en soit, cela n'expliquait pas l'odieux crime du fils.

Krys imagine que la cour et les jurés attendent qu'il s'explique sur la notion de « mort par nécessité ».

« Mesdames, Messieurs, vous devez vous demander ce que j'ai voulu dire en évoquant la « mort par nécessité ». Évidemment, on ne tue pas par nécessité, bien que la légitime défense puisse à bien des égards y ressembler. Or, précisément, nous sommes, Mesdames, Messieurs, devant un cas de légitime défense. Le jeune Arnaud a été victime d'une agression susceptible de mettre sa vie en péril. Ce n'est pas à votre cour que j'apprendrai que la légitime défense est une cause d'irresponsabilité pénale. »

Les jurés s'agitent, bougonnent. Le président est contraint d'intervenir.

– S'il vous plaît, laissez maître Fontaine poursuivre sa plaidoirie.

Krys remercie le président d'un signe de tête.

« Bien ! Mesdames, Messieurs, je vous demande ici la plus grande attention. Suivez mon raisonnement. Le père, le jour du drame, était dans un état d'excitation proche de la démence. Selon son fils, « il hurlait et gesticulait comme un pantin ». Ce sont ses termes ! « Un fou », a-t-il même précisé dans une de ses auditions. Pris de panique, Arnaud a voulu se sauver mais son père lui a barré la route. Il tenait dans la main, tenez-vous bien, un couteau de cuisine ayant une lame de vingt centimètres. Je dis bien vingt centimètres ! Craignant pour sa vie, le jeune

Arnaud s'est saisi à son tour de ce qu'il avait sous la main, ici, le tisonnier de la cheminée. »

Des « Oh ! » d'indignation se font entendre dans la salle.

« Attendez ! Le jeune Arnaud n'entendait pas s'en servir. Il voulait seulement faire peur à son père pour qu'il lâche l'énorme couteau qu'il brandissait et qui menaçait sa vie, quand, contre toute attente, ce dernier s'est jeté sur lui comme un forcené et, dans son assaut, s'est embroché sur le tisonnier. Il ne s'agit donc pas, comme l'a soutenu devant vous Monsieur l'avocat général, d'un crime, mais d'un accident. Un regrettable accident, certes, mais un accident. Voilà, mesdames et messieurs, la stricte vérité. »

Un air mauvais parcourt la salle d'audience. Quelque chose de nauséabond fermente et bouillonne. L'auditoire ne veut pas croire à la thèse de la légitime défense. Dans ce cas, pourquoi avoir planté dix fois le tisonnier dans le corps du pauvre homme, puis avoir cherché à faire disparaître son corps en fumée ?

– Et ensuite ? demande le président Ribolles, visiblement ébranlé par les révélations du jeune avocat. Je veux bien admettre qu'il puisse y avoir proportionnalité de moyens au visa des dispositions de l'article 122-5 du Code pénal entre un couteau de cuisine et un tisonnier, mais alors pourquoi a-t-on relevé dix plaies sur le corps du malheureux, si, comme vous le prétendez, la victime s'est elle-même « embrochée » – ce sont vos termes – sur l'arme que brandissait l'accusé ?

– Parce qu'en voyant le sang couler, le jeune Arnaud a été pris de panique, Monsieur le président. Il s'est penché sur le corps de son père et a hurlé – c'est consigné dans les procès-verbaux – « Là, tu ne peux plus m'empêcher de sortir, hein ? » Et il est resté près d'une heure à pleurer sur son corps. Il lui confiait ses angoisses, ses envies, ses peurs. Il lui parlait comme à une veillée.

Le président tique. Arnaud, dans le box, ferme les yeux, absorbé par la vision d'horreur dans laquelle l'entraîne sa conscience. Il se tient la tête à deux mains et la presse à s'en broyer les os. Il ressuscite les ombres qui ont obscurci sa vie. Alors qu'il n'a jusqu'ici rien dit, il se lève d'un bond de sa chaise et s'écrie :

– Je l'aimais ! C'est sa faute si tout ça est arrivé. Il me séquestrait, me brutalisait, me privait de manger.

– Et votre mère ? demande le président.

Les yeux d'Arnaud tournent en rond comme des toupies. Il se sent isolé, ostracisé.

– Elle ne s'en mêlait pas. Elle savait que papa était malade.

– Admettons ! Mais vous n'êtes pas très disert sur les dix coups de tisonnier relevés par le médecin légiste sur le corps de votre défunt père. Reconnaissez-vous, oui ou non, cette sauvagerie ?

– Oui ! Mais il était mort !

Arnaud ne se rend pas réellement compte de l'énormité de sa réponse. Des exclamations se font à nouveau entendre.

– Silence ! hurle le président, qui vient de saisir sa clochette et l'actionne énergiquement. Laissez Monsieur Arnaud de La Riboisière s'exprimer !

Il s'adresse à nouveau à l'inculpé :

– Comment savez-vous qu'il était mort ? Vous n'êtes pas médecin.

– Il ne respirait plus !

– Et vous n'avez pas pensé à appeler les pompiers, le Samu, un médecin ?

– Non ! J'étais tétanisé. Je comprenais que ma vie était foutue à cause de lui, de sa démence. Alors la rage m'a saisi et je me suis rué sur le monstre qu'il était. J'ai frappé, frappé, frappé encore. Chaque coup que je lui portais était un reproche : « Tiens ! celui-ci, c'est pour ta violence. Tiens ! celui-là pour les privations… » C'était pas grave. Il était mort, je savais bien qu'il ne sentait rien.

De nouveaux des cris d'exaspération se font entendre.

– Silence ! rugit encore le président.

L'affaire est renvoyée à deux semaines pour l'audition des experts en psychiatrie.

*

Vendredi 2 décembre.

Il fait étonnamment beau en ce mois d'hiver. Froid, mais sec. Les jurés sont emmitouflés dans leurs manteaux et le président se frotte les mains pour les réchauffer.

Au terme d'interminables et fastidieuses explications techniques de la part des deux psychiatres convoqués devant la cour, l'avocat général prend la parole. Son réquisitoire est moins acerbe que ne le craignait Krys. Il réclame vingt ans de réclusion dont quinze années incompressibles. Ce qui a le plus choqué le ministère public, c'est que le jeune Arnaud de La Riboisière ait cherché à dissimuler son crime par le feu.

Le président donne ensuite la parole à la défense pour répondre aux experts et à l'avocat général.

Avec un courage inconnu et le sentiment de repousser ses limites, Krys se lève de son banc et fait face au jury dans un silence lourd de menace. Il voit à la tête des jurés que tous se demandent ce qu'il va bien pouvoir ajouter pour la défense de l'accusé, après l'intervention musclée du ministère public.

La partie primitive, pour ne pas dire reptilienne du cerveau de Krys, prend le dessus. Il voit l'espace d'un instant le couteau du drame qui sourit dans sa main. La condition misérable d'Arnaud fut un peu la sienne, même si ce dernier est né avec une cuillère d'argent dans la bouche. Les mots lui viennent à l'esprit avec la fluidité et la limpidité de l'eau claire.

« Mesdames, Messieurs, vous allez avoir à juger l'acte commis par le jeune Arnaud de La Riboisière, que l'avocat général nous a dépeint comme un monstre. Je suis, comme vous tous, à la fois comme avocat et comme homme, horrifié par cette tragédie. Mais ne vous trompez pas de cible. Au moment de décider du sort de ce garçon, vous devrez, vous les mères de famille, vous les pères, puiser au plus profond de vous-mêmes pour y découvrir la vérité. Vous ne pourrez pas faire l'impasse sur la vie qu'a connue celui que les experts vous présentent aujourd'hui comme un fou, un désaxé, un pervers. Vous ne pourrez gommer ses nuits d'angoisse, ses attentes, sa peur des coups, ses frustrations, son désespoir. Vous

vous mettrez à sa place et vous vivrez ses blessures, la noirceur de ses pensées, son désespoir. Oui, Mesdames et Messieurs les jurés, vous ne pourrez pas pactiser avec votre conscience. Vous devrez assumer vos responsabilités et prendre en compte, pour forger votre opinion, les faits tels qu'ils se sont déroulés, sans rien y ajouter, sans rien y retrancher. Ne jugez pas froidement l'acte. Demandez-vous qui a armé la main d'Arnaud et vous aurez la réponse aux questions que vous vous posez. Je sais que vous êtes émus, ébranlés et, pour certains d'entre vous, assaillis de doutes. Pensez à la vie misérable d'Arnaud et, si vous n'absolvez pas son geste, peut-être pourrez-vous un peu mieux l'expliquer. Là où est la haine est l'insulte. Je ne cherche point à implorer votre clémence, ni à détourner votre jugement. Je fais seulement appel à votre conscience. La décision que vous allez prendre va décider de la vie d'un homme. Vous tenez dans vos mains son avenir. Ne ruinez pas son existence car, comme le disait si bien Voltaire : "La satisfaction que l'on tire de la vengeance ne dure qu'un moment, celle de la clémence est éternelle." »

La salle est muette. Deux jurés épongent leurs yeux. Krys poursuit.

« Au XVIIe siècle un grand magistrat, le président à mortier Lamoignon, qui présidait le parlement de Paris, a dit : « Parmi tous les maux que peut connaître la justice, il n'en est de pire que de condamner un homme qui n'est pas coupable. » L'intime conviction, Mesdames, Messieurs, n'est pas une idée, ce n'est pas un ressenti, c'est une certitude que la personne est coupable. Pour moi, Arnaud ne l'est pas. »

Il s'essuie les yeux d'un revers de main.

Le verdict est tombé en fin de soirée. La cour a retenu en partie les circonstances atténuantes et le principe de la légitime défense. En revanche, elle a stigmatisé l'inculpé pour ses atteintes sur le cadavre de la victime, notamment pour avoir brûlé son corps, quand bien même la défense a plaidé que le jeune Arnaud n'avait rien fait d'autre que de respecter la volonté du défunt qui voulait qu'à sa mort son corps soit incinéré. Arnaud de La Riboisière est condamné à dix ans de réclusion, dont huit incompressibles.

À la sortie du palais de justice, les journalistes se ruent sur le jeune avocat. Krys est sourd aux compliments. Maître Dugolfier, qui a assisté à l'audience à l'insu de Krys, s'approche.

« Tu as été brillant ! Ta plaidoirie a atteint des sommets. C'est un honneur d'avoir dans notre équipe un avocat de ton acabit. On va faire de toi un associé. »

Le lendemain, la presse qui rend compte de l'issue d'un procès très médiatisé, ne tarit pas d'éloges sur le brillant avocat pénaliste. La famille de La Riboisière étant très connue, les journaux parlent, ici et là, d'un nouveau Floriot, d'un Badinter. *Le Figaro* titre même : « Cicéron est de retour » ; *Le Monde*: « Le tribun ».

Le retour de Krys au cabinet, après une nuit agitée, déclenche la liesse. On ouvre le champagne, sort les petits-fours. Tous ont lu la presse et veulent le féliciter, mais Krys est insensible aux compliments. Ses pensées sont ailleurs. Elles vont vers le père Angel à qui il doit tout.

Le soir, Krys attend Océane dans le nouveau deux-pièces, rue de Miromesnil, où il vient d'emménager. Il a préparé un petit repas de fête: ceviche de bar à la coriandre, côtes d'agneau en croûte, tarte aux framboises, champagne Ruinart millésimé… Il tient à faire les choses en grand, non seulement pour fêter son succès médiatique, mais surtout pour inaugurer son nouveau *home*.

Océane est radieuse. Robe vert amande boutonnée sur le devant, cardigan mandarine, escarpins navel. Krys est ébloui. Il n'a qu'une hâte, avaler le dîner et défaire un à un les boutons de sa robe.

– Super ! s'écrie-t-elle, franchissant le seuil de la porte. Tu es un petit cachottier. Tu ne m'avais pas dit que tu avais déménagé de ton nid d'aigle. En plus j'ai galéré pour arriver jusqu'ici à cause des travaux dans ta rue et de la réception à l'Élysée, rue du faubourg Saint-Honoré. Alors ? raconte ! On ne parle plus que de toi dans les journaux. T'es une vedette.

– N'exagérons rien ! J'ai fait le job, c'est tout. Tu sais que les médias aiment le sensationnel. Ils vivent de ça.

– Ouais, n'empêche que tous te félicitent.

– Ça n'a pas grand intérêt !

– Pourquoi tu dis ça ? Ils t'ont quand même comparé au grand Floriot, à Cicéron. Krys ne répond pas. Il se dirige vers la cuisine qui donne sur le salon, comme s'il voulait passer à autre chose. Océane le suit. Elle est en admiration devant les entrées déjà dressées dans les assiettes.

– Waouh ! t'es un vrai artiste. C'est beau et ça sent bon.

– Ouais, mais sois cool ! Je ne suis pas cuisinier. J'ai fait avec les moyens du bord.

– T'appelle ça les moyens du bord, toi : du bar, de l'agneau, du champagne ?

Elle saute au cou de Krys et l'embrasse avec fougue.

– Dis-moi, tu ne m'as toujours pas dit quand tu as emménagé, ici ?

– Avant-hier ! Regarde ! Y a encore plein de cartons à déballer.

Le repas englouti, Krys prend Océane dans les bras. Il est pressé de lui faire essayer son nouveau lit. Connaissant la maladresse de Krys, commune à bien des hommes, Océane déboutonne elle-même sa robe de crainte qu'il ne la déchire dans sa précipitation. Krys l'embrasse tendrement, l'étreint, puis contre toute attente, et à la grande surprise d'Océane, s'endort d'un coup. Le champagne a eu raison de lui.

18

La journée, ce matin, semble hors norme. Il a plu la veille et l'orbe du ciel est d'un bleu outremer qui rappelle le lapis lazuli. Une fine vapeur monte du sol et la terre respire une mouillure blanche et parfumée.

Krys s'est couché tôt. C'est le grand jour, celui du Concours de la conférence. Maître Dugolfier l'a encouragé à y participer. Pour lui, son jeune confrère a toutes ses chances. Sa plaidoirie devant la cour d'assises l'a convaincu. Complet bleu marine, chemise blanche, cravate bordeaux, Krys est fin prêt. « Pourquoi t'être fait si beau ? », lui demande un de ses confrères. « On plaide en robe, non ? » Krys ne répond pas. Il aime se sentir tiré à quatre épingles. Pour lui, la première impression est toujours la bonne.

Il y a foule dans l'auditorium de la Maison du Barreau à neuf heures du matin. Krys a du mal à se frayer un chemin. La secrétaire aux admissions l'informe qu'il a hérité du numéro 23. Krys fait un rapide calcul. Chaque intervention devant durer environ dix minutes, il va devoir attendre la fin de la journée avant que ne vienne son tour. Une journée entière à ruminer, à se ronger le sang.

Krys a pris le parti de rentrer déjeuner au cabinet et de ne revenir à la Maison du Barreau qu'en fin d'après-midi. Il a écouté toute la matinée les confrères et il est saturé. Une plaidoirie a toutefois frappé son esprit. Celle de son confrère Konan, un jeune Ivoirien à la faconde exceptionnelle. Sa voix s'envolait comme une musique douce et ses mots dépouillés, précis, incontournables avaient tout d'une incantation. Le jury fut conquis par cette allocution fluide et limpide. Krys ne s'était pas trompé. Le sujet, « Doit-on interdire le voile aux femmes musulmanes ? » avait fait un tabac. Les membres du jury avaient applaudi, ce qui n'était pas si fréquent, et Krys en avait ressenti un petit pincement de jalousie.

Le tour de Krys vint, comme il l'avait pensé, sur le coup des dix-huit heures.

Après avoir balayé du regard les membres du jury, dont certains bâillaient de fatigue, Krys chercha à dénicher dans les membres du jury celui ou celle à qui il s'adresserait lors de son intervention. Maître Dugolfier lui avait suggéré, pour ne pas se disperser, de cibler un seul membre du jury et de rester connecté avec lui. Il choisit une femme entre deux âges qui lui semblait particulièrement attentive et intelligente. Il annonça le sujet qu'il avait choisi :

« Lève-toi et marche ! »

Krys cite Confucius : « Notre plus grande gloire n'est pas de ne jamais tomber, mais de savoir nous relever chaque fois que nous tombons. » L'aphorisme vieux de deux mille ans n'a pas vieilli. Puis il se lance d'une voix appliquée dans un poignant plaidoyer.

« J'épouse pleinement la pensée du grand philosophe chinois. Tomber est un accident. Se relever, une résolution. Un commandement du cerveau. "Debout, lève-toi et marche", disait Jésus au paralytique de la piscine de Bethesda. Par ces mots, le Seigneur cherchait à ce qu'il ne cède pas à la désespérance et l'aider à croire que tout est possible. Et tout est effectivement possible ! Mon point de vue est que nous sommes tous faillibles. Nous tombons, mais nous sommes tous dotés d'une incroyable capacité de résilience. Certes, les injonctions comme "on apprend de ses échecs" ou encore "à quelque chose malheur est bon" ne sont pas un réel tremplin pour se relever de sa chute, mais, chaque individu, qu'il soit courageux ou lâche, a une façon bien à lui de se relever. Et il y a autant de possibilités de rebondir qu'il y a d'humains. On peut se remettre debout de manière grandiose, comme Simone Veil, raflée en pleine rue à l'âge de seize ans et qui s'est relevée de l'ignominie, ou comme le grand Tiger Wood, exposé aux plus forts scandales et obligé de présenter des excuses en public. Quoi qu'il arrive, les uns et les autres relèvent la tête, regardent en face et poursuivent leur route, souvent avec encore plus de détermination. Ils transforment la douleur en force motrice pour se fortifier, se surpasser.

La résilience est, au sens métallurgique du terme, l'aptitude d'un matériau à reprendre sa forme initiale. Nous sommes faits de ce matériau à mémoire de forme. Les sociologues qualifient la résilience de phénomène psychologique. Une personne, malgré une enfance difficile ou un parcours d'adulte semé d'embûches, "rebondit" dans la vie. Cette résilience-là ne signifie pas qu'on oublie les traumas : on les surmonte. La Bible dit : "L'Esprit a été répandu sur toute chair." Tout être humain a dans sa vie une dimension, dont il est ou non conscient, qu'on peut qualifier de spirituelle, c'est-à-dire ouverte à l'Esprit saint, avec ou sans Dieu. Je me souviens d'une phrase de Pic de la Mirandole dans *De la dignité de l'homme* : "Par ta propre puissance, tu pourras dégénérer en prenant les formes les plus basses de la vie, les formes animales ; par ta propre puissance, tu pourras, grâce au discernement de ton âme, renaître dans les formes les plus hautes, les formes divines." N'est-ce point-là le sens le plus abouti de la résilience ? J'ai aussi en mémoire un petit Sénégalais qui vivait miséreux dans la case d'un village retiré du Sénégal et auquel le marabout avait confié des mots proches de ceux de Confucius : "Ne te retourne jamais sur ton passé, sauf s'il est florissant. Marche devant toi et relève-toi si tu tombes." Et ce jeune Africain a traversé les océans. Cent fois il était tombé, cent fois il s'était relevé. Il avait fait face à l'avenir et l'avenir l'avait embrassé. Et cet homme, à force de courage, d'opiniâtreté, de foi en lui, était devenu avocat. Il est aujourd'hui devant vous. »

Krys se rassoit, livide et malheureux, terrassé par le doute de n'avoir pas su convaincre. Le jury est au contraire impressionné par ce qu'il vient d'entendre. Il ne réagit pas. Pas tout de suite. Le temps de tout reconnecter et d'applaudir. Krys est à son tour stupéfait des éloges qui lui sont adressés. La ministre de la Justice, Madame Marie-Carole Pelleport, présente à la cérémonie, adresse à Krys un compliment qui sera repris dans les médias le lendemain. *« Mon cher Krys, en vous voyant je ne peux m'empêcher de penser à Paulo Coelho qui, dans La Cinquième Montagne, a écrit : "L'homme est fait pour trahir son destin". Si ces mots ont un sens, alors assurément vous êtes un grand homme. »*

Krys profite de la présence de la ministre pour la sensibiliser à la misère à laquelle il est chaque jour confronté à l'association Les Grands Frères. Elle lui promet d'y venir, de l'aider. Krys se retire sous les compliments et les ovations, avec une pensée en tête : l'anniversaire de l'association qui se tient dans deux jours.

*

Tout a été ordonnancé pour que la fête soit réussie. Krys a assisté à sept anniversaires, mais celui-ci est le dernier. Il songe à démissionner. Il ne peut pas mener de front la gestion de l'association et son job d'avocat. Les dossiers affluent de toutes parts et, bien qu'il travaille quinze heures par jour, il ne parvient pas à éponger son retard. Il doit choisir.

– Mes amis. Écoutez-moi, s'il vous plaît !

Le silence se fait. On prête une oreille attentive au nouveau maître. Tous ont eu un écho de la presse et s'enorgueillissent d'avoir dans leurs rangs un avocat aussi prestigieux.

– Mes amis, répète-t-il. Je sais que je vais en décevoir plus d'un parmi vous, mais je suis dans l'obligation de quitter l'association.

Des « Oh ! » de stupéfaction se font entendre. Des protestations fusent.

– Si tu pars, c'est que t'es un dégonflé, un froussard, un lâche ! crie quelqu'un.

– S'il vous plaît ! hurle Krys pour se faire entendre. Personne n'est irremplaçable. Et puis, il y a parmi vous des gens de valeur. Je pense notamment à William ou encore à Tao, qui ont l'honnêteté, l'intelligence et le sens du bien commun pour diriger la communauté sous le contrôle vigilant du frère Mathieu, qui, Dieu soit loué, est toujours parmi nous. N'oubliez pas que ce qui permet à l'homme de se modeler et de se façonner, c'est l'ambition sacrée qu'il a d'aspirer au sommet et de travailler de toutes ses forces pour y parvenir. Si je pars, ce n'est pas pour vous oublier, mais parce que je ne peux pas concilier la gestion de l'association et mon métier d'avocat. C'est impossible.

Il s'arrête un instant, ému.

Je suis heureux de fêter avec vous cet anniversaire et je prie le ciel qu'il y en ait encore beaucoup d'autres et qu'ils soient, comme aujourd'hui, placés sous le signe de l'amitié et de la fraternité.

Krys s'apprête à couper le gâteau, quand il arrête son geste… Son téléphone vient de sonner.

– Allo ? Monsieur Fontaine ?

– Oui !

– Ne quittez pas, je vous prie ! Madame la ministre de la Justice veut vous parler.

– …

– Bonjour, Monsieur Fontaine. Chose promise, chose due. Je vous avais assuré que je viendrais visiter l'association Les Grands Frères, je tiens toujours parole. Est-ce que mardi prochain, neuf heures, vous convient ?

– Désolé, Madame la Ministre, mais je dois me rendre de toute urgence au Sénégal. Les incendies ravagent, comme vous le savez, la Casamance, et ma famille vit dans un des villages de cette région.

– Ah ! désolée. Je comprends. J'espère que rien de fâcheux ne lui sera arrivé. Appelez-moi quand vous serez de retour pour que nous convenions d'une autre date.

– Merci, Madame la ministre.

– Ah ! j'oubliais. Si vous avez une quelconque difficulté sur place, n'hésitez pas à solliciter l'aide de ma consœur Madame Amanita Diallo, la ministre de la Justice au Sénégal. J'entretiens avec elle des relations très cordiales dans le cadre des rencontres franco-sénégalaises sur l'immigration. C'est une femme intelligente, généreuse et humaine. Je suis sûre que si vous sollicitez son appui, pour quelque cause que ce soit, elle vous viendra en aide. Bon courage. Je sais que vous n'en manquez pas.

Krys sourit en songeant à la sororité entre femmes. Il appelle Océane.

– Ma chérie, je vais devoir me rendre au plus vite au Sénégal. Les feux en Casamance risquent de menacer mon village. Il faut que…

– Oui ! Je comprends l'interrompt-elle. J'ai appris comme tout le monde la tragédie qui se joue au Sénégal. Je conçois que tu veuilles te rendre sur place. Veux-tu que je t'accompagne ?

– Non ! Ce serait trop risqué ! Ne t'inquiète pas ! Je t'appellerai de là-bas.

– Laisse-moi au moins t'accompagner à l'aéroport. Tu pars quand ?

– Demain matin ! Les avions sont complets aujourd'hui.

– À quelle heure ?

– Dix heures, mais il faut que j'y sois trois heures avant.

– OK ! passe me prendre.

Dès la fin de la cérémonie de l'anniversaire de l'association, Krys se rend à un kiosque sur les Champs-Élysées qui vend les journaux étrangers et où il sait pouvoir se procurer le journal sénégalais *Le Quotidien*. Il est déçu. Le journal n'indique pas les villages touchés par les gigantesques incendies qui ravagent la Casamance. Il semblerait, s'il s'en tient aux photos aériennes en première page, que le feu serait circonscrit dans un périmètre englobant Bignona, Marsassoum et Ziguinchor le long du fleuve Casamance, au sud de la Gambie. Krys craint le pire. Saussai, « le Village solaire », depuis qu'il est doté de l'électricité grâce à des panneaux photovoltaïques, est situé à proximité de Diembéring, une zone de palétuviers, de garrigue, de savane, de bois et d'épineux impénétrables où le feu a fait des ravages. Aucune information ne circule concernant la région Ziguinchor ou le département d'Oussouye, dont dépend le village de Saussai. Il a essayé, en vain, de joindre Demba, le guide qui fait habituellement visiter le village aux touristes. Pas de réseau. Il est mort d'inquiétude. Et ces maudits avions qui sont pleins. Il va devoir passer une nuit à cogiter. À se miner. Krys prie le ciel d'épargner ses parents. Fatou est une brave femme et Mbaye n'a jamais nui qu'à lui-même. Les remords l'assaillent à nouveau. Il n'aurait jamais dû les abandonner dans la détresse.

19

Ce matin, Krys a des pensées morbides. Il regarde les avions sur le tarmac de Roissy - Charles-de-Gaulle et pense à tous les appareils qui se sont abîmés dans les océans et aux nombreux morts qui n'ont jamais eu de sépulture. Océane serre fortement la main de Krys comme si elle voulait extirper les vilaines pensées qui sillonnent son cerveau. Il ne répond pas. Océane fait à nouveau pression des doigts.

– Tu m'as entendu, chéri ?

Krys se tourne vers elle, hagard.

– Quoi ?

– Je te demandais si tu voulais prendre un café. On a tout notre temps.

– Oui ! Tu as raison. Viens !

À cette heure, il y a peu de monde au Bistrot Benoît et les croissants sont chauds.

– Tu crois que tu vas rester combien de temps absent ? demande-t-elle, un peu inquiète.

– Je ne sais pas ! Ça va dépendre de ce que je vais découvrir sur place. Quelques jours de toute façon.

– Tu m'appelleras dès ton arrivée ?

– Bien sûr !

– C'est promis ?

– Promis, juré !

Pour une fois, l'avion n'est pas en retard. Océane accompagne Krys jusqu'à l'embarquement et l'embrasse longuement au moment de le quitter. Il y a dans son étreinte quelque chose de poignant et dans ses yeux une infinie tristesse. Krys détourne son regard pour masquer son trouble.

*

L'aéroport international Léopold-Sédar-Senghor est noir de monde. Krys est ému de reposer le pied sur le sol sénégalais après plus de dix ans d'absence. Il est ému et troublé. L'air lui semble plus pur, plus léger, que lors de sa fugue de Casamance. Dans sa mémoire le ciel était jaune de poussières de sable et il se souvient, avoir couvert sa bouche de son T-Shirt pour continuer à avancer.

La plupart des voyageurs sont des locaux, venus des quatre coins de la planète pour s'informer des dégâts causés par les incendies en Casamance. La presse s'est montrée relativement discrète. On ignore le nombre de villages touchés par les flammes sur les soixante-dix-huit bourgades que compte la communauté rurale de Diembéring, s'il y a eu des blessés ou des morts, si les feux sont, en tout ou partie, maîtrisés. La seule information qui a filtré porte sur le détachement d'un escadron de pompiers envoyé par la France pour participer aux premiers secours.

Krys cherche désespérément un taxi pour rejoindre la gare centrale de Dakar où il prendra un train pour Diembéring, distant de deux cent cinquante kilomètres. Là, il chopera un taxi-brousse.

*

Ce que Krys découvre en arrivant en Basse-Casamance dépasse tout ce qu'il avait pu imaginer. Aussi loin que sa vue puisse porter, ce n'est que désolation : forêts de palétuviers, parcs d'attractions, villages, animaux, véhicules sont carbonisés. L'air est irrespirable. Les secours cherchent à protéger la population des fumées. Les particules fines en suspension sont cause d'irritations, de toux, de problèmes pulmonaires. Les yeux piquent, les gorges grattent, les enfants pleurent dans les bras des femmes, voilées pour se protéger de la suie. La nature est couleur de deuil.

Le village de Saussai semble avoir été en partie épargné. « Seules quelques cases ont été touchées par les flammes », indique à Oumar le chef du village qui vient de le reconnaître. « Les quatre cent quatre-vingt-huit habitants de Saussai ont été recueillis dans un gymnase de la ville de Diembéring, où ils sont hébergés et reçoivent les premiers soins. »

– Et de la famille Guelbéogo, demande Krys, vous avez des nouvelles ?

– Je n'ai malheureusement pas en tête le nom de tous les villageois. D'après les premiers renseignements que je détiens, il semblerait, mais il faut rester prudent, qu'il n'y aurait eu aucun décès. Il faut toutefois attendre que toutes les familles soient recensées pour en savoir plus. Vous pouvez vous rendre là-bas si vous voulez avoir de plus amples précisions. Ici on n'a pas de réseau et je ne peux pas les joindre. Elle était où la case de cette famille ?

– À l'extrémité nord du village, près de l'étang aux Cerfs.

– Aïe ! C'est là que le feu a été le plus virulent. Je ne veux pas vous inquiéter, mais vous devriez aller voir sur place.

Krys a bien du mal à se frayer un chemin à travers les arbres abattus par le feu. Il est noir de suie, tousse, se frotte les yeux. Tous ses repères de jeunesse ont disparu. Il ne reconnaît pas les lieux où, enfant, il jouait : les pistes fléchées, « l'arbre téléphone » qui grossissait les sons, la barrière « saute-mouton » … Il a devant lui un paysage qui ressemble à un champ volcanique, une terre de lave et de débris. Le feu a pratiquement dévoré la totalité des zones boisées. Forêt et habitations ne sont plus qu'un tas de cendres. La vitesse des flammes a dû obliger les habitants à quitter leur logis dans la précipitation sans rien emporter.

Au fur et à mesure que Krys avance, son pouls s'accélère. La case de ses parents n'est plus qu'à une encablure. Il entrevoit à travers les arbres nus son toit de chaume en partie noirci. Il s'approche, prudent, comme s'il craignait de voir surgir des fantômes.

La case en torchis a, pour l'essentiel, résisté. Le toit est en partie calciné mais il n'est pas tombé. Seul le mur de façade, en contact direct avec les flammes poussées par le vent du nord, s'est écroulé. Krys entre dans la maison de son enfance d'un pas mal assuré. Il est bouleversé d'en fouler le sol, de retrouver son passé… Tant de souvenirs sont attachés à cette maison qu'il ressent de l'angoisse à l'idée de ce qu'il va trouver. Il enjambe comme il peut les débris jonchant la terre battue et découvre dans la pièce où dormait Fatou une photo intacte de son père assit sur une bille de bois. Qui l'a prise ? Krys l'ignore. Pas lui en tout cas. Il ne devait pas être né. D'une main son père fait un signe et de l'autre envoie un baiser, certainement au photographe, peut-être à Fatou. Le contour de la photo est crénelé comme un timbre-poste. Il la détaille, se servant de la torche de son téléphone. Derrière l'image de son père, le ciel est tourmenté. Il semble pleuvoir. L'air débonnaire de Mbaye est une illusion, une contrefaçon de l'histoire. Il a beau jouer les fiers-à-bras, ses yeux ne mentent pas. Ils trahissent un mal-être. Peut-être buvait-il déjà ? Et dire que Krys a vécu toute son enfance sous cette photo, sous ce regard, sans baisser les yeux.

Il a beau chercher, il ne découvre rien d'autre que cette photo jaunie par le temps. Ses parents doivent avoir tout emporté. Soudain, il entend le roulement d'un orage. Il est surpris. La pluie ne tombe pas en cette saison, sauf à penser que le ciel ait décidé de laver la terre des hommes de leurs péchés ?

Il refait le chemin à l'envers et se dirige vers Diembéring, comme lui a suggéré le chef du village.

Du gymnase montent des lamentations et des vociférations. Bras levés, les habitants de Saussai haranguent les infirmiers. Ils veulent de l'eau, du pain, des médicaments. Les secours humanitaires rencontrent les plus grandes difficultés à atteindre des lieux retirés comme Saussai. Les arbres en travers des chemins, les ornières creusées par les pluies sont autant d'obstacles à franchir. Il drache depuis deux jours sans discontinuer et les chemins de terre sont devenus de véritables fondrières. Certes, les dernières braises sont éteintes, mais on doit dorénavant faire face au typhus et aux infections pulmonaires dues à l'inhalation des fumées.

Krys dévisage un à un les réfugiés sans trouver ni son père ni sa mère. L'employé, à qui il s'adresse, l'informe qu'aucune liste récapitulative n'a encore été dressée mais qu'un état des blessés et disparus figure sur la porte d'entrée. Krys y trouve le nom de Mbaye Guelbéogo, suivi d'une croix, et celui de Fatou accompagné d'un « A ».

– À quoi correspond le « A », demande-t-il à un infirmier qui passe près de lui ?

– À « L'annexe », répond ce dernier. Allez au hall d'accueil de l'école maternelle située derrière la Maison du département, si vous voulez en savoir plus.

Krys sort et s'engouffre dans la rue principale de la ville, les yeux rivés sur les façades des maisons. Un vendeur de *tapalapa* lui indique l'école.

Krys reconnaît d'emblée Fatou. Sa mère est pâle, presque translucide. Elle est assise à même le sol et parle avec quelqu'un. Des mots sans suite. Il n'y a personne près d'elle. Son visage tuméfié, ses cheveux blancs défaits, ses traits tirés sur l'os du visage, lui donnent l'air d'une gorgone. La pauvre femme, les bras tendus comme une orante, soliloque. C'est à peine s'il peut la regarder comme une créature douée de raison. Elle semble prier Dieu. Krys s'approche, se baisse, l'embrasse sur le front. Les yeux de Fatou le dévorent avec une infinie tendresse, mais il n'est pas sûr qu'elle le reconnaisse, que son sourire soit pour lui. Peut-être le visage du fils rappelle-t-il celui du père. Elle ne répond pas lorsqu'il s'adresse à elle. Il lui prend la main, mais elle la retire d'un coup sec et nerveux, comme si elle voulait échapper à quelque chose, à quelqu'un.

– C'est moi, maman. Ton fils!

Fatou cherche dans le miroir de l'esprit la porte d'entrée de la clairvoyance, mais elle se heurte à ses mystères, ses impasses. Ses lèvres sont ouvertes, comme si elle voulait parler, mais au lieu d'une phrase, c'est un soupir qui s'en échappe.

C'est moi, Oumar, répète Krys d'une voix basse qui ne lui appartient pas.

La bouche de Fatou se contorsionne et elle fait entendre un râle sonore, puis suffoque comme une bête à l'agonie. Elle insulte ses douleurs, la rouille qui la ronge, glapit des mots incohérents et incompréhensibles. Krys, étranglé par l'émotion, la prend contre lui, enfouit sa tête dans son cou et lui parle avec la douceur d'un enfant. Il lui prend à nouveau la main. Cette fois, elle ne la retire pas. Ce n'est plus une femme mais une petite fille gémissante qu'il serre contre lui. Une petite fille dont le temps a suspendu l'âge. Elle lève un regard vide vers la phosphorescence du monde agonisant qui est désormais le sien. Krys n'a jamais été si près de lâcher son âme.

Soudain Fatou, dans un éclair de lucidité, revit son drame. Elle se lève, les yeux exorbités, gesticule, donne des coups de pied à la lune pour éteindre le feu. Puis elle crie, gesticule, hurle, baragouine. Et il faut tout le courage et la détermination de deux gardiens pour la maîtriser. Krys s'attarde sur le petit corps de quatre-vingt-deux ans, décharné, rompu par des jours et des nuits de labeur, d'insomnie. L'épuisement physique a éteint son ardeur et le gris-vert de ses yeux.

– Elle a subi un fort trauma, dit l'un des deux employés de l'école. Hier, elle était calme, mais par moments elle divague complètement. J'ai pu parler un peu de l'incendie avec elle. Elle m'a raconté qu'elle s'était levée vers deux heures du matin pour aller aux toilettes extérieures, et qu'elle avait été saisie par une bourrasque de chaleur et de fumée. Les flammes l'entouraient de partout. Le ciel était rouge sang et les arbres orange, ébouriffés par le feu. Pieds nus, en chemise de nuit, elle a couru se réfugier dans une zone d'ombre épargnée par l'incendie. Lorsqu'elle s'est retournée, le toit de chaume et la façade de sa case, derrière laquelle se trouvait le lit de son mari, étaient un énorme brasier. Elle s'est recroquevillée derrière un gros arbre et a fermé les yeux. C'est là qu'on l'a retrouvée au petit matin, le visage rougi par les flammes. Elle était toute ratatinée, les yeux hagards. Fort heureusement le vent avait changé de direction et l'avait épargnée. Malheureusement son mari n'a pas eu la même chance. On a retrouvé son corps le lendemain, après que les dernières braises ont eu été éteintes. Le feu l'avait mangé durant son sommeil.

– Où est son corps ?

– Dans le fourgon mortuaire avec deux autres malheureux.

Krys se penche sur le corps calciné de son père qui semble sorti tout droit de la forge de Vulcain. Il pleure. Sa mémoire mal ficelée oublie les disputailleries qu'il a eues avec Mbaye. Il s'agenouille devant celui qui l'a mis au monde et prie.

– Je pleure sur ta dépouille réduite en cendres, papa. Je te remercie du soin que tu m'as apporté dans la course accidentée de ta vie. Toi qui es déjà loin de moi et n'entends plus mes larmes et mon chagrin, laisse mes tristes pensées te rejoindre un moment sur le chemin de l'éternité et de l'espérance. Adieu.

Krys a compris ce jour-là le provisoire des choses. « Ce qui nous est prêté peut-être repris et à tout moment », disait le frère Mathieu.

Mbaye n'avait pas choisi l'heure de sa mort. La mort l'avait choisie pour lui.

20

De retour à Dakar, la première pensée de Krys est pour Océane. Il l'appelle deux fois sur WhatsApp, sans obtenir de réponse. Il recommencera plus tard. Pour le moment l'urgence, c'est Fatou. Il l'a emmenée et l'a conduite au Centre hospitalier universitaire de Fann, le seul établissement en mesure de l'accueillir quelques jours. Il se demande à qui, à quel organisme, il pourra la confier à sa sortie.

Ses pensées tournent en rond, lorsqu'il songe soudain à Madame Marie-Carole Pelleport. La ministre de la Justice l'avait invité à contacter, en cas de besoin, Madame Amanita Diallo, son homologue au Sénégal. Il recherche l'adresse du ministère sur Internet et prend son courage à deux mains. Il ne sait pas très bien comment aborder la ministre, mais il se jette à l'eau.

– Bonjour. Je suis bien au ministère de la Justice ?

– Tout à fait !

– Je voudrais parler à Madame la ministre, s'il vous plaît.

– Qui êtes-vous ?

– Krys Fontaine.

– Madame la ministre ne prend personne au téléphone, Monsieur. C'est à quel sujet ?

– Je suis, il hésite… une relation de Madame Marie-Carole Pelleport, la ministre française de la Justice. Elle m'a invité à prendre contact avec Madame Amanita Diallo dès mon arrivée à Dakar.

– Attendez une seconde, je vous prie.

Le silence s'éternise et Krys se demande s'il est toujours en ligne. Il est sur le point de raccrocher, quand il entend un grésillement puis une voix différente de la première.

– Bonjour Monsieur Fontaine. Je suis la directrice du cabinet de Madame la ministre et je suis chargée de son agenda. Pouvez-vous m'en dire un peu plus sur l'objet de votre visite ?

– Ce serait un peu long à expliquer au téléphone. Disons, pour faire simple, que je voudrais évoquer devant elle les solutions que nous avons adoptées en France pour venir en aide aux jeunes désœuvrés et assurer leur réinsertion sociale. Mon association existe depuis plus de trente ans et j'ai eu l'honneur de la présider durant plusieurs années. Je voudrais ouvrir une structure de même nature au Sénégal pour lutter contre la délinquance. Les jeunes livrés à eux-mêmes sont…

La directrice l'interrompt.

– Pardonnez-moi, Monsieur Fontaine, mais vous semblez ignorer que le ministère des Affaires sociales travaille déjà sur le sujet.

– Oui ! Je l'imagine bien volontiers, Madame, mais notre association a fait ses preuves en matière de réinsertion sociale. Grâce à la formation professionnelle que nous donnons à nos membres, la plupart d'entre eux trouvent immédiatement un travail à la sortie de notre établissement. La ministre de la Justice, Madame Marie-Carole Pelleport en est témoin.

Krys s'est un peu avancé, car la ministre n'a toujours pas visité le siège de l'association.

– Attendez une seconde, s'il vous plaît.

Dans les ministères, comme dans tous les services publics en général, les secondes se comptent en minutes, parfois en quarts d'heure. Krys attend encore un bon laps de temps avant de réentendre la voix de la cheffe du cabinet de la ministre.

– Bien ! Madame la ministre peut vous recevoir la semaine prochaine, jeudi à quatorze heures. Elle aura peu de temps à vous consacrer.

– Parfait ! Je serai au rendez-vous. Remerciez pour moi Madame la ministre et dites-lui tout le plaisir que j'aurai de la rencontrer.

– Ce sera fait, Monsieur Fontaine. À jeudi, donc !

Le téléphone raccroché, Krys tente à nouveau de joindre Océane. Il ne l'a pas eue au téléphone depuis trois jours. En Casamance, il n'y avait pas de réseau et, depuis son retour à Dakar, elle ne répond pas à ses appels. Pourtant, un soir, après une tripotée d'essais infructueux, il parvient enfin à l'avoir au bout du fil.

– Désolé, Krys. J'ai vu tes messages mais j'étais toute la journée en séminaire à Versailles. Alors ? Dis-moi ! Tu es allé en Casamance ? Tes parents ? Tu m'as dit que tu les avais pas revus depuis que tu avais quitté le Sénégal.

Krys ne s'étend pas sur le sujet. Il informe seulement Océane que son père est mort dans l'incendie et que sa mère est sous le choc d'un grave traumatisme.

– Oh ! Mon pauvre chéri. C'est épouvantable, gémit-elle, sur le point de fondre en sanglots. Et dire que tu es seul ; que je ne suis pas près de toi…

Océane essuie la larme qui vient de tomber sur son téléphone.

– J'imagine que tu ne vas pas rentrer de sitôt, mon pauvre amour.

– Non ! il faut que je cherche une maison médicalisée pour ma mère et que je me loge, le temps qu'elle retrouve un peu de santé. Je ne peux pas la laisser seule dans l'état où elle est.

– Bien sûr ! Je comprends ! Mais ton job ?

– J'ai prévenu le boss.

– Donne-moi des nouvelles, mon chéri. Je ne t'oublie pas. Je t'aime.

– Moi aussi, je t'aime.

– Tu me manques. Je t'embrasse.

Dans sa chambre d'hôtel, Krys réfléchit au plan qu'il va devoir présenter à la ministre de la Justice. Il s'est un peu avancé en prétendant détenir la solution pour éradiquer la délinquance qui se développe à la ceinture des grandes villes, notamment à Dakar, mais c'est le seul moyen qu'il a trouvé pour décrocher un entretien avec la ministre.

Krys va tous les jours voir Fatou au Centre hospitalier universitaire de Fann. Selon les médecins, ses angoisses et ses crises de panique régressent, mais ils ne sont guère optimistes en ce qui concerne la suite, vu son état général. Les troubles psychiques, liés à l'événement traumatique qui a menacé son intégrité physique, peuvent durer des années, et entraîner une grande souffrance morale ou un syndrome de reviviscence. Elle n'a pas retrouvé, si tant est qu'elle le retrouve jamais, un réel équilibre.

Krys n'a pas tout saisi des propos des médecins, mais il est reparti avec un double constat : sa mère doit être protégée contre elle-même et le Centre manque cruellement de lits. Le médecin qu'il a vu a, à ce sujet, été cash : « Malheureusement, et avec la meilleure des volontés, l'hôpital Fann ne pourra pas maintenir votre mère sous surveillance médicale plus d'une semaine. »

*

À l'entrée du ministère de la Justice, il faut montrer patte blanche. Un vrai parcours du combattant : caméras d'enregistrement, papiers d'identité, relevé d'empreintes, la justice ne fait pas les choses à moitié. Après les contrôles, Krys est pris en charge par un huissier qui le conduit au deuxième étage où l'attend un garde en tenue militaire. L'officier, pas très causant, lui fait signe du menton de s'asseoir. Il règne dans le salon une atmosphère un peu angoissante. Rien ne bouge. Pas un pet de mouche. Un silence de cathédrale.

Une bonne demi-heure s'est écoulée, quand la porte capitonnée située en face de Krys s'ouvre enfin.

– Désolée de vous avoir fait attendre, Monsieur Fontaine, déclare la jeune femme brune qui vient d'apparaître. Madame la ministre va vous recevoir. Suivez-moi, je vous prie.

Le bureau de la ministre est vaste et les larges baies de façade inondent la pièce d'une lumière crue. Krys observe à la dérobée les piles de classeurs posées sur une tablette et la photo du président Macky Sal encadrée sur le mur. Il s'avance, fait un petit signe de tête révérencieux à la ministre assise derrière son magnifique bureau Empire.

– Bonjour Monsieur Fontaine. Asseyez-vous, je vous prie. Alors ? Vous avez demandé à me voir pour me parler, si j'ai bien compris, de social. C'est bien cela ?

– Tout à fait, Madame la Ministre. Madame Marie-Carole Pelleport m'a...

Madame Amanita Diallo l'arrête.

– Je sais, Monsieur Fontaine. Je viens de m'entretenir avec elle au téléphone. Je suis au courant de tout : votre formation accélérée ; votre trajectoire atypique d'avocat ; votre rôle humanitaire dans une association d'aide aux défavorisés... Vous voyez, rien ne m'a échappé. Pourquoi le brillant avocat que vous êtes s'intéresse subitement aux questions sociales ? Ce n'est pas que je sache votre domaine d'activité. Vous êtes pénaliste, non ? J'ai d'ailleurs lu les éloges qui vous ont été adressés, après votre retentissant succès dans le procès du jeune Arnaud de La Riboisière.

– C'est un sujet qui m'intéresse au premier chef, Madame la ministre. Comme vous en a peut-être informé

Madame la ministre Marie-Carole Pelleport, j'ai participé et dirigé une association à caractère social durant près de dix ans en France et j'ai la prétention de dire que j'ai secouru un bon millier de jeunes délinquants dont j'ai assuré la réinsertion dans la vie active.

– Je suis au courant. Madame Pelleport m'a dit avoir visité votre association accompagnée de sa collègue aux Affaires sociales. Elles ont apparemment été séduites par vos méthodes : initiation, formation, culture, repentance... L'idée de faire intervenir des professionnels formateurs pour que de jeunes oisifs, sans horizon et sans projet, autre que la rue, apprennent un métier et puissent rejoindre le monde du travail est une excellente idée. Mais pourquoi cette soudaine lubie de faire la même chose ici ?

Krys ignorait que Madame Marie-Carole Pelleport s'était rendue au siège de l'association. Il se souvient qu'il devait convenir d'un rendez-vous avec elle, dès son retour, mais apparemment la ministre avait pris les devants.

– Je suis français, mais avant tout sénégalais, Madame la ministre.

– C'est en soi une bonne raison, mais encore ?

– Mon père est mort dans les incendies de Casamance et ma mère est atteinte de troubles liés au stress post-traumatique pour avoir été confrontée à la mort. C'est une raison suffisante pour que je reste au Sénégal.

– Je comprends mieux votre engagement, Monsieur Fontaine. Écoutez ! Je n'ai malheureusement guère de temps à vous consacrer aujourd'hui, mais préparez-moi une note exposant vos suggestions. Je vous promets de l'examiner avec soin.

La ministre vient de se lever signifiant que l'entretien est clos. Il a duré trois minutes, montre en main.

– Désolée de ne pas pouvoir vous accorder plus de temps, mais j'ai un conseil des ministres dans quelques minutes. À une autre fois, Monsieur Fontaine. Ah ! une dernière chose. Où est votre mère actuellement ?

– Au Centre hospitalier universitaire de Fann, mais elle ne pourra pas y rester bien longtemps, l'hôpital manque de lits.

– Je sais. Nous avons un grave problème d'infrastructure hospitalière. Nous y travaillons. Je vais parler de votre cas au ministère du logement pour qu'on trouve une institution médicalisée à votre mère.

– Merci beaucoup, Madame la ministre.

– Je vous en prie. Saluez pour moi Marie-Carole Pelleport si vous la croisez. C'est une éminente personne.

*

Ce matin, Fatou est presque pimpante dans la blouse bleue du Centre Fann. Bien coiffée, le visage reposé, les démons semblent l'avoir oubliée un instant. Krys lui prend la main. Elle sourit. Il y a bien longtemps qu'elle n'a pas souri comme ça. Un sourire édenté, mais large, éclairé, lumineux. Il lui baise le front.

– Maman, j'ai une bonne nouvelle. Je sors d'un entretien au ministère de la Justice et j'ai parlé de toi. La ministre m'a dit qu'on allait te trouver un établissement pour t'accueillir.

Krys n'est sûr de rien mais il veut voir perdurer sur le visage de sa mère son beau sourire.

– Mais j'suis bien ici. On s'occupe bien de moi. Le personnel est très gentil.

– Oui, je sais ! Mais tu ne peux pas rester là. Le Centre Fann est un lieu de transition, pas un foyer d'accueil. Ils t'ont reçue parce que tu étais… comment dire, un peu fatiguée.

Krys prend sa mère dans les bras et soudain son beau sourire tourne à l'eau. Elle fouille sa mémoire et, entre deux sanglots, lui rappelle la vie qu'elle a partagée avec lui ; son bonheur quand il était petit et qu'elle lui donnait le sein. Elle évoque ses jouets, qu'elle conservait jalousement et qui ont péri dans l'incendie, dépeint des veillées qui n'ont jamais existé que dans sa tête, cite des personnages inconnus. Krys est attendri et ébranlé par les confidences de Fatou. Elle et lui se mentent par amour. Sa mère continue de sourire et c'est l'essentiel. Krys se souvient surtout des incidents avec son père ; leurs disputes, sa violence parfois, quand il avait trop bu ; les méchancetés que l'on colportait derrière son dos dans le village. Mais ça, Fatou n'en a pas souvenir. Elle préfère poursuivre ses discussions avec elle-même et entretenir une illusoire conversation avec autrui. Les staccatos dans sa tête réveillent des fantômes aux confins de son champ de vision.

De retour dans sa chambre d'hôtel, Krys pleure. Il pleure sur tout. Sur la disparition du père Angel, la mort de son père, l'égarement de sa mère. Il pleure sur sa vie sans Océane, sans amour… Il lâche la bonde, sanglote à l'abri des regards, déverse le trop-plein de larmes qu'il a contenu face au corps calciné de Mbaye, à la confusion mentale de Fatou.

21

Krys lit et relit le mail qu'il vient de recevoir des services de Madame Amanita Diallo :

« Veuillez, cher Maître, prendre l'attache de mon secrétariat pour convenir d'un entretien avec monsieur le Premier ministre et moi-même. » Terrain miné. Krys n'a pas eu le temps de préparer la note qu'il avait l'impérieuse nécessité de remettre à la ministre. Il a quatre jours devant lui pour imaginer un plan d'action crédible, rassembler ses idées, les jeter sur le papier.

Les trois jours suivants, il dort peu. Son esprit est mieux occupé la nuit. Il pense utile. Il rallume souvent la veilleuse pour noter les idées qui lui viennent à l'esprit : exploiter des installations existantes, par exemple des hôpitaux ou des casernes désaffectées ; sensibiliser les écoles d'apprentissage pour qu'elles délèguent des profs bénévoles comme le fait l'IEPD en France à des fins de formation professionnelle ; organiser des sessions d'information et de prévention avec les parents dans les classes dites défavorisées ; s'assurer que la révolution technologique profite à tous ; détecter en amont les tendances névrotiques chez les jeunes atteint d'un mal-être, d'un dysfonctionnement, voire d'un faible niveau cognitif ; passer des accords avec les grandes entreprises du pays pour qu'elles donnent une chance aux plus indigents…

*

Madame Amanita Diallo, tailleur fuchsia, chignon sagement tiré, collier de perles et boucles d'oreilles assorties, fait signe à Krys de s'asseoir. Âgée d'une cinquantaine d'années, la ministre n'a rien perdu de sa beauté et son regard minéral fascine.

– Monsieur le Premier ministre va nous rejoindre dans un instant, articule-t-elle un petit sourire aux lèvres.

Krys n'arrive pas à décrypter ce qu'il y a dans ce sourire. Dans son for intérieur, il songe à tout autre chose. À la honte et la misère qui ont englouti son enfance – le décor cossu de la pièce où il se trouve n'y est sans doute pas étranger – la honte d'être pauvre, misérable, inculte.

– Vous pensez à quoi ? demande soudain la ministre, qui voit Krys songeur.

Elle croit comprendre que le jeune Sénégalais est effrayé à l'idée d'être en présence du premier ministre.

– Ne vous inquiétez pas. Monsieur Léopold Diop est un homme très humain. Je lui ai vanté vos qualités et il est bien disposé à votre égard. Il est prêt, si votre projet le séduit, à ouvrir, aux côtés du ministère de la Santé et des Affaires sociales un département réservé à l'enfance défavorisée. Vous voyez, ici aussi, en haut lieu, on est concerné par le grave problème des banlieues et la délinquance qui s'y développe.

La ministre va ajouter quelque chose quand le Premier ministre entre. Krys s'est déjà levé.

– Restez assis, cher Monsieur Fontaine. Madame la ministre de la Justice m'a exposé vos mérites, mais aussi votre affliction à la suite du décès tragique de votre père et à la confusion fâcheuse que connaît votre mère. Je comprends les sentiments qui vous animent, car j'ai moi-même perdu dans ces terribles incendies, un oncle. Et cette disparition m'a profondément affecté.

Le Premier ministre sort de sa poche un mouchoir pour essuyer ses lunettes pleines de buée.

– Bien! J'ai cru comprendre que, fort d'une expérience réussie au sein d'une institution sociale en France, le brillant avocat que vous êtes a décidé de se mobiliser contre ce qu'on nomme ici la frange « hors norme » de la population. Je vous en félicite, mais je ne vous cache pas que vous allez vous heurter à de sérieuses difficultés.

Krys opine du bonnet et répond.

– Monsieur le Premier ministre, merci tout d'abord de me recevoir. Les époques se confondent et les tragédies se répètent. Le passé remonte à la surface; les ombres des êtres d'avant s'agitent et nous commandent d'agir. J'ai donc décidé de m'investir. De rechercher l'origine, les causes et, dans la mesure du possible, les solutions pour prévenir la délinquance juvénile et subvenir aux besoins des plus déshérités. Les enfants en situation de rue sont livrés à eux-mêmes et très peu ont accès à l'éducation; ils doivent souvent voler ou mendier pour pouvoir manger. Une fois la nuit tombée, les enfants des rues dorment dehors, vulnérables, victimes du froid et de la faim.

– J'entends bien, Monsieur Fontaine. Nous savons tout cela, bien que tous ne volent pas seulement pour manger, mais passons… Et alors, que comptez-vous faire pour y remédier ?

– En France, nous venons de faire adopter une loi pour faciliter la mobilité des personnes les plus précaires dans les territoires ruraux, en leur permettant de louer à un prix social des voitures en bon état destinées à la casse dans le cadre de la prime à la conversion. C'est une disposition parfaitement applicable au Sénégal.

– Pourquoi pas ! Mais il y a bien d'autres problèmes à résoudre. Le logement, la formation, la culture…

– Vous avez parfaitement raison, Monsieur le Premier ministre, c'est pourquoi je propose dans la note que j'ai préparée de mettre en place un centre de formation et de rééducation des enfants de la rue. Développer un programme de communication de masse qui prend appui sur la radio, la télévision ainsi que la projection de films éducatifs dans les quartiers de ville ainsi que dans les villages. Offrir des programmes éducatifs et de formation professionnelle car l'éducation est un droit fondamental de l'enfant.

– Et le logement ?

– Les immeubles vacants, Monsieur le Premier ministre : casernes, hôpitaux désaffectés, locaux inoccupés… pour fournir des abris et des soins de santé : les enfants de la rue ont besoin de vaccins, de médicaments, de soins dentaires…

Krys ouvre son sac, en sort quelques feuillets et expose le « plan de bataille » qu'il a concocté pour lutter contre ce qui est pour lui un véritable défi.

– Bien ! Avez-vous une idée du coût d'une telle opération ?

– Je pense que si nous recensons les immeubles et bâtisses en déshérence, on pourrait, à moindre coût, à partir du moment où il n'y a pas de gros œuvre, réduire à peu de chose les investissements. J'entends également mettre les entreprises du pays à contribution et publier les noms de celles faisant des dons à l'association pour valoriser leur image de marque auprès du consommateur. On pourrait tenter une première expérience et, si, comme je l'espère, les résultats sont probants, récidiver dans d'autres villes que Dakar. Je pourrais aussi approcher, en France, la ministre de la Justice et la ministre des Affaires sociales, qui ont visité deux fois mon association en France et lui ont octroyé quelques subsides. Qui sait ?

– Vous avez raison, Monsieur Fontaine : « qui ne tente rien n'a rien ». Vous venez d'en faire la preuve. Effectuez ces démarches et tenez-moi personnellement informé de vos résultats. Si, comme je l'espère, ils sont concluants nous pourrons, avec votre aide, mettre en place une structure spécialisée dans l'aide à l'enfance défavorisée.

22

À son retour à Paris, une nouvelle des plus heureuses attend Krys. Son projet « social » pour éviter que la délinquance ne se métastase a, semble-t-il, été entendu de la ministre, Madame Pelleport. Sa consœur, Madame Amanita Diallo, lui ayant rapporté la rencontre qu'il a eu avec le Premier ministre Sénégalais et l'aide financière dont il a besoin pour mener à bien ses projets au Sénégal, a accepté de le recevoir à nouveau.

– Écoutez monsieur Fontaine, annonce-t-elle, à peine a-t-il franchi le seuil de son bureau, je ne peux pas, et je pense que vous en êtes conscient, décider seul d'un tel investissement, mais je vous promets d'en parler, le moment venu, au président. Nous ne pourrons certainement pas financer l'intégralité de votre projet mais peut-être pourrons-nous y participer. J'y vois pour ma part un double intérêt : asseoir votre place dans le gouvernement du président Macky Sall ; favoriser les relations bilatérales entre le Sénégal et la France et redorer notre image en Afrique.

Sitôt sorti du cabinet de la ministre, Krys appelle Océane. Il l'a sentie un peu distante au téléphone. Il l'a invité à dîner, mais elle a refusé au motif d'une soirée retenue de longue date. Ils sont convenus de prendre un verre chez Carette au Trocadéro en fin d'après-midi.

Océane n'est plus la jeune fille pimpante que Krys a quittée trois mois plus tôt. Elle a teint ses cheveux en brun, les a coupés court, porte un tatouage en forme de cœur sur le dos de la main. « Adieu sa jolie chevelure blonde qui cascadait sur ses épaules », songe Krys. Son expression, elle aussi, a changé. Elle semble avoir mûri. Être plus sûre d'elle.

– Tu m'aimes ? demande-t-elle, tout de go, sur un ton un peu détaché.

Krys est interloqué. Évidemment qu'il l'aime.

– Bien sûr ! Pourquoi, tu en doutes ?

– Non, je voulais dire en brune. Comment tu me trouves ?

Cette fois, la question l'ébranle.

– Euh… Tu… Tu… ne m'avais rien dit.

– Qu'est-ce que je ne t'avais pas dit ?

– Je ne sais pas, moi, tes cheveux, ta coupe, ton tatouage…

– Ah ! tu parles du cœur. C'est un copain qui me l'a fait.

– Un copain ?

– Ouais ! Pourquoi, t'es jaloux ?

– Un peu.

– Écoute, Krys, je veux être honnête avec toi. J'ai un nouveau petit ami. Tu imaginais bien que notre relation à des milliers de kilomètres ne pouvait pas s'éterniser. On ne peut pas s'aimer par procuration. Il faut que tu me comprennes. Je suis jeune, j'ai envie de vivre, de sortir, de danser, de m'amuser. Toi, c'est différent. Tu consacres ta vie aux veuves et aux orphelins, c'est ton droit le plus strict, mais tu dois comprendre que ce n'est pas mon trip.

Krys sent le sol se dérober sous ses pieds.

– Je ne m'inquiète pas pour toi, ajoute-t-elle, espiègle. Avec ton physique, je suis sûre que tu m'auras vite remplacée.

Krys est estomaqué. La désinvolture d'Océane est déroutante, injustifiable, pour tout dire incompréhensible. Comment peut-elle faire table rase aussi aisément des moments de bonheur qu'ils ont partagés ? Perdre la mémoire au point d'oublier leur projet, leurs promesses, leur amour, l'enfant qu'ils se promettaient d'avoir ensemble…

Cette nuit-là, Krys ne trouve pas le sommeil. Il ne peut pas se résoudre à perdre Océane. Il se saisit de son téléphone et l'appelle… deux fois, trois fois, sans succès. Désespéré, il se rhabille et descend dans la rue. Le carrefour Miromesnil est désert à cette heure avancée de la nuit et il a soudain la sensation que la terre entière a décidé de l'abandonner. Alors, il entre dans un bistrot encore ouvert et commande un scotch. L'image de son père titubant devant la porte de sa case le rattrape… Il repart sans boire.

*

Le lendemain, Krys se rend à l'association à la recherche de l'ombre bienfaisante du père Angel. C'est là, au sein de ses frères d'infortune qu'il peut trouver un peu de sérénité ; crever l'abcès Océane ; oublier les moments de bonheur qu'il a connus avec elle ; leurs promenades main dans la main ; leurs baisers à tout bout de champ, à tout bout de rue ; leurs rires emmêlés ; le jour où ils avaient fait l'amour dans les hautes herbes qui leur piquaient les fesses... Oui Krys doit tout oublier. Ne plus penser à l'enfant qu'il projetait d'avoir avec elle... Son rêve a volé en éclats comme emporté par une bourrasque. Il doit réapprendre à s'écouter, à respirer, à ouïr ce souffle en lui qui s'amenuise jusqu'à devenir presque imperceptible ; se laisser envahir par le calme, attendre que la houle se retire, que le vent s'apaise.

– À quoi songes-tu ? demande le frère William, qui voit Krys pensif.

– À tout le chemin que nous avons parcouru ensemble. À tous les frères cabossés par l'existence que nous avons sauvés d'une vie misérable. Elle est là, notre victoire, William. C'est peut-être la seule, mais elle est là. Et ça, personne ne peut nous l'enlever.

– Oui ! Tu as raison, Krys. Mais pourquoi tu dis ça ?

– Parce que je vais retourner au pays et créer à Dakar une association Grand-Frères bis.

– Et ton job ?

– Ma formation d'avocat va me servir à régler les conflits, faire de la médiation, assister le juge pour enfants...

William a une petite moue évasive. Il songe à la bonne nouvelle qu'il réserve à Krys.

– Ah ! Tu vas être fier. Durant ton absence, la ministre des Affaires sociales est venue.

– Je sais !

William tombe de haut. Son scoop vient de faire pschitt !

– Comment ça, tu sais ?

– Les nouvelles vont vite. Madame Pelleport a téléphoné à sa collègue du Sénégal et l'a instruite de nos méthodes.

– Oui ! Mais ce que tu ne sais pas, c'est qu'elle est revenue, quinze jours plus tard, avec une équipe de France 3. Les prises de vues devaient servir à animer une émission sur le mal des banlieues. Elle souhaitait que nous y participions. Elle nous a interrogés sur tout : comment se faisait l'accueil de ceux qu'elle appelait les « oubliés » ; comment nous les hébergions, les socialisions, les formions, en un mot comment nous participions à leur réinsertion dans la société.

– Et alors, tu y es allé ?

– Oui ! Et ça a été un vrai succès. Au point qu'aujourd'hui ce sont les entreprises qui viennent pêcher dans notre vivier.

– Que veux-tu dire ?

– Que nos gars sont si bien formés que les employeurs les veulent.

– Super !

– Attends ! Il y a encore une chose que je ne t'ai pas dite. Nous avons décidé à l'unanimité de débaptiser l'association « Les Grands Frères » pour l'appeler l'association : « Angel-Krys. »

– Est-ce bien utile ?

– Oui, on y tient vraiment !

Krys s'apprête à jouter quelque chose, quand son téléphone sonne. Il reconnaît d'emblée le numéro du ministère de la justice sénégalais.

– Bonjour Monsieur Fontaine. Ne quittez pas je vous passe Madame la ministre. Cette fois, Krys n'a pas à attendre bien longtemps.

– Monsieur Fontaine. J'ai une grande et belle nouvelle à vous annoncer. Le président Macky Sall a été conquis par votre plan de lutte contre la délinquance et a décidé de créer aux côtés du ministère de la Santé et de l'Action sociale un département dénommé : « La Jeunesse d'abord » et de vous en confier la direction. Il vous attend pour en parler avec vous dès votre retour. Ne le faites pas attendre ! « Il faut caresser le chat quand il ronronne », comme on dit chez nous.

Krys, incrédule plisse le front. Il ne sait que répondre et bafouille un peu sottement.

– J'aimerais convaincre votre président que ce que j'ai dit au Premier ministre n'était pas des paroles creuses. Je les ai prononcées devant lui, sans souci de plaire ou de déplaire.

– Je vous crois volontiers, Monsieur Fontaine. Quand rentrez-vous ?

– J'ai un vol demain à quatorze heures.

– Bien ! Nous vous attendons. Bon voyage.

Krys a à peine raccroché que son téléphone sonne à nouveau. Il décroche et reconnaît cette fois la voix de Madame Marie-Carole Pelleport.

– Bravo Monsieur Fontaine ! Je viens d'avoir au téléphone ma consœur au Sénégal. Félicitations pour votre promotion. Je suis fier de vous. Je savais, en vous adressant à Madame Martina Diallo, que vous alliez faire alliance.

Madame Diallo fait partie de l'élite intellectuelle au Sénégal. Elle sait mettre en relief la pensée et croit en l'homme, en ses valeurs. Elle m'a dit les meilleures choses sur vous et sur votre projet. Je n'en suis pas surprise. Vous êtes un modèle de la méritocratie.

– Merci, Madame la ministre, de vos compliments. J'y suis sensible, mais je ne saurais trop vous remercier pour votre sollicitude. Tout ce qui m'arrive, je vous le dois.

– Ne me faites pas rougir. Ce succès, vous le devez d'abord à votre courage, à votre abnégation, à votre foi en l'humanité. J'aurai d'ailleurs l'occasion de vous exprimer mes félicitations le 14 juillet prochain lors de votre remise, par le président de la République française, de la Légion d'honneur. À bientôt !

La ministre a raccroché, laissant Krys pantois. Il ne peut pas accepter cette distinction. S'y soumettre serait une parodie, un subterfuge, une provocation. Lui, l'immigré clandestin, monter sur ce piédestal serait une gageure. Il songe au père Angel qui, pour méditer ou prendre de la distance avec son environnement, se réfugiait sur la colline d'Élancourt, le sommet le plus haut à proximité de Paris. « De là, disait-il, j'entends la terre respirer. J'écoute comme une douce symphonie l'orchestre harmonieux du vent qui chuchote et module sa voix dans la ramure des arbres. Il m'aide à comprendre le monde où nous vivons. »

Krys a besoin de prendre lui aussi du recul. Tout va si vite.

Du haut du monticule que fréquentait le père Angel, Krys songe, en voyant les arbres chatouiller le ciel, à Marcus Manlius, jeté du haut de la roche Tarpéienne pour s'être prétendu le maître du monde. Cette scène, qu'il avait étudiée en seconde, l'avait marqué. Inquiet, il cherche dans l'orbe du ciel une réponse à ses doutes. Les certitudes claires du soleil se mêlent aux frontières obscures des frondaisons. Le jour doit tout à la prescience de la nuit. Il est sur le point de repartir, quand soudain un vent léger se lève. Il bruit dans la ramure des arbres, câline leur cime, se faufile dans leurs branches. Il perçoit comme une douce symphonie, les sons qui rebondissent sur l'air chaud de l'été. Et dans ce concert improvisé il discerne la voix lointaine et bienveillante du père Angel: « Il n'y a qu'un pas du Capitole à la roche Tarpéienne. Ne t'avise pas de le franchir. L'infortune vient des honneurs dont on tire vanité, la renommée provoque l'orgueil, mère de tous les vices. »

Krys médite la mise en garde du père Angel, quand sa réflexion est interrompue par un texto: *Veuillez appeler d'urgence la Villa fleurie!* Il a une soudaine et douloureuse intuition. Cet appel lui faire craindre le pire. Il appelle sur-le-champ l'établissement où sa mère a été accueillie sur la recommandation de la ministre de la Justice, Madame Amanita Diallo. Il est mis en attente depuis plusieurs minutes quand une voix mal assurée le fait sursauter.

– Bon… Bonjour Monsieur Guelbéogo. Je suis Moussa Ibrahim, le directeur de la Villa fleurie.

– … *(Un silence).*

L'homme se gratte la gorge et reprend, la voix toujours aussi incertaine.

– Euh… J'ai une mauvaise nouvelle à vous annoncer, Monsieur Guelbéogo.

Votre mère est décédée.

Krys avale d'un coup sa salive et manque de s'étrangler.

– Vous êtes où actuellement ? demande le directeur.

– En… en France, balbutie Krys entre deux hoquets.

– Il faudrait que vous rentriez le plus vite possible à Dakar, Monsieur Guelbéogo pour les formalités d'inhumation.

Krys n'écoute plus. Une question lancinante tourne en boucle dans sa tête : de quoi est-elle décédée ?

– Je préfère ne pas parler de ça au téléphone Monsieur Guelbéogo, réagit le directeur de la *Villa fleurie.* Venez me voir dès votre retour.

Le lendemain Krys est à Dakar. Le directeur de l'établissement où séjournait Fatou le reçoit. L'homme ne doit avoir guère plus d'une cinquantaine d'années, mais il fait sensiblement plus âgé. Le bord gonflé de ses yeux et ses pupilles dilatées striées de filaments rouges, accusent ses traits. Il semble mal dans sa peau. D'ailleurs, il dénoue sa cravate, ouvre le col de sa chemise et tourne plusieurs fois la tête comme s'il cherchait à la dévisser.

– Ce que j'ai à vous annoncer n'est pas, comment dire… très plaisant, Monsieur Guelbéogo.

Il frotte nerveusement ses mains l'une sur l'autre.

– Euh… Comme vous le savez, votre mère était atteinte, depuis le décès de son mari, de troubles de reviviscence et voyageait le plus souvent dans des mondes parallèles.

Le directeur prend mille précautions oratoires.

– Venez-en au fait, Monsieur le directeur, s'agace Krys. De quoi est-elle morte ? Monsieur Moussa Ibrahim dodeline de la tête, embarrassé. Il sait que Krys bénéficie de puissantes relations au sein du gouvernement du Sénégal et…

– Elle s'est suicidée, finit-il par annoncer d'une voix morne.

Krys est abasourdi. Suicidée ? Il couvre son visage des deux mains pour masquer son émotion.

– Suicidée ! Comment ça, suicidée ?

– Défenestrée.

Les larmes qui filtrent des doigts de Krys coulent le long de ses paumes.

– Défenestrée, défenestrée, répète-t-il entre deux sanglots, comme s'il voulait croire à un mauvais rêve.

– Il faut que je vous explique, Monsieur Guelbéogo. Votre mère était à l'isolement dans une pièce capitonnée depuis une tentative de suicide. Il fallait la protéger contre elle-même. D'après ce que m'ont rapporté mes services, elle aurait échappé à la vigilance de la femme de chambre qui faisait son lit pour se sauver dans les couloirs et enjamber le garde-corps d'une des fenêtres restée inopinément ouverte.

Krys s'apprête à manifester sa véhémence, quand le directeur écarte de la main toute velléité de colère.

Je sais ce que vous allez dire, Monsieur Guelbéogo : « Votre responsabilité est engagée, vos services ont été défaillants, vous n'avez pas dûment rempli votre mission de surveillance, vous pouvez être poursuivi pour non-assistance à personne en danger, etc. » Je n'ignore rien des griefs qui pourraient nous être adressés mais, de vous à moi, pouvions-nous prévoir l'impondérable, le fortuit, l'incertain ? Nous avons fait l'impossible pour protéger votre mère, mais quand le destin s'en mêle, nul ne peut lutter contre lui, contre cette puissance occulte qui fixe de façon irrévocable le cours des choses. Je suis sincèrement désolé et vous assure de ma profonde sympathie, Monsieur Guelbéogo.

Krys est coi. Que pourrait-il ajouter après ce coup du sort ? Engager des poursuites ? Faire un procès ? À quoi bon. *La Villa fleurie* aurait beau jeu de démontrer que Madame Guelbéogo, déjà très âgée, était atteinte d'une pathologie psychiatrique chronique et qu'il s'agissait d'un cas désespéré.

*

Krys trie les vêtements de sa mère quand il découvre, épinglée à l'intérieur de la robe qu'elle portait le jour du drame, un petit médaillon en fer-blanc. Il l'ouvre et découvre la photo jaunie d'un enfant. Il n'arrive pas à savoir quand et où a été pris le cliché et il n'a aucun souvenir de la barboteuse à carreaux qu'il portait ce jour-là. L'idée que sa mère ait voulu l'emporter avec elle dans ce qu'elle appelait le royaume des anges, le bouleverse. Il s'assoit sur son lit et laisse couler les larmes qu'il a pu retenir devant le directeur de la *Villa fleurie*. Il est seul, désespérément seul. Des idées noires obscurcissent son cerveau : La mort tragique de Mbaye, le suicide de Fatou, le décès du père Angel, l'abandon d'Océane… Il n'y a plus personne pour sécher ses larmes. Les pires scénarios envahissent sa tête et il songe à rejoindre Fatou dans son voyage céleste, quand dans un mouvement convulsif et incontrôlé il se pince violemment. « Tu dois vivre… Pour toi, pour les autres ; pour ceux que le père Angel désignait "les cabossés de la vie, les laissés-pour-compte ; le bois flotté", souviens-toi ! »

Krys manipule sans réellement s'en rendre compte le médaillon qu'il tient à la main quand il sort machinalement la photo de sa boîte et la retourne. Un pincement au cœur le saisit aussitôt. Il a la sensation que son souffle est soudain devenu court, qu'il ne peut plus respirer, qu'il va peut-être mourir asphyxié. Il sent déjà que son sang l'a quitté, il chancelle, ses jambes ne le portent plus… La photo, qu'il croyait être la sienne est celle de sa jeune sœur Mélia décédée en 1999. Il secoue la tête, incrédule. Il ne peut pas croire que Fatou ait porté sur son cœur, et depuis si longtemps, l'image de sa fille morte depuis plus de vingt ans.

Il hurle de dépit, de jalousie et de ressentiment, quand il songe soudain au précepte, cher au frère Mathieu : « Lorsque tu es confronté à l'adversité, ne courbe pas la tête. Lève-toi et marche. »

Et il se lève.

Fatou a emporté à jamais dans sa tombe le passé d'Oumar Guelbéogo.

Chez le même éditeur (extrait)

Comtesse Anne Batté. *Les Malheurs de Ginette*
Évelyne Dress. *Je veux peindre et aimer*
Kelvine Dumour. *À côté du rêve*
Alfred Gilder. *Vacances de porcelaine*
Agnès Gougerot. *La Maison du peintre*
Hervé Hamon. *Ne me libère pas, je m'en charge. L'après Mai 68*
Jean-François Hutin. *Le Complot de la Méduse*
François Jonquères. *La Révolution vagabonde*
Denis Labayle. *Correspondance Châtelet*
Maurice Lecœur. *Le Fantôme de Marie Laurencin*
Olivier Nourry. *Du destin des Parques*
Louis Raffin. *La Porte du bonheur*
Claude Rodhain. *Oumar l'Africain*
Sophie Selliez. *Les mois d'août à Gardincourt*
Jeanne Teisson. *Le Rejet*
Virginie Tournay. *Civilisation 0.0*

Achevé d'imprimer en février 2025
sur les presses de la Source d'Or
58500 Clamecy
Dépôt légal : février 2025
Numéro d'impression : 501648

Imprimé en France